抱歉、。

生而為人，

我很抱歉。

太宰治經典小說選

太宰治 著．劉霄翔、尉佩佩 譯

目次

維榮之妻

“

我啊，這麼說聽上去有點裝腔作勢，但我真的很想死，從剛生下來就成天想著死。為了大家，我還是去死的好，這點是毋庸置疑的。可是偏偏，我卻怎麼死也死不了。有個奇怪如可怕神靈一樣的東西，總是牽絆著我尋死的腳步。

”

︿ 1 ﹀

我在急急忙忙的開門聲中醒來，想想那肯定是丈夫半夜喝醉了回來，我默不作聲地又閉上了眼睛。

丈夫打開隔壁房間的燈，氣喘吁吁地翻開桌子的抽屜、書櫃的抽屜，好像在找什麼東西。接著，他好像撲通一屁股坐在了草席上，然後就只聽到他大口大口地喘氣，也不知道他是在幹什麼。

「你回來了。吃飯了沒有？碗櫃裡有飯團。」我躺著沒起身跟他說。

「哎呀，謝謝。」丈夫很少表現得這麼溫柔，「孩子怎麼樣，燒還沒退嗎？」他問道。

這更新鮮了。孩子來年就要滿四歲了，可是不知道是因為營養不良，還是因為受了丈夫酒毒或者什麼別的病毒的影響。

比起別人家兩歲的小孩還顯得小。他走也走不穩，說話頂多也只會哼哼唧唧，咿咿呀呀，讓人不由得懷疑他是不是腦子沒有發育好。有一次，我帶著這個孩子去澡堂，給他脫了衣服，抱起他來，看著他那麼瘦小枯乾，我一下子難過起來，甚至當著好多人的面哭了一場。而且這個孩子還經常鬧肚子、發燒什麼的。丈夫幾乎就不怎麼在家待著，也不知道他心裡是怎麼想這孩子，就算我跟他說孩子發燒了，他也就是「哦，是嗎，帶他去看看醫生吧」這麼說上一句，然後就急急忙忙披上外套出去了。我也想帶孩子去看醫生，可是哪有錢啊。我就只好依偎著他，然後默默地撫摸著他的頭，僅此而已。

然而那一夜不知太陽從哪邊出來了，丈夫變得出奇地溫柔，竟然還問孩子的燒有沒有退。與其說是高興，這反而讓我產生了一種不祥的預感，背後直出冷汗。一時間，我陷入了沉默，不知該如何回答，房間裡只聽到丈夫急促的呼吸聲。

「有人在家嗎？」

門口傳來女人的細聲細語。我一驚，就像洗了冷水澡一樣一身冷汗。

「有人在家嗎？大谷先生？」

那個聲音變得有點尖厲了，同時，還聽到了大門打開的聲音。

「大谷先生！別躲了。」

那個人明顯是生氣了。

這個時候，丈夫終於走出去開了門，

「幹嘛？」

丈夫顯得驚慌失措，有點不知所云。

「幹嘛你不知道嗎？」女人放低聲音說，「住在這好好的房子裡，怎麼幹這種偷雞摸狗的事情啊。你也別在這裝模作樣了，趕緊還了，要不，我們馬上就去警察局告你。」

「放什麼狗屁，這地方不是你們應該來的。滾！你們要是不滾，我還告你們呢。」

這時候，另一個男人的聲音出現了。

「閣下膽子夠大的啊，說什麼這裡不是我們應該來的地方，真讓我不知說什麼好了。這次跟以前不一樣，拿別人家的錢，就算開玩笑也該有點分寸。到現在為止，你是不知道我們夫婦倆為了你受了多大的苦，就這樣，你今天晚上還幹出這麼不要臉的事情來。閣下，我可真是看錯你了。」

「你這是敲詐。」丈夫說得義正言辭，可是聲音卻在顫抖，

「你這是恐嚇。滾！有什麼意見，明天再說。」

「你可真會說的啊，閣下簡直就是一個徹徹底底的無賴啊。這樣的話，我們只有找員警出面解決問題了。」

我聽了這話，一股憎惡從心頭升起，讓我起了一身雞皮疙瘩。

「隨便你們！」丈夫的聲音提高了，聽上去卻有些沒底氣。我從床上起來，在睡衣上披了件外衣，來到門口，對兩個不速之客寒暄了一句。

「歡迎你們。」

「呦，這位是夫人嗎？」

一個穿著齊膝短外套的五十多歲的圓臉男人臉上沒有一點笑容，衝著我點了點頭。女的看上去四十歲前後，身材瘦小，穿著得體。

「大半夜的前來叨擾，真是不好意思。」

那個女的臉上也沒有半點笑容，她解開披肩，向我還了個禮。

正在這個時候，丈夫突然間套上木屐拔腿就往外跑。

「慢著，逃可不行。」

男的抓住丈夫的一隻手，兩個人當場扭打起來。

「放手！要不捅死你。」

丈夫右手上的折疊刀閃閃發光。那把刀是丈夫一直珍藏的玩意，記憶裡一直放在桌子的抽屜裡。剛才丈夫回到家裡在抽屜裡到處亂翻，一定是預計到事情會發展到這個地步，才想到拿刀裝在懷裡的。

男人一閃身，丈夫就趁機像烏鴉振翅一般揮動著外套的衣袖，逃到外面去了。

「抓賊啊！」

男的大聲喊著，正想跟著追出去，被我光著腳下到地上一把抱住了。

「別追了，哪個受了傷都不行。有什麼問題，我替他處理。」我這麼一說，旁邊那個四十歲左右的女人也說：

「是啊，孩子他爸，太危險了。瘋子拿著刀，不知道會幹出什麼事情來。」

「真是可惡！去警察局。我可不管那麼多了。」

男的呆呆地望著外面的黑暗，自言自語似的念叨著，但是，他身上的那股勁已經完全放鬆了下來。

「對不起，請進來跟我說說整件事情吧。」我說著，走上門口的木板臺階，蹲了下來。

「我說不定能幫他解決問題，請進來吧，請，寒舍簡陋還請多包涵。」

兩個人互相看了看，微微點了點頭，接著男的一本正經地說道：

「不管你怎麼說，我們心意已決，我們進來只是跟你把事情經過說一說。」

「好，請進，請慢慢說。」

「不，我們也沒法慢慢說。」男的說著，打算把外套脫下來。

「還是穿著吧，家裡冷。真的，拜託了，家裡沒生火，一點熱氣也沒有。」

「好吧，那我們就恭敬不如從命了。」

「那位女士，你也請進，不用脫外衣。」

男人在前，女人跟著男人後面進到丈夫十平米左右的房間裡。舉目望去，裡面榻榻米已經腐爛，拉門破敗不堪，四壁斑駁破碎，屏風上糊的紙剝落下來露出裡面的木頭骨架，房間的一個角落裡擺著桌子和書架，可是書架上卻空空如也。看著這樣荒涼鄙陋的房間，兩個人都倒抽了一口氣。

我把破到都露出棉花的坐墊遞給他們。

「地上髒，請用這個墊著點吧。」我說著，重新向兩個人行了個禮。

「初次見面，請多關照。一直以來，我家那位應該給您二位添了不少麻煩，今天晚上又不知是何原因，讓他幹出那麼嚇人的事情來，真的十分抱歉。他就是這麼一個性格怪僻的人……」

說著，我哽咽了，眼淚落了下來。

「敢問夫人芳齡？」

男人毫不見外地盤腿坐在破了的坐墊上，胳膊肘支在膝蓋上，拳頭撐著下巴，探出上半身問我。

「啊，你是說我嗎？」

「對，你老公應該是三十歲吧？」

不起眼小飯館。靠著我們夫妻兩個的勤儉奮鬥，我們也一下子囤下不少燒酒啊杜松子酒什麼的，所以之後缺酒的那幾年，我們也算勉強維持了經營，沒像別的飯館那樣選擇關門轉業什麼的。除此之外，我們也是受了貴人恩惠，能夠通過門路搞到一點所謂軍隊特供的酒和食物。對盟軍的作戰開始以後，儘管空襲日益頻繁，但因為我們兩個也沒有孩子拖累，所以也沒有想著逃回老家什麼的。當時覺得，只要房子還在，就咬牙一直幹下去，結果這房子竟然就這麼完好無損地堅持到了戰爭結束。踏實下來以後，我們又開始大張旗鼓地幹起了倒賣私酒的買賣。總之，我們大概就是這麼一個情況。你可能覺得我們算是大難不死，必有後福的那種人，但是人生無常，所謂道高一尺、魔高一丈，真的一點也不假。一寸的幸福過後總是要跟著一尺的孽緣。人活著三百六十五天，能夠了無牽掛地過上一天，不，哪怕半天那都應該算是幸福的了。你老公大谷先生，第一次來我們店裡的時候大概是昭和十九年的春天，總之那時和盟軍打仗還不怎麼打敗仗，不，也可能已經開始打敗仗了，反正那些事實或者說真相什麼的我們又不知道。我們只是覺得像這樣再過個兩三年，差不多也該和盟軍打個握手言和了。話說第一次在店裡見到大谷先生的時候，他也是久留米白點花布和服外面披著外套，不過，像那樣穿的也不只他一個，那會兒在東京綁上防空服裝出門的人還不是很多，大多數人還都是穿著一般的衣服輕鬆外出。因此，我們當時也沒覺得大谷有什麼特別吊兒啷噹的。那個時候，大谷先生也不是一個人。儘管當著夫人你的面，唉，我也不替他隱瞞了，你老公其實是被一個中年女人從店的旁門悄悄帶進來的。說起來，那個時候我們的店也是每天都不開正門的，用那個時候流行的話來講，這叫關門營業，只有少數的熟客才知道從旁門悄悄進來，也不在院子裡的座位上喝，要到裡面那個十平米左右、燈被故意調暗的房間裡不聲不響地偷偷喝。那個中年女人，在那之前一直在新宿的酒吧裡當女招待，話說貓有貓道，狗有狗道，人人都有自己的本事，因為工作關係她經常會領著酒吧裡的潛力股到我們這裡來喝酒，然後把他們發展成我們這裡的常客。因為她住的公寓就在旁邊，後來新宿的酒吧關了門，她不幹酒吧女招待了，也還是經常帶著男性朋友來我們這喝酒。以前多個客人是好事，可是由於當時我們的酒也是眼看就要不夠了，她介紹的那些客人再怎麼是潛力股，喝酒的人多了對我們來說也很麻煩。但是因為看在四、五年來她帶來的客人都是一些揮金如土的大財主的份上，我們念她一份情，所以凡是這個中年女人介紹來的客人，我們也都耐著性子給他們酒喝。你老公那時候就是被這個叫小秋的女人從旁門裡偷偷帶進來的，所以我們也就沒起二心，一視同仁地讓他進到裡屋，給了他們燒酒。那天晚上，大谷先生安靜地喝了酒，讓小秋付了錢，然後兩個人就從旁門一起回去了。可是對我而言，不知為何，那天晚上大谷先生那種優雅靜逸的舉止卻讓我一直難以忘懷。大概妖精在人前出現的時候都會裝出那樣一副文靜靦腆的樣子吧。從那天晚上開始，我算是著了大谷先生的道。那之後大概過了十天，這次大谷一個人從旁門進來了，一下子拿出一張壹佰圓的紙幣硬塞到我手裡。壹佰圓啊，那時候可是相當多的錢，怎麼也得相當於現在的兩三千塊。「拜託你了。」他一把抓住我的手，謙遜地笑著說，看上去已經是喝了不少了，可是，唉，夫人想必也知道，真是沒有像他那麼能喝的。總是眼看著他已經喝高了，可是一下子又說出邏輯清晰，一板一眼的話，這麼長時間以來，他不管喝多少，我就從來沒見過他走路搖晃的。人說三十前後氣血旺盛，正是能喝的年紀，可是他那樣的真是不多見。那天晚上，不說他已經在別處喝了不少才來我們這，光是在我家就連著喝了得有十杯燒酒。他悶著頭喝酒也不多話，我們夫婦兩個跟他搭話，他也就是笑笑，然後曖昧地應上幾聲。後來，不知怎麼突然問了一句幾點了，然後站起身來就要走。我跟他說要找他錢，他說不用不用，我堅持說那怎麼行。他一下笑了，說是下次還會再來的，本第一的詩人什麼的。除此之外，他還是高學歷，從學習院到一高，再到帝大，會德語，法語，真是嚇死人。讓小秋這麼一說，大谷先生簡直就像是神一樣的人了。不過，小秋說的這些似乎也不是空穴來風。在別人那一打聽，大家也都說他是男爵的次男，是個有名的詩人。就這樣，弄得連我老婆這麼大把年紀了都跟著和小秋爭風吃醋，說什麼有良好教養的人就是和一般人不一樣什麼的，甚至每天盼著他的光臨。唉，那個不成活的樣兒真讓人受不了。現在是沒有什麼貴族和下人之分了，但是停戰之前，泡妞的常用伎倆就是說自己是被貴族家庭流放的公子什麼的。奇怪的是，女人還就是吃這一套。按現在流行的說法，這大概就是所謂的奴隸根性吧。這樣的男的，包括這樣的事我見過多少次了。說什麼貴族，在夫人面前這麼說可能有點那個，說什麼四國的殿下家，又是旁系，又是次男什麼的，我根本就不覺得他跟我們有什麼身份上的不同，更不可能像他們那樣被他糊弄得七葷八素的。不過話又說回來，我到底也是拿這位先生一點沒辦法，幾次都是下定決心，想著下次不管怎麼求我都不給他上酒了，可是看著他在意外的時間突然閃身出現，一副逃離紛擾來到我們這裡總算舒了一口氣的樣子，我又不由得心軟下來給他上酒了。說起來他就算喝多了，也不發瘋鬧事，只要能夠按時把賬結了，也是一個不錯的顧客。他也不自己吹噓自己的身世，也沒有胡亂誇耀稱自己是天才什麼的。那些像小秋一樣的人坐在那位先生的旁邊，跟我們宣揚他的好處，我們卻扯開話題說什麼要他付錢，今天就要他結帳什麼的，反倒好像是我們破壞氣氛了。那個人到現在為止從來就沒付過酒錢，倒是小秋常常替他墊付。除了小秋，他還有別的不能讓小秋知道的女人，好像是哪家的夫人，有時候會跟大谷先生一起來，走的時候還會多付一些錢算是幫大谷先生還帳。說到底，我們也是商人，沒人付錢的日子，不管是大谷先生還是皇上，我們也沒辦法容他這麼一直在我們這喝霸王酒。那些人偶爾幫他付的錢根本不夠他天天這麼喝的，我們虧到不能再虧了，聽說先生在小金井有房子，而且還有家室，我們就想著哪天登門拜訪談一談結帳的事情。我曾裝作不經意地問過大谷先生家具體在哪邊，可是誰想到他一下就察覺出來我的用意，跟我說要錢沒有要命一條，責問我說這麼咄咄逼人，一拍兩散就是兩敗俱傷什麼的。儘管他這麼說，我們還是想摸清他家在哪，就有兩三次在他回家的時候跟在後面，結果每次都被他給成功甩掉了。後來東京接連不斷遭遇大空襲，不知怎麼的，大谷先生會戴著軍帽什麼的突然出現，隨隨便便就從我們抽屜裡拿出白蘭地的瓶子，站在那咕咚咕咚地喝完就一溜煙地沒影了，根本就沒結過帳。不久戰爭結束了，這次我們大張旗鼓地進了黑市的酒菜，在店頭也掛上了新的招牌，小本經營的我們也牙一咬雇了一個漂亮的女孩討客人開心，可誰知道這個陰魂不散的先生又出現了。這次倒不是帶著女人，反而每次都是跟著兩三個報社記者或者雜誌記者一起過來。這些記者說什麼軍人今後要沒落了，而一直窮困潦倒的詩人如今成了時代的寵兒，大谷先生和這些人開始大談外國人的名字啊，英語啊，哲學啊，各種讓人摸不著頭緒的事情，說著說著就一下子起身出去，再也不回來了，剩下這些記者興味索然，念叨著那個傢伙去哪了，咱麼差不多也走吧什麼的。看他們準備走了，我就喊，等一等，然後告訴他們那個先生每次都是這麼耍無賴逃賬，你們的錢可得付了才能走。他們有的就老老實實地幾個人把錢湊齊付了，有的也會怒罵，說什麼「我們每月只有五百塊錢」，讓大谷付錢去。就算被他們發了火，我也毫不退讓，我跟他們說，那可不行，你們知道大谷先生到現在在我們這一共欠下多少錢嗎？如果你們要是能幫我跟大谷先生討回錢來，我願意分給你們一半。記者聽了都目瞪口呆，說真沒想到大谷是這樣的一個無賴，以後再也不跟那傢伙喝酒了，我們今天晚上連一百塊錢也沒有，明天一定把錢給你送來，這個押給你。然後氣勢洶洶地把外套脫下來。人人都說記者不是什麼好東西，可是和大谷先生比起來，卻讓人覺得他們為人正直，豪爽坦蕩。如果說大谷先生是男爵的二公子，這些記者簡直夠得上公爵的嫡子了吧。停戰後大谷先生酒量明顯見長，人也變得卑劣了。以前從來沒在他嘴裡聽到過的低俗笑話現在成了他的家常便飯，而且他還開始和帶來的那些記者推擠打鬥。更有甚者，我們雇的那個不滿二十歲的女孩也不知什麼時候落入了他的魔爪，被他哄騙到手了。這讓我們大為震驚，不知如何是好，可是既然生米已經煮成熟飯，我們也只能暗自憤恨，耐心說服女孩放手，然後不動聲色地把女孩送回了她的父母身邊。我懇求大谷先生，我什麼都不說了，以後請不要再來了，可是大谷先生卻反過來威脅我說我們這種暗地裡做買賣的人沒有資格這麼說話，說他什麼把柄都捏著呢，然後第二天晚上馬上又會像沒事人似的來我們店裡。估計這都是我們戰爭中做偷雞摸狗的生意造的孽，必須得被這種妖精一樣的人給纏上，可是，發生像今天晚上這樣過分的事情，那真的已經不是什麼詩人、先生或者無賴那麼簡單的了，那就是強盜。他把我們的五千塊錢給偷走了。我們現在正等拿錢去進貨，可是家裡的現金最多也就五百一千的。你別不信，我們真的就是這樣一手賣了酒，一手就必須得拿那些錢去進貨的狀況。今天夜裡我們家裡能有五千塊這麼多現金，是我們趁著快到年關，在各個老顧客家奔走要賬好不容易才湊出來的，如果今天晚上不能用這些錢馬上去進貨，明年正月的生意真的就做不下去了。他應該是一個人坐在院子裡的椅子上喝酒的時候看見我老婆在裡屋算好賬，把這五千塊的重要資金放在櫥櫃的抽屜裡的。只見他一下子站起來大步流星地進到裡屋，默默地把我老婆推開，打開抽屜，一把抄起那一疊鈔票使勁塞到了外套的口袋裡，然後趁我們沒有回過神來，迅速地走出了店門。我大喝一聲，和老婆一起跟著追了出去。我心想都到了這種地步，我要大喊抓賊，然後讓過往的行人幫我把他擒下，可是因為念著大谷先生畢竟也和我們朋友一場，覺得那樣實在太不盡情誼，就決定不管怎麼樣都在後面一直跟著，直到找到他的安身之所，再不傷和氣地跟他談還錢的事。我們夫妻倆做生意也不容易，兩個人齊心合力，總算在今天晚上摸到了這裡，哪知道我們拚命克制自己的情緒，客客氣氣地請他還錢，他卻刀刃相見，拿出刀來還說什麼要捅我，這還有理嗎？」

又是莫名其妙感到好笑，我再次笑出了聲。老闆娘漲紅了臉忍不住也稍微笑了一下。我笑得實在停不下來，儘管我知道這樣對老闆不太禮貌，可是不知道為什麼覺得實在太好笑了，讓我一直笑到流出眼淚。「文明的終點就是爆笑」，想起丈夫的詩裡有這麼一句，我突然覺得大概就是現在這種感覺。

〈2〉

可是畢竟這不是能夠一笑了之的事情，我再三思量，那天晚上，我向他倆保證一定想辦法解決問題，央求他們多等一天，先不要通報員警。我仔細地問了他倆中野的飯館的地址，並說自己明天一定登門拜訪，在我再三擔保下，他們今晚總算暫時先回去了。之後，我一個人在寒冷的小屋當中坐下，左思右想也沒想出什麼像樣的主意來，就脫下上衣，悄悄爬回床上在孩子身邊躺下了。我一邊撫摸著孩子的頭，一邊盼望著黎明就這樣永遠不要到來。

我的父親以前是在淺草公園的葫蘆池畔擺攤賣關東煮的。我的母親早逝，只剩我和父親兩個人住在平房裡，攤子也是我和父親兩個人一起照看。現在我那位就是在他偶爾光顧我們攤子的時候認識的。我不聽家父的話，和那個人出去見面，後來搞得肚子大了，經過一番折騰，結果就是我當了那個人所謂的老婆。當然，我們根本沒有結婚證明什麼的，孩子也成了無名無分的私生子，那個人一出去就是三四天，甚至一個月不回來，不知道在什麼地方做些什麼，回家的時候，他總是一副爛醉如泥的樣子，臉色煞白，呼呼地喘著大氣。有時候他看著我的臉不說話，大滴大滴的淚水就往下淌，還有的時候，他會一下子鑽到我的床上，緊緊抱住我。

「啊，不行了。我怕，我好害怕。我怕啊！救救我！」

他說著，渾身咯咯發抖。睡著了也是要麼說夢話，要麼呻吟，第二天一早，人像是沒了魂一樣呆若木雞，然後不知怎麼就一下子又不見了，接著又是三、四晚都不回來。出版社的兩三個人以前和丈夫有些交情，他們擔心我和孩子，有的時候會送些錢過來，就這樣，我們也算是活到了現在沒有餓死。

我半睡半醒，昏昏沉沉之間猛然睜開眼睛，發現早晨的陽光已經透過雨簾的縫隙照了進來。我起身準備好，把孩子背在背上就出了門。我已經沒法在家裡乾等下去了。

我漫無目地走到車站，在車站前面的小攤買了糖給小孩含上，然後心血來潮地買了去吉祥寺的車票。車上，我抓著吊環無意間看到電車天花板上垂掛下來的海報，竟找到了丈夫的名字。那是一本雜誌的廣告，丈夫在那本雜誌上發表了題為《弗朗索瓦．維榮》[1]的長篇評論。看著弗朗索瓦．維榮這個題目和丈夫的名字，不知緣由地，我傷心欲絕，淚如泉湧。海報在淚水裡變得模糊得看不見了。

我在吉祥寺下了車，時隔多年之後再次造訪了井之頭公園。時過境遷，公園水塘邊的杉樹已被砍伐殆盡，剩下的是一塊荒涼的光禿禿的土地，像是準備要搞什麼工程似的。

我把小孩從背上放下來，在水塘邊破敗的長椅上和他並排坐下，拿出了從家裡帶的紅薯給他吃。

「孩子，池塘漂亮吧？以前啊，這個池塘裡還有好多好多的小鯉魚啊小金魚什麼的，現在什麼也沒有了呢，真不好玩。」

孩子也不知是想起了什麼，嘴裡滿滿地塞著紅薯，咯咯地笑了。雖說自家孩子自家愛，可他看上去簡直就是傻子一個。

一直在這個池塘邊的長椅上坐下去也是於事無補，我又背起了孩子，晃晃悠悠地走回了吉祥寺的車站。我在人來人往的小攤一條街上轉了轉，然後買了去中野的車票，毫

1. François Villon，約 1431~1474，中世紀末法國詩人，曾因謀殺、盜竊被控。

無計畫毫無頭緒地，像是被萬劫不復的深淵吸引著一般，坐到中野下了車，按照昨天他們給的地址，來到了那個小飯館的門前。

前面的正門關著，我就繞到旁邊從廚房的門進到了裡面。老闆不在，只有老闆娘一個人在打掃衛生。我和老闆娘一照面，謊話就出其不意地像跑火車一樣從我嘴裡出來了。

「啊，大嬸，錢我已經完全準備好了。估計今晚，最多明天肯定能夠還上，請你不要擔心。」

「哎喲，那可真是勞你費心了。」

老闆娘說著，帶著一絲喜悅，可是臉上終究還是帶著些彷佛半信半疑的不安的影子。

「大嬸，千真萬確，會有人把錢送到這裡來的。在那之前，我作為人質一直待在你這，這樣你也該放心了吧？錢到之前，我就在你店裡給你幫忙。」

我把孩子從背上放下來，讓他一個人在裡屋玩著，就七手八腳地忙活了起來。孩子也早就習慣了一個人玩，一點也不鬧。大概是因為腦子笨，這個孩子也不認生，還對著老闆娘笑。我替老闆娘出去取配給的物資，不在店裡時，老闆娘拿美國的罐頭皮，給他當玩具。他一會敲敲，一會滾滾，一個人乖乖地待在裡屋的角落裡玩得挺好。

中午時分，老闆進貨回來，買了魚和蔬菜之類的。我一見老闆，又搶著趕緊把剛才跟老闆娘說的那一套謊話說了一遍。

老闆一臉嚴肅，意外地用沉著冷靜的口氣告誡我：「哦？但是，夫人，錢這東西，不拿在自己手上是永遠不能掉以輕心的啊。」

「你放心吧，」我說，「這事情錯不了。拜託你一定相信我，給我一天時間，先不要把這個事情鬧大。在事情解決之前，我願意在貴店裡搭手幫忙。」

「只要能把錢還回來，別的都好說，」老闆自言自語似的說，「你看，今年也就還剩這最後五、六天了。」

「是。所以麻煩你，拜託了，我一定……呦？客人來了。歡迎光臨。」三個看上去像是手藝人的客人進來了，我趕緊笑臉相迎，然後小聲地說，「老闆娘，麻煩借你的圍裙一用。」

「呦，雇了一個美女。這傢伙，真不賴。」其中的一個客人說。

「別打歪主意啊，」老闆略帶開玩笑地說，「人家的身價可不便宜。」

「百萬美元的名馬嗎？」

另一個顧客開起了低俗的玩笑。「聽說名馬只要是雌的就是半價。」我一邊給他們的酒盅裡倒酒，一邊回應他們的低俗嘲諷。

「別謙虛啊。日本從今以後，不論是馬是狗，都是男女平等了，」最年輕的那個顧客喝斥一般嚷道，「姐姐，我看上你了，一見鍾情。可是，好像還有個拖油瓶？」

「沒有，」老闆娘從裡面把孩子抱出來說，「這是我們這次從親戚那領來的孩子。這下我們也算有人接班了。」

「可以繼續騙錢了。」一個客人半帶嘲諷地說。

這時候老闆開了口，嘟囔著：「騙了錢，又騙色，」然後，一下子換了口氣問客人，「今天吃點什麼？要不要來個小火鍋？」

聽到這裡，我算是弄明白了一件事。果然啊，我兀自點了點頭，表面上裝作沒事人似的，繼續給客人們斟酒。

那天正趕上是什麼聖誕前夜，大概是因為這個原因，前來的顧客絡繹不絕，我從早到晚儘管滴水未進，胸中卻百感交集，簡直喘不過氣來。老闆娘遞給我東西吃，我也是婉言謝絕。我像是穿著羽衣的仙女四處飛舞一般勤快地忙這忙那，不知是否是我自作多情，那天店裡也格外充滿生氣。問我名字的，要和我握手什麼的客人遠遠不止一個兩個。

可是，這樣又能如何呢。我的心裡一點頭緒也沒有。我只能笑著，客人跟我開猥褻的玩笑，我也只好附和著，甚至回以更加低俗的玩笑，就這樣輪著圈地給客人斟著酒。我真希望自己像霜淇淋一般融化掉，從此消失不見。

然而，在這個世間，奇蹟也會偶爾閃現。

那是九點剛過的時候，一個戴著耶誕節廟會的三角紙帽、像怪盜羅賓一樣用黑色的假面遮著上半張臉的男人，和一個三十四五歲的身材瘦削的漂亮夫人一起進來了。儘管那個男人背向我們，在院子裡一個角落的椅子上坐下，可是從他剛一進來，我就一眼認出了他的身份。那就是我的那個強盜丈夫。

因為他看似並沒有察覺到我的存在，我也就裝作沒認出他來的樣子繼續陪別的客人調侃解悶，直到那位夫人在我丈夫對面坐下叫服務員。

「小姐，麻煩你。」

我才答應了一聲，來到他們的桌子前。

「歡迎光臨，請問二位是喝酒嗎？」

我問著，丈夫從假面下面瞟了我一眼，儼然是一副吃驚的表情。我輕輕拍了拍他的肩說：

「怎麼說來著？聖誕快樂？還是什麼？估計能喝上個一升酒吧。」

那位夫人卻一點也不買帳，板著臉說：

「我說，小姐，不好意思啊。我有點事想和這位先生安靜地說，麻煩你就不要再糾纏他了。」

我轉身回到裡面跟在炸東西的老闆說：

「大谷來了，去和他打個招呼吧。不過，麻煩不要跟一起來的那個女人提我的事情，我不想讓他覺得難堪。」

「終於來了。」

老闆儘管嘴上說信不過我說的話，但看來實際上卻深信不疑。丈夫現在又來了飯館，很容易讓他聯想到是我從中撮合的結果。

「別提我的事情啊。」我再三強調。

「如果你覺得那樣合適，我就不提。」老闆爽快地答應下來，向院子裡走去。

老闆把院子裡的客人掃視了一圈，然後徑直向丈夫坐的桌子走去，和那個漂亮夫人三言兩語之後，三個人就一起走出了店面。

結束了，一切已經塵埃落定。我不明原由地放下心來，欣喜異常。我突然使勁地抓起身邊穿著條紋和服的不到二十歲的年輕客人的手腕。

「多喝點啊，多喝點。今天是耶誕節呢！」

《 3 》

也就是三十分鐘，不，甚至可能更短，只一轉念的功夫，老闆就一個人回來了。他走到我身旁說：「夫人，多謝了，他把錢給還上了。」

「真的？那太好了。全都還了？」

老闆詭異地笑著：「嗯，也就是昨天拿走的那些。」

「那到現在為止一共欠多少呢？大概來說。」

「兩萬塊。」

「就這麼多？」

「沒算零頭。」

「我們一定還。大叔，明天開始，能讓我在你這兒打工嗎？求你了！算是打工還債。」

「夫人，沒看出來，想當小輕（假名手本忠臣藏中為夫賣身打工的女人）啊。」

我們兩個齊聲笑了起來。

那天晚上十點多，我在中野的飯館辭別了眾人，背著孩子回到了自己小金井的家裡。儘管丈夫依舊沒有回來，可是我卻一點也不擔心。明天只要再去飯館裡，說不定就能碰到他。

我怎麼這麼長時間都沒意識到有這樣的好事啊，迄今為止吃了那麼多的苦，原來都是因為自己傻，沒有想到這麼好的主意。想想我以前在淺草的父親的攤頭，接待顧客那是一點也不含糊，從今以後在這個中野的飯館裡我也肯定能夠大顯身手。單是今天一晚上，我就拿了將近五百塊的小費呢。

從老闆那裡聽說，丈夫在昨夜的事發生之後就去了不知哪裡的熟人家裡住下了，然後一大早竄到那個漂亮夫人經營的京橋的酒吧裡，大白天的喝起威士忌酒，接著以聖誕禮物為名，隨隨便便拿錢給了在酒吧裡打工的五個女孩，之後在中午左右叫了計程車不知去了哪裡。

一會等他回來，帶回了聖誕的三角帽啊、假面啊、裱花蛋糕啊和火雞。他讓人給各處打電話，召集了各種朋友，開了盛大的宴會。酒吧的夫人知道他向來幾乎就是身無分文，心裡覺得奇怪就悄悄質問他錢的來源，誰知他也不避諱，一五一十地就把昨天晚上的事給坦白了。因為那個夫人和他長期以來就不是一般的關係，也不忍看到事情鬧大，被告到員警那裡去，就好言相勸地讓他一定把錢還回去，錢由夫人先行墊付。就這樣，丈夫才帶著那位夫人來了這個中野的飯館。

老闆對我說：「大概就是這麼一回事。但是，夫人，你可真是先知先覺，連這一步都能事先看到。你是托了大谷先生的朋友嗎？」

老闆大概是覺得因為我早就預測到錢會這樣被還回來，才提前到他店裡去等的。聽他這麼一說，我笑著，簡單地搪塞了一句：「嗯，看你說的。」

第二天開始，我的生活簡直發生了翻天覆地的變化，一切都變得讓人充滿期待。我迫不及待地去燙髮館做了頭髮，添置了化妝品，縫好了和服，老闆娘還送給了我兩雙新的白襪套。長久以來在我心中積壓的苦悶，全都一掃而光了。

我早上起來和孩子一起吃了飯，然後做了便當，背上孩子就去中野上班了。時逢新年，正是飯館忙碌的時節，我在飯館裡被人叫做「椿屋的小幸」，每天忙得不可開交。

丈夫每兩天裡大概有一次會來這裡喝酒，每次讓我付了錢就一下子又不知去向，然後深夜回來飯館露個臉。

「回家不？」

他悄悄問我，我點點頭就開始準備回去。就這樣，我們也會時常一起開心地回家。

「為什麼一開始沒這麼做呢？我現在覺得特別幸福。」

「對女人而言，沒什麼幸福不幸福的。」

「是嗎？你這麼一說，倒也讓人覺得有點道理。那，男人又怎麼樣呢？」

「對男人而言就只剩不幸了，時時刻刻要與恐懼抗爭。」

「聽不懂你說的，可是我真想能夠天天這樣生活，椿屋的老闆和老闆娘都是很好很好的人呢。」

「那兩個傻子，他們都是鄉下人，實際上貪婪得很，讓我喝酒說到底還不是為了賺錢。」

「做生意沒辦法的啊。不過話說回來，事情也沒那麼簡單吧？那個老闆娘跟你肯定有一腿。」

「那是以前了。怎麼？老頭察覺出來了？」

「他好像都知道，一邊歎氣一邊說過『騙了錢又騙色』什麼的。」

「我啊，這麼說聽上去有點裝腔作勢，但我真的很想死，從剛生下來就成天想著死。為了大家，我還是去死的好，這點是毋庸置疑的。可是偏偏，我卻怎麼死也死不了。有個奇怪的可怕神靈一樣的東西，總是牽絆著我尋死的腳步。」

「因為有工作要做嘛。」

「工作什麼的，根本就不值一提。壓根就沒有傑作和垃圾的分別，人們說好它就好，說它壞它就壞。就像吸氣呼氣一樣。真是可怕啊，世上的某處有神靈存在。肯定有吧？」

「啊？」

「肯定有吧？」

「我，不知道啊。」

「是嗎？」

在飯館上了十幾二十天班，我漸漸感覺到來椿屋喝酒的客人沒有一個不是罪犯的，倒是丈夫還算是個善良的人。而且，不僅僅是飯館裡的客人，我漸漸覺得路上走的人們，幾乎都藏著一些不可告人的罪惡。一個穿著得體的，五十歲上下的夫人從椿屋的旁門進來推銷酒，清清楚楚地說是三百塊錢一升。因為比市面上的價錢便宜，老闆娘就當即決定買下來，可結果卻是摻水的。看起來那麼高貴的一個夫人都必須幹這樣下三濫的事情才能活下去，這樣的世界，我覺得我根本不可能毫無虧欠地全身而退。這個世間的道德，有沒有可能像玩撲克牌一樣，最終負負得正呢。

神，如果你存在世上，請你出來！

正月末，我被飯館的一個顧客給玷污了。

那天晚上下著雨，丈夫沒有來。丈夫以前認識的出版社的那個偶爾會到家裡給我送生活費的矢島先生和一個看起來也和矢島差不多的四十多歲的同行一起來了。

兩個一邊喝酒，一邊大聲半開玩笑地討論大谷的老婆在這樣的地方打工合適不合適什麼的。

我笑著問：「你們說的那個老婆現在在哪啊？」

矢島回答：「不知道現在在哪啊，反正至少比椿屋的小幸漂亮高貴。」

我笑著說：「真讓人嫉妒啊。能和大谷先生那樣的人一起，哪怕只陪他一夜我也願意。我就是喜歡那樣狡猾的人。」

「看見了吧，她就這樣。」

矢島看著同來的那位，撇了撇嘴。

那個時候，和丈夫同來的記者已經知道我是一個叫大谷的詩人的老婆。

一傳十十傳百，也有好事之人聞訊專程來找我尋開心。看著飯館一天天生意興隆，老闆高興得喜上眉梢。

那天晚上，矢島兩個就紙張的地下買賣進行了商談，十點多的時候離開了。眼看外面下著雨，丈夫估計也不會來了，儘管還有一個客人沒走，我已經開始準備回家。我抱起裡屋睡著的孩子，把他背在背上，小聲地跟老闆娘說：「又得借你的傘用一下了。」

「我帶傘了，我送你吧。」

最後沒走的那個客人一本正經地站起來跟我說。他二十五六歲，身材瘦小，看上去像是個工人。這位客人我還是今天晚上第一次見到。

「不敢勞您大駕，我一個人習慣了。」

「別客氣，你家遠，我知道。我也是住在小金井附近的，我送你吧。大娘，麻煩結帳。」

他在飯館只喝了三杯酒，看上去倒也沒醉。

我們一起坐上電車，在小金井下了，然後同打一把傘走在下著雨的漆黑的路上。

那個年輕人，在那之前一直是不言不語，突然一字一頓地說：「我都知道。我啊，是大谷先生的詩迷。我呢，也寫詩，一直希望著有機會能給大谷先生看看，可是我又特別害怕大谷先生。」

走到家了。

「謝謝你了，那我們店裡再見。」

「嗯，再見。」

年輕人在雨中離去了。

深夜，聽到嘎拉嘎啦有人開大門的聲音，我醒過來，以為又是丈夫酒醉回家，就翻了個身繼續睡覺。

「打擾了，大谷夫人，你在家嗎？」聽著是一個男人的聲音。

我起來開燈到門口一看，原來是剛才的那個年輕人，看上去他醉得幾乎站都站不住。

「夫人，真是對不起，回家的路上又去攤子上喝了幾杯。其實我家住在立川，走到車站已經沒有車了。夫人，麻煩你了，讓我在你這住一晚吧。被子什麼的都不用，在進門的臺階上都行。我明天一早坐首班車走，麻煩讓我住一晚吧。其實只要不下雨，我在隨便什麼地方的屋簷下都能湊合一晚，可是現在下著雨，真的是沒辦法了。拜託你了。」

「哦，反正我丈夫不在，如果你不介意的話，就睡進門的臺階吧。」

我說著，給他拿了兩塊破坐墊放在了臺階上。

「對不起。啊，喝醉了。」

他痛苦地小聲念叨著，一頭倒在臺階上睡下。等我回到床上，他已經是鼾聲如雷了。

就這樣，第二天的清晨，我竟然輕易被這個男的給佔有了。

那天，我表面上還是一如既往地背著孩子去飯館上班了。

中野飯館的院子裡，桌上擺著裝滿酒的玻璃杯，丈夫正一個人看著報紙。在上午的陽光下，玻璃杯顯得十分漂亮。

「一個人都沒有？」

丈夫朝我看看：「嗯，大叔去進貨了還沒回來，大娘剛才好像在廚房裡，現在不在嗎？」

「昨天你怎麼沒來？」

「來了啊。這段時間，看不見椿屋的小幸我都睡不著覺。我十點多過來露了個面，他們說你剛剛回去了。」

「然後呢？」

「然後我就住下了，就在這兒。昨天下那麼大的雨。」

「那我從今往後也乾脆就一直住在這兒算了。」

「行啊，應該沒問題。」

「那就這麼說定了。一直租著咱們那個房子也沒什麼太大意義。」

丈夫沒說話，專注地看著報紙。「唉，這些人又在上面寫我的壞話，說我是奉行享樂主義的假貴族。真是信口雌黃，說我是畏懼神靈的享樂主義還差不多。小幸，你看，這裡說我是一個敗類，這不是胡說八道嗎。我實話跟你說，其實去年年末的時候，我是想著讓小幸和孩子過個久違的好年才從這兒拿走那五千塊錢的。正因為我不是敗類所以連這樣的事都幹得出來。」

我聽了倒也沒有怎麼開心。

「敗類什麼的也無所謂吧。我們只要能活著就好了。」我說。

斜陽

“

這世上有著為了不明白的愛情，為了戀愛，為了那份悲傷，在地獄葬送了身體與靈魂的人。

啊！我想自信地說自己就是這樣的人。

”

︿ 1 ﹀

早上，母親在飯桌上喝了一匙湯，輕輕地「啊」了一聲。我以為湯裡進了什麼髒東西，問道：「頭髮？」

「沒有。」

母親若無其事地把一匙湯倒入口中，泰然地把臉轉向旁邊，遙望著廚房窗外盛開的山櫻，就這樣側著臉又將一匙湯輕盈地滑入小巧的唇間。用「輕盈」來形容母親一點也不誇張，母親的進餐法與婦女雜誌上登載的完全不一樣。弟弟直治有一次邊喝酒，邊對身為姐姐的我說：

「不是擁有了爵位便成了貴族。有些人沒有爵位卻有與生俱來的貴族氣，也有像你我這樣空有爵位，卻別說什麼貴族，根本就是與賤民無異的人。像岩島（直治的伯爵校友的名字）那種，比新宿妓院裡拉客的下人還要粗鄙。前幾天，在柳井（弟弟的校友，子爵的二公子的名字）的哥哥的婚禮上，那個畜生竟然穿著燕尾服，這種場合有什麼必要穿燕尾服呢？這也就罷了，在餐桌上發言的時候，那混蛋竟然滿嘴的之乎者也，我呸！裝腔作勢根本就是與高雅毫不相干的低劣的幌子。在本鄉附近有些招牌上寫著什麼高檔客棧，事實上大部分的貴族也不過就像是高檔乞丐罷了。真正的貴族，才不會像岩島那樣拙劣地裝腔作勢。我們整個家族，要說到真正的貴族，也就是像媽媽這樣的人物了，這才是真正的貴族，讓人自愧弗如。」

以喝湯為例。若是我們的話身體會稍稍前傾至盤子上方，橫握湯匙舀起湯，用橫著的湯匙把湯送到口邊。而母親卻會用左手的手指輕輕靠在餐桌邊緣，上半身並不彎曲，優雅地抬起臉，也不低頭瞧那盤子，橫著湯匙輕輕舀起湯，然後如燕子般輕盈地把湯送到嘴邊，與嘴成直角，從湯匙的頂端把湯滑入唇間，然後若無其事地左顧右盼，一邊敏捷地操弄湯匙。湯匙在母親手中宛如細小的翅膀，一滴都不會灑，也絲毫不會發出喝湯和餐盤碰擊的聲音。雖然我不知道這是不是遵循所謂的正式禮儀的喝法，但在我看來非常可愛，更像是正宗的手法。另外，實際上，將喝的東西倒入口中的飲法會品嘗起來格外美味。不過，因為我是直治所說的高檔乞丐，所以做不到如母親那樣輕盈毫不費力地操弄湯匙，無奈不得不作罷，只好身體前傾至盤子上方，用所謂的正式禮儀的繁瑣飲法。

不僅在喝湯方面，整體而言母親用餐的方法跟禮法頗不相同。端上肉來，母親會快速把肉全部用刀叉切分成小塊，然後放下刀，右手持叉，一片一片叉在叉子上開心地吃起來。另外，若是有骨頭的雞肉之類，當我們正費盡心思想著如何能不發出碰撞盤子的聲響把骨頭從肉中剔除時，母親已經若無其事地輕快地用指尖抓起骨頭，用嘴把骨頭與肉全都分離開來。這樣貌似野蠻的手法，母親做來卻不僅可愛，還異常性感。的確，正宗的貴族就是不一樣。不僅是有骨頭的雞肉，連午餐的火腿和香腸母親有時候也會突然用指尖抓起來吃。

母親還說：「知道為什麼飯團這麼好吃嗎？那是因為它是人用手指握緊了做出來的哦。」

有時候我也會想如果真的用手吃是否會很美味。可我這般的高檔乞丐如果真的那樣拙劣地模仿，怕是一定會成了真正的乞丐，所以一直忍耐著不敢效仿。

連弟弟直治都說媽媽讓人自歎弗如，我也深深感到模仿母親是一件很困難甚至令人感到絕望的事。一次，在一個剛入秋的月圓之夜，西片町我家的裡院裡，我和母親兩個人在池塘邊的亭子裡賞月，正笑著聊狐狸嫁女和老鼠嫁女新娘子的打扮有何不同時，母親輕輕站起來，鑽進了亭子旁邊的胡枝子叢中。轉而又在胡枝子的白色花叢中露出鮮亮潔白的臉頰，笑了笑說：「和子，猜猜媽媽在做什麼？」

「摘花嗎？」我說。

媽媽小聲的笑起來，說：「撒尿呢。」

我雖然驚奇於母親一點也沒有彎身，可卻深切感到母親擁有一種我根本無法模仿的真正的可愛魅力。

從今早喝湯的事岔題一直講到了現在。前幾天讀了本書，知道路易王朝時期的貴婦們，在宮殿的庭院和走廊的角落之類的地方若無其事地撒尿。那樣孩童般的天真，真的很可愛，我想，像母親這樣的人不就是那樣的真正貴婦中最後的一員嗎？

言歸正傳。今早母親喝了一匙湯，小聲地「啊」了一聲。我問是不是頭髮，母親回答說不是。

「是不是太鹹了？」

早上的湯是我把前幾天美國配發的青豆罐頭裡的豆子碾碎過濾後做的法式濃湯，原本就對自己的廚藝沒有自信，雖然母親說了不是，我還是擔心地追問道。

「做得很好吃。」

母親認真地說，把湯喝完，用手抓了海苔包裹的飯團站了起來。

我從小時候就覺得早飯不好吃，不到十點左右肚子不餓，所以那個時候只是隨便把湯喝了，吃東西卻很費勁。把飯團放到盤子裡，用筷子弄得支離破碎，不成形狀，然後用筷子夾起一塊，像母親喝湯時候的湯匙一樣，筷子與嘴成直角，宛如給小鳥餵食般送到嘴裡。就在我細嚼慢嚥的時候，母親已經把飯全部吃完，輕輕站起，背靠在撒滿清晨太陽的牆上，靜靜地看了一會我吃飯的模樣，說：

「和子，還是不行啊。要覺得早飯最好吃才行啊。」

「母親呢？覺得好吃嗎？」

「真是的，我又不是病人。」

「和子也不是病人啊。」

「不行，不行。」母親不滿地笑著搖了搖頭。

我在五年前曾因患了肺病而臥床不起，可我知道我得的是任性病。而母親最近這次的病卻是真的讓人擔心和難過，儘管如此，母親卻只是擔心著我的身體。

「啊！」我說。

「怎麼了？」這次是母親問我。

我們互相看著對方，感到彼此心靈相通。我「咯咯」地笑了，母親也莞爾一笑。

當令人無比羞恥的回憶來襲時，我就會不經意地發出那種不可思議的「啊」的輕輕叫聲。當六年前離婚的事如開了閘的洪水般湧現在腦海，變得無法承受時，我情不自禁地「啊」地一聲叫了出來。母親這樣又是為什麼呢？母親怎麼會有和我一樣羞恥的過去呢？或者，真的有嗎？

「母親，剛才想起了什麼吧？是什麼事呢？」

「忘了。」

「是我的事？」

「不是。」

「是直治的事？」

母親「嗯」了一聲，歪了頭說，「可能吧。」

弟弟直治在大學期間被徵召到南方的島上服兵役，之後便音訊全無，戰爭結束之後也下落不明，母親說已經做好再也見不到直治的心理準備了。可是我卻從來沒這樣想過，心想一定可以再見到的。

「雖然已經完全放棄了希望，可是喝著美味的湯，想著直治，就受不了了，要是之前對直治好一點就好了。」

直治自從進了高中，就異常沉迷於文學，過上了類似不良少年的生活，不知讓母親操了多少心。即便這樣，母親還是會喝一口湯，想一下直治，發出「啊」的叫聲。我把米飯塞到嘴裡，濕了眼眶。

「沒事的，直治肯定沒事的，像直治這樣的無賴才不會這麼輕易地死呢。要死的人一定都是既老實又漂亮溫柔的人，像直治這樣的用棍子打也打不死呢。」

母親笑著取笑我：「那和子你是會早死的那類人囉。」

「哎呀，怎麼會？我這種無賴大腦門，活到八十歲都沒事呢。」

「是嗎？這樣說的話，那我活到九十歲也沒事囉。」

「嗯。」我話說到一半，卻有些苦惱。無賴會長壽，而漂亮的人會早死，那母親是漂亮的人啊。可是，我卻想母親長壽。我很是猶豫。

「母親您欺負人！」

我說道，下嘴唇微微顫抖，眼淚溢出眼眶流了下來。

還是講講蛇的故事吧？四、五天前的下午，鄰居的小孩們在庭院圍牆的竹林裡發現了十來個蛇蛋，跑到我這裡來。孩子們堅持說：「這是蝮蛇的蛋。」

我想那竹林中要是生出十條蝮蛇，我想庭院也住不下去了，就說：「把它們燒了吧。」孩子們聽了高興得又蹦又跳，跟著我過來。

我們把樹葉和柴火堆在竹林的附近，點燃後，把蛇蛋一個個扔了進去。蛇蛋一直沒有點著。孩子們又在火焰上加了些樹葉和枯枝以增強火勢，可蛇蛋還是一點也燒不著。

下面的農家女孩在牆根外面一邊笑一邊問：

「你們在幹什麼呢？」

「我們在燒蝮蛇的蛋呢，要是孵出蝮蛇來了，多可怕啊。」

「那蛇蛋大概多大？」

「大約鵪鶉蛋那麼大，純白的。」

「那就只是普通的蛇蛋啊，不是蝮蛇的蛋吧，生的蛋是很難燒起來的。」

小女孩似乎覺得非常可笑，大笑了一陣便走了。

用火燒了三十分鐘，可是蛇蛋無論如何都燒不著，所以讓孩子們把蛇蛋從火裡撿起來，埋在了梅樹下。我撿了幾塊小石頭給它們立了個墓碑。

「快，大家來拜一拜啊。」

見我蹲下來雙手合十，孩子們也乖乖在我身後蹲下來雙手合十。之後，孩子們走了，我一個人慢慢登上石階，看到母親站在石階上紫藤架的樹蔭下。

母親說：「你真是做這種可憐事的人啊。」

「我以為是蝮蛇呢，沒想到只不過普通的蛇。不過我把它們好好埋了，沒關係的。」

我雖然這麼說，可是讓母親看到這些，覺得很是不妙。

母親並不迷信。可是自從十年前，父親在西片町的家中去世之後就特別害怕蛇。父親臨終前，母親看到有細小的黑線落在了父親枕邊，想都沒想就要將它撿起來，卻發現那竟然是蛇。那蛇「哧溜哧溜」地逃出了走廊，然後就不知道跑去了哪裡。聽說只有母親與和田叔父兩個人看到了，他們兩人對視了一下，為了不在父親臨終的日式房間裡引起騷亂，就忍著沒做聲。因此雖然當時我們也在場，對於那條蛇的事卻一無所知。

可是，在父親去世那天的傍晚，我也確實看到了蛇爬上庭院裡池塘邊的樹上。我現在是二十九歲的婦女，所以十年前父親去世的時候我已經十九歲，已經不是小孩子了，所以即便是過了十年，那時的情形依舊記憶猶新，絕對不會記錯。

當時我去剪供奉用的花，走到庭院的池塘那裡，在池塘邊上的杜鵑花處停住腳步，不經意間忽然看到有隻小蛇正纏繞在那杜鵑的枝頭。我有些吃驚，剛想要折旁邊的棣棠花，發現那花枝上也纏著隻蛇。旁邊的桂花、楓樹、金雀花、紫藤、櫻花，每一棵樹上都纏著蛇。可是我卻不覺得那麼可怕，只覺得蛇不過和我一樣，因為父親的去世而悲傷，所以從洞中爬出來祭拜父親的在天之靈。於是我把庭院裡蛇的事悄悄告訴了母親，母親聽了之後很冷靜，歪著頭若有所思，卻什麼都沒說。

可是，跟蛇有關的這兩件事卻讓母親變得異常討厭蛇，與其說討厭蛇，不如說對蛇充滿了尊敬、恐懼，也就是敬畏之情。

母親看到我燒蛇蛋，肯定覺得非常不吉利，想到這裡我也突然越來越覺得燒蛇蛋是件異常可怕的事。我非常擔心這件事說不定會給母親帶來什麼不好的報應，過了一天又一天，依舊無法將它忘記。今天早上在飯堂還一不留神說出什麼「漂亮的人會早死」這樣荒誕無稽的話，之後怎麼也不能自圓其說，以致流淚。收拾早飯的碗筷時，覺得自己的胸中好像爬進了一條折損母親陽壽的小蛇，無比厭惡卻又無可奈何。

之後，那天我在院子裡看到了蛇。那天風和日麗，因此我弄完廚房的事情，就把籐椅搬到院子裡的草坪上，想在那裡織些毛線活。我拿著籐椅去院子裡，一下就看到院子點景石的矮竹處有條蛇。哦，好討厭！我當時也沒多想，拿著籐椅返回到簷廊處，放下椅子坐下，開始織起毛線來。到了下午，我想去院子角落的佛堂裡把藏書中洛朗森的畫集取來。剛一進院子，就看到草坪上有條蛇在悠哉遊哉地爬著。就是早上的那條蛇！是條瘦長而優雅的蛇，我想這一定是條母蛇。她靜靜地橫穿過草坪向野薔薇的花蔭處爬去，停下來抬起頭擺動著細小的火焰般的舌頭，然後做出一副眺望四周的樣子。過了許久，又垂下腦袋，慵懶地蜷伏起身體。那個時候我只是深深感到這真是一條美麗的蛇。過了一會兒，我從佛堂拿出畫集，回來的時候悄悄看了看剛才蛇在的地方，它卻已不知去向。

臨近傍晚，我和母親在中式客廳裡一邊喝著茶一邊望著院子，突然發現今早的蛇慢悠悠地出現在石階第三階的石頭處。

母親也看到了，說：「那條蛇……」

她站起來，走到我身邊，握住我的手呆立不動。

母親這麼一說，我大吃一驚，不禁脫口而出：「蛇蛋的母親？」

「是，是啊。」母親的聲音有些沙啞。

我們雙手合十，屏住呼吸，默默地注視著那條蛇。慵懶地蜷伏在石頭上的蛇，踉踉地移動起來，然後有氣無力地穿過石階，朝著燕子花的方向爬去。

「從今天早上，它就在院子裡到處爬了哦。」

我小聲地說。母親歎了口氣，重重地坐在椅子上，聲音低沉的說：「是嗎？它在找蛇蛋呢。多可憐……」

我無奈地呵呵一笑。

夕陽照到母親的臉上，映得母親的眼睛看上去泛著綠光，那微帶怒氣的臉有著一種讓人禁不住想飛奔到母親懷中的美麗。我突然覺得母親的臉好像跟剛才那條憂傷的蛇有著說不出的相似之處。於是，沒有任何緣由的，我總覺得自己胸中住著的那條如蝮蛇般盤踞的醜陋的蛇，不知什麼時候會將這有著深沉悲傷的美麗母蛇吞噬掉。

我把手放在母親瘦削的肩上，不知緣由地打了個冷戰。

我們離開東京西片町的家，搬來伊豆的這座中國式山莊，是在日本無條件投降那一年的十二月初。父親去世之後，我們家的經濟就全靠母親的弟弟，也是母親如今唯一的親人——和田舅舅全權照應。戰爭結束後世間已經面目全非，和田舅舅告訴母親說，已經撐不下去了，除了賣房子之外已經別無他法，還不如讓下人們散了去，母女二人在農村買個乾淨的房子，還能過上愜意的生活。對於管錢之事母親比小孩還糊塗，聽和田舅舅這麼一說，母親就將一切託付給了舅舅處理。

十一月末舅舅送來快遞，信上說：「河田子爵在駿豆鐵路沿線有座別墅出售。那房子地勢高、視野好，占地有一百坪。那裡還是梅花的勝地，冬暖夏涼，你們住了一定會喜歡，因為需要直接和對方面談，不管怎麼樣明天請先到我在銀座的事務所來一趟。」

「母親去嗎？」我問道。

母親很是無奈地笑著說：「當然了，是我們拜託舅舅的嘛。」次日，我們拜託了先前的司機松山與母親同去。母親正午稍過之後出門，晚上八點鐘左右，松山送母親回來。

「已經定下來了。」

母親走進我的房間，用手撐著桌子就這樣癱坐下來，只說了這麼一句話。

「定下來？什麼定下來了？」

「全部。」

「可是，」我大吃一驚，「到底是什麼樣的房子，看都沒看呢。」

母親一隻胳膊放在桌上，一隻手輕輕放在額頭上，微微歎了口氣，說：「和田舅舅說是個好地方，所以我也覺得就算這樣閉著眼睛搬過去，也是沒有問題的。」母親抬起頭，淡淡一笑。母親的臉憔悴而美麗。

「也是啊。」我被母親對舅舅毫無保留的信任之美打敗了，於是附和著說：「那和子也閉上眼睛好了。」

兩個人笑出聲來，可是笑聲過後，一切又變得極其無奈。之後每天家裡都會來搬運工整理搬家的行李。和田舅舅也來了，把需要變賣的東西準備變賣。我和女傭阿君兩個人又是整理衣物，又是在院子裡燒掉些廢舊物，很是忙碌。母親也不幫忙整理，也沒有任何指示，就每天在房間裡，磨磨蹭蹭的。

「怎麼了？不想去伊豆了嗎？」我一狠心，語氣稍帶嚴厲地追問道。

「沒有啊。」母親表情呆滯，只是答了這麼一句。

就這樣過了十來天，行李整理完了。傍晚我和阿君兩個人正在院子裡燒紙屑和稻草什麼的，母親也從房間裡出來，站在簷廊處默默看著我們焚火。灰色而寒冷的西風吹過，煙低低地趴在地上。我突然抬頭看見母親的臉，從沒見過母親的臉色這樣糟糕過。我嚇了一跳，大叫起來：「母親！您的臉色很不好啊！」

母親輕輕一笑，說：「沒事。」然後又靜靜地走回了房間。那天晚上，因為被褥都已經打包好了，阿君睡在二樓西式房間的沙發上，母親和我在母親的房間裡鋪了從鄰居那裡借來的一床被褥，兩個人一起睡下了。

母親說：「因為和子在，因為和子陪在我身邊，所以我才去伊豆的啊。因為和子陪著母親……」母親聲音的蒼老和微弱讓人吃驚。

我心中怦地一跳，不假思索地問道：「要是和子不在身邊呢？」

母親突然哭起來，說：「那還不如死了呢。母親也想在你父親過世的這個家中就這樣死去的啊。」母親說得斷斷續續，最後終於全部被哭聲淹沒了。

母親在我面前從裡沒有像這樣示弱過，我也從來沒有見過母親哭得如此傷心。無論是父親去世的時候，還是我出嫁的時候，抑或是我懷著身孕跑回娘家，在醫院產下死嬰，生病臥床不起的時候，還是直治在外面幹了壞事，母親都沒有像現在這樣脆弱過。父親過世十年來，母親同父親在世時絲毫沒有改變，一直是無憂無慮、溫柔的母親。我們也得以自由自在地在母親的寵愛中長大。可是母親現在已經很窮困了，為了我們大家，為了我和直治，母親毫不吝惜地花光了所有的錢，只能離開這個住了一輩子的家，和我兩個人在伊豆的小山莊裡相依為命，開始窮困的生活。如果母親是那種暗中使壞，對我們苛刻和規戒，暗暗充實自己小金庫的人的話，即使世間變得如何面目全非，也不會像現在這樣有輕生的念頭。啊！一文不名是多麼可怕、可悲而無可救藥的地獄啊！我生平第一次被這種感觸佔據了整個內心，痛苦卻又哭不出來，倍感人生的嚴峻。我全身動彈不得，仰臥在那裡如石頭一般凝固不動。

次日，母親還是臉色很差，依舊是行動慢悠悠的，似乎想在這個家裡再多待一刻的樣子。和田舅舅來了，吩咐說行李都已經送走，今天就要出發去伊豆了。母親這才不情願地穿上大衣，跟來道別的阿君以及常來往的朋友作了無聲的道別，然後便和舅舅、我三人離開了西片町的家。

火車出乎意料地空空蕩蕩，我們三個人都坐了下來。在火車上，舅舅心情格外地好，唱起了能樂[1]的小曲。母親臉色很糟，一直低著頭，好像身體很冷的樣子。我們在三島換乘駿豆鐵道，在伊豆長岡下了車，然後又坐了十五分鐘左右的巴士，下車後朝著山的方向一直走，又登上一條舒緩的斜坡，看到了一片小村落，在那村落的盡頭坐落著一座中國式的帶有些許精緻的山莊。

「母親，這地方比想像的要好嘛！」我氣喘吁吁地說。

「是啊。」母親站在山莊的玄關入口，眼神也似乎閃過那麼一瞬間的開心。

「首先空氣很好，很乾淨。」舅舅自豪的說。

「的確是。」母親笑盈盈地說：「清新，這裡的空氣很清新。」三個人一齊笑了起來。

進了玄關，東京寄來的行李已經到了，從玄關到房間到處堆滿了行李。

「其次，從客廳看外面的視野很好。」舅舅心情大好，拉著我們在客廳坐下。

下午三點左右，冬天的太陽溫柔地照著院子裡的草坪。從草坪處走下石階，石階的盡頭有一個小小的池塘，很多梅樹。一片橘子園向院子下面延伸開去，再往後是村路，其對面是水田，再遠處的對面是松樹林，松林對面可以看見大海。就這樣坐在客廳，大海看起來跟我的胸部頂端一般高。

「好柔和的景色啊。」母親懶洋洋地說。

「空氣的緣故吧，太陽光完全和東京的不同，光線好像用絹濾過似的。」我嘰嘰喳喳地說。

一間十塊榻榻米大的房間和一間六塊榻榻米大的房間，一間中國式的客廳，一個三塊榻榻米大小的玄關，同樣大的浴室，再加飯廳和廚房，二樓還有一間配有大床的專門為訪客準備的西式房間。雖然就只有這幾間房間，我們母女二人，不，就算直治回來，我們三個人住也不會覺得空間狹小。

1. 日本傳統藝術形式。

舅舅出門去和這個村落裡唯一的一家旅館商量供應飯菜的事，一會兒便在客廳把送來的盒飯擺開，喝著自己帶來的威士忌，聊著與這個山莊之前的主人河田子爵在中國遊玩時發生的種種糗事，興致很是高漲。可母親卻只吃了幾口盒飯。過了一會兒，當周圍變得昏暗的時候，母親小聲說：「就這樣讓我睡一會兒。」

我從行李中拿出被褥讓母親躺下，總覺得有些擔心，於是從行李中找出體溫計，量了一下體溫，竟有三十九度。

舅舅看樣子大吃了一驚，立即去下面的村子裡找醫生了。

「母親！」我大叫了一聲，母親卻依舊昏昏沉沉的。

我握緊母親纖細的小手，啜泣起來。母親是多麼的可憐啊！不，是我們母女倆是多麼的可憐啊！我哭了不知多久，可淚水還是止不住。我一邊哭，一邊想真的就這樣和母親一起死去算了，我們母女倆什麼都不需要了。我們的人生自從離開西片町的家那一刻起就已經畫上了休止符。

兩個小時後，舅舅帶來了村裡的醫生。這位村醫看樣子已經很是上了年紀，穿著仙台綾的上好料子做成的和服褲裙，腳上穿著白色布襪子。

「有可能會發展成肺炎。不過，就算得了肺炎也不用擔心。」診斷結束後，說了些總讓人感覺含糊不清的話，打完針就回去了。

到了第二天，母親的燒還沒退。和田舅舅交給我兩千日元，說是萬一不得不住院的話就給東京發個電報，說完就暫時先回東京去了。

我從行李中取出做飯所需的最少的器具，做了粥餵給母親吃。母親躺著沒有起身，只吃了三湯匙便搖搖頭。

快到中午的時候，村裡的醫生又來了，這次沒有穿和服褲裙，腳上卻依舊穿著白布襪。

我問：「住院會不會好些？」

「不，沒有那個必要吧。今天再給她打一劑藥效強的針，燒就會退了吧。」他回答得依舊不清不楚，說完給母親打了一劑所謂的藥效強的針便回去了。

不過，不知道是不是那劑強針奏了效還是怎的，那天中午過後，母親的臉色變得通紅，出了好多汗。我給母親換睡衣的時候，母親笑了，說：「說不定是位名醫呢。」

燒退到了三十七度。我很高興，跑去這個村裡唯一的一家旅館，問老闆娘討來十個雞蛋，煮得半熟拿給母親。母親吃了三個熟雞蛋和大約半碗粥。

次日，村裡的名醫，又穿著白色布襪子到家裡來。我因為昨天注射的藥效強的針向他道謝，他聽了後一臉「有效那是自然」的表情，用力點了點頭。細心謹慎地診斷之後，又把臉轉向我說：「夫人已經沒有病了。所以，以後吃什麼做什麼都沒問題了。」講話還是那麼奇怪，我費了好大的力氣才忍住沒「噗嗤」笑出聲來。

我把醫生送到玄關口，回到客廳一看，母親已經從床上坐了起來，帶著愉悅的神情，出神地一個人自言自語道：「真的是名醫呢。我已經沒有病了。」

「母親，打開拉門吧。外面在下雪呢。」如花瓣般大小的雪片開始從空中輕輕飄落，我打開拉門，和母親並排坐著，隔著玻璃窗眺望伊豆的雪。

「我已經沒有病了。」母親又好像自言自語般說：「這樣坐著，從前的事情就感覺好像做夢一樣。到了快要搬家的時候，其實我無論如何，不管怎樣都不想來伊豆，就想在西片町的家再多待哪怕一天也好，半天也好。坐上火車的時候，感覺就好像已經死了一半似的，來到這裡，一開始感覺有些興奮，天色變暗之後，就覺得好懷念東京，胸口好像燒焦了似的，精神也變得恍惚起來。所以我得的不是普通的病啊，是老天爺取了我的性命，然後又讓我復活成了和過去不同的我啊。」

之後，我們母女兩人相依為命在山莊生活，好歹算是平安無事，一直至今。村落的人們對我們也很友好。我們是去年的十二月份搬到這裡來的，從那之後，一月、二月、三月，一直到四月的今天，我們除了準備做飯，大都在簷廊上做些針線活，或者在中式房間裡讀書、飲茶，過著與世隔絕的生活。二月梅花盛開，整個村落都被梅花淹沒，之後即便到了三月，因為大多是風和日麗的日子，盛開的梅花絲毫沒有衰敗，一直美美地開到三月底。無論是早上、中午、傍晚還是晚上，梅花都美得讓人歎息。一打開簷廊的玻璃窗，隨時都有花的香味輕輕飄進房間。三月底的時候，一到傍晚，必定起風。我黃昏時在飯堂擺上碗，從窗口吹進梅花的花瓣，落在碗中沾濕了。到了四月，我和母親一邊在簷廊上做著針線活一邊商量種田的計畫，母親說她也要幫忙。啊！這樣寫下來，才發現我們也不知什麼時候正如母親所說的那樣，死了一次，又復活成了完全不同的我們。可是，人是沒辦法像耶穌一樣復活的吧，雖然母親那樣說，可還是會喝一口湯，想一下直治，發出「啊」的聲音，因此，我那些過去的傷痕其實也根本就沒有痊癒過。

啊！多想毫無隱藏地清清楚楚地寫出來。我有時候也隱隱覺得這個山莊的寧靜只不過是表面的偽裝，就算這是上天恩賜給我們的短暫的休整期，我也不禁覺得這種平和背後已經有說不清的不祥的黑影正在不知不覺中逼近。母親儘管裝作幸福，卻已日漸衰老。而寄居在我胸中的蝮蛇卻日益膨脹，甚至不惜以母親為代價，不管自己如何抑制仍不斷膨脹。啊，我多麼希望這只是季節的緣故。最近一段時間，對我來說，這樣的生活已經變得非常難以忍受。燒蛇蛋這種粗鄙的事大概只是我心中急躁情緒的表現之一罷了，而這卻會讓母親陷入更深的悲傷，也愈加衰弱。

寫下了「戀愛」兩個字，便再也寫不下去了。

《 2 》

蛇蛋事件之後大概過了十天，接連發生的不祥之事，越發加劇了母親的悲傷，也讓母親的命更薄了。

是我引起的火災。

火災因我而起。我從小時候至今，連做夢都沒想到自己這一輩子還會遇上這麼可怕的事情。我之前就是連「用火不注意的話就會發生火災」這麼理所當然的道理都從來沒有放在心上過的「公主」。夜裡起來上廁所，走到玄關的屏風旁邊，看到浴室裡還有光亮。信步走過去一瞧，浴室的玻璃窗被映得通紅，傳來「劈劈啪啪」的聲音。小跑過去，打開浴室的小門，光著腳走進裡面一看，堆在燒洗澡水的爐灶旁邊的柴火堆已經燒起來了，火勢很是猛烈。

我飛奔到和我們院子相接的下面的農家，用力地敲門，大聲喊著：「中井先生！請快起來！著火了！」中井先生好像已經睡下了，回答說：「好的，馬上就來。」我正說著「那就拜託您了，請您快來」，他就穿著和服睡衣從家裡飛奔出來。

兩個人跑回火旁，用水桶舀池塘裡的水往火上澆。聽到客廳的走廊處傳來母親「啊」的一聲，我扔了水桶，從院子裡跑到走廊上，說：「母親，不用擔心，沒關係的，請回去休息吧。」我緊緊抱住快要倒下的母親，把母親帶回床鋪，讓她睡下，又飛奔回到著火處，一次次舀起浴池裡的水遞給中井先生，讓他把水澆到柴堆上，可火勢依舊猛烈，根本就絲毫沒有消退的跡象。

村裡傳來「失火了！失火了！別墅失火了！」的聲音，轉瞬間四五個村民衝破圍牆，跳了進來。大家用水桶接力把圍牆下面備用的水運到失火處，兩三分鐘的工夫火便被撲滅了。

「太好了！」我剛剛舒了一口氣，突然意識到失火是因我而起，不禁打了一個冷戰。的確，直到這時我才意識到，這起火災事件是因為我傍晚的時候把浴室爐灶裡燒剩的柴火拿出來後，自以為已經弄熄，就把它放在了柴堆旁而引起的。意識到這一點，我呆站在那裡剛想要哭出來的時候，突然聽到前面住家的西山先生的媳婦在圍牆外面，大聲喊著：「浴室全燒光了！是沒注意爐灶的火而引起的！」

村長藤田先生、二宮巡警和警防團長大內先生等人也來了。藤田先生帶著一貫溫柔的笑容問道：「受驚了吧？發生了什麼事？」

「都是我不好，我以為已經把柴火熄滅了……」話說到一半，感到自己無比悲慘，淚水奪眶而出，低著頭再也說不出話來。當時我還以為說不定會被員警當作犯人帶走。看到自己這樣光著腳，身著睡衣張惶失措的樣子，越發感到自己的落魄。

「明白了。令堂呢？」藤田先生用安慰的語氣，輕輕問道。「在房間裡休息呢，受了不小的驚嚇。」

年輕的二宮巡警也安慰著說：「所幸屋裡沒有著火就好。」

下面農家的中井先生換了衣服後回到現場，呼吸急促地說：「沒事的，柴火剛剛點著，也沒有發展成火災。」試圖袒護因我的疏忽導致的過失。

「是這樣啊。那我清楚了。」村長藤田先生點了兩三次頭，然後和二宮巡警小聲商量了幾句，對我說，「那我就回去了，請向令堂問好。」說著，就和警防團長大內先生以及其他人一起回去了。

只有二宮巡警留了下來，他走到我的面前，用呼吸般低沉的聲音說：「那麼呢，今天的事情，就不特別上報了。」

二宮巡警回去之後，下面農家的中井先生很是擔心，用緊張的聲音問道：「二宮先生怎麼說的？」

我回答：「說是不上報。」圍牆處還有鄰居在，好像聽到了我的回答，一邊說著「是嗎？太好了，太好了」一邊陸續回去了。

中井先生也道了晚安之後回去了。只剩下我一個人，呆呆地站在燒盡的柴堆旁邊，含淚仰望天空，看這時的情形，天色已經快亮了。

我在浴池洗了手腳和臉，心驚膽戰很怕見到母親。我在浴池的三塊榻榻米大小的房間裡磨磨蹭蹭地整理頭髮，然後又去了廚房，在廚房裡整理起並不必要的餐具來，直到天完全亮了。

天亮了，我放輕腳步聲向房間走去，母親已經換好了衣服，看上去筋疲力盡地坐在中式房間的椅子上，看到我微微笑了笑。可她的臉卻是讓人吃驚的蒼白。

我沒有笑，沉默著，站在母親的椅子後面。

過了一會母親說：「沒什麼事嘛。柴火本來就是用來燒的嘛。」

我突然開心起來，「噗哧」一聲笑出聲來。我想到聖經上的箴言「一句話說得合宜，就如金蘋果鑲在銀的器物上」，深深地感謝神明帶給我這樣的幸福，讓我擁有這樣溫柔的母親。我想昨晚發生的事情已經發生了，就不要再耿耿於懷了。我隔著中式房間的玻璃窗眺望清晨伊豆的大海，就這樣一直站在母親身後，最後母親安靜的呼吸聲和我的呼吸聲完全重疊了。

早上匆匆吃完早飯，我開始整理燒盡的柴火堆，村裡唯一的一家旅店的老闆娘阿開從院子的柵欄門一路小跑過來，眼裡泛著淚光說：「怎麼回事啊？怎麼回事啊？我剛剛聽說，昨晚究竟發生了什麼事啊？」

「對不起。」我小聲致歉。

「說什麼對不起什麼的，更重要的是，小姐，員警那邊呢？」

「說是沒事。」

「那就太好了。」她臉上現出真正的開心。

我跟阿開商量應該怎樣向村裡人致謝和致歉。阿開說還是給錢比較好吧，就把我應該去致歉的人家一家一家告訴我。

「可是，小姐如果不想一個人去的話，那我也跟著一起去吧。」

「一個人去的話好一些吧？」「您一個人可以去嗎？這樣的話，那就一個人去的好。」「那我就一個人去了。」

之後，阿開稍微幫忙整理了一下火災後的燒焦痕跡。

整理完之後，我從母親那裡取了錢，每一張百元日幣紙幣都用美濃紙包上，在每個紙包上面寫上了「致歉」的字樣。

首先第一個去了村公所。村長藤田先生不在，我把紙包交給接待的小女孩，致歉說：「昨天晚上真是很對不起。以後我會小心的，還請原諒！請代我向村長問好。」

然後去了警防團長大內先生的家裡，大內先生走到玄關來，見了我沉默著微笑，笑中帶著悲傷。不知為什麼，我突然有一種想哭的衝動，好不容易才說了句：「昨天傍晚很對不起。」就趕緊告辭了，一路上眼淚湧上來，把整個臉都哭花了。於是我只好回了一次家，在洗臉池那兒洗了臉，重新化了妝，然後在玄關穿上鞋子又要出門的時候，母親出來了，說：「還去哪裡呀？」

「嗯，這才去呢。」我頭也沒抬地回答。

「辛苦了。」母親平靜地說。

母親的愛賜予我力量，這回我一次也沒哭，把所有應該致歉的人家都走了一遍。

我到了區長家，區長不在家，區長的兒媳婦出來了，一看到我反而滿眼含淚。然後，在巡警那裡，二宮巡警也連聲說「太好了！太好了」，大家都很和氣。然後去各位鄰居家，大家也都很同情並安慰我。

只有前面的西山家的媳婦，其實已是四十歲上下的大嬸，只有她嚴厲地批評了我：

「以後也要小心點啊。雖然我不知道你們是皇族還是什麼，我以前看到你們那樣如兒戲般的生活就替你們捏了一把汗，好像兩個孩子在辦家家酒一樣，之前沒發生火災已經是奇蹟了。從今往後一定要小心啊！昨天夜裡，那場火災若是風勢強一些，整個村子都會被燒光了。」

這個西山家的媳婦就是當時在下面農家的中井先生跑到村長和二宮巡警面前，庇護我說「沒有發展成火災」時，在圍牆外面說「浴室全燒了，是沒注意爐灶的火所致」的那個人。可是我卻覺得西山家媳婦的抱怨很實在，真的講得很有道理。我一點不怨恨西山家媳婦。母親為了安慰我開玩笑說「柴火本來就是用來燒的」，可是如果當時風勢強一點的話，就會像西山家媳婦所言，整個村子都燒了也說不定。如果那樣的話，我就算以死謝罪也無濟於事了。如果我死了，母親也活不長久，還會傷及死去父親的名譽。雖然現在既不是皇族也不是貴族，可是如果沒落的話，也想華麗地沒落。這樣引起了火災，為此謝罪而死，這樣悲慘地死去，我死不瞑目。不管怎麼說，我必須要振作起來。

從第二天開始，我十分賣力地幹農活。下面農家中井先生的女兒偶爾過來幫忙。自從讓人看到弄出火災這樣的醜態之後，我感覺體內的血似乎變得有些黑紅了，之前胸中似乎住著一條暗中使壞的蝮蛇，這次連血的顏色都變了，感到自己越發變成了一個充滿野性的農家女。和母親在露天陽臺做針線活，會覺得格外閉塞、呼吸困難，反而是去農田挖土來得更快活。

這大概就是所謂的肉體勞動吧？這樣的體力活對我來說也並非第一次。我在戰時被徵召入伍，還打夯[2]過，現在在田地裡耕作時穿的可以下地幹活的襪子也是當時軍隊的配給。下地幹活的襪子這種東西當時第一次試穿的時候，沒想到那麼舒服，穿著它在院子裡走，自己似乎也能體會到了鳥和野獸光著腳在地面上走的那種舒適，開心得胸中隱隱作痛。戰爭中快樂的記憶就只有這麼一個，想一想，戰爭這種東西還真是無聊。

「去年什麼都沒發生。前年也什麼都沒發生。再前面的那一年也什麼都沒發生。」

戰爭剛剛結束後，某張報紙上登載了這首有趣的詩，的確，現在想起來，既感覺發生了各種各樣的事，又似乎感覺什麼都沒發生。我既討厭自己講述又討厭聽別人講述戰爭的回憶，死了這麼多人卻讓人感到無比的陳腐和無趣。不過，我還是太自私了吧。只有自己被徵召入伍穿上下地幹活的襪子被迫打夯的事情，並不讓我覺得陳腐。雖然也有很多痛苦的回憶，可是因為那次打夯的經歷，我的身體變得非常結實。即便如今，我的生活變得愈發貧困了，有時候想就乾脆靠打地基為生維持生活。

戰局漸漸陷入絕望境地的時候，有一位軍服打扮的男人，來到西片町的家中，把徵用狀和勞動日程表遞給我。看到日程表上寫著我從第二天起，每隔一日要去立川山裡，我情不自禁地流下眼淚來。

「不能找別人代我去嗎？」我流淚不止，啜泣起來。

「軍隊徵召的是您，所以必須要本人去。」那個男人強有力地回答。

2. 建築時用鐵、石或木製工具打地基，稱為「打夯」。

我下定決心要去了。

第二天是雨天，我們在立川山麓下列隊，首先是軍官訓話。以「戰爭必勝」開頭，他說：「戰爭雖然必勝，可倘若大家不遵循軍隊的命令做事，就會影響作戰，而造成沖繩那樣的結果，所以希望大家只按照命令做事。另外，說不定這座山中已經混有間諜，要互相提醒。大家今後會同軍隊的士兵一樣，進入陣地工作，一定要十分注意不要洩露陣地的佈局。」

山中煙雨彌漫，男女隊員近五百人，一邊站在雨中淋雨一邊聆聽軍官的訓話。隊員中混雜著國民學校的男女學生，全都一副凍得發抖快要哭出來的表情。雨水透過我的雨衣滲進上衣，不久就連貼身襯衣也都濕透了。

那一天挑了一整天的畚箕，在回家的電車上，眼淚止不住地往下流。之後的一次是拉夯，我覺得那個工作最有趣。

我到山裡去了兩三次的時候，國民學校的男學生開始目不轉睛地盯著我看起來。有一天，我正挑著畚箕，兩三個男同學和我擦肩而過，只聽其中一個人小聲說：「那傢伙是間諜吧？」我大吃一驚，問和我一起挑著畚箕走的小女孩：「他們怎麼會這麼問呢？」

小女孩認真地回答：「因為你像外國人。」我問：

「那你也覺得我是間諜嗎？」這次她輕輕笑了笑，答道：「不覺得。」

「我是日本人啊！」我說，連自己都覺得自己說的話很是愚蠢和荒謬，於是「哧哧」笑了起來。

某個天氣不錯的日子，我從早上起就和男人們一起搬圓木，負責監督的年輕軍官皺了皺眉，指著我說：「喂，你！你到這邊來！」

說著，迅速朝松林走去。我心中因不安與恐懼而怦怦直跳，跟在他身後走過去。樹林裡面堆著從木材加工廠運來的木板，軍官走到木板前面停下來，一下子轉過身來面向我，說：

「每天很辛苦吧。今天就讓你負責看這些木材。」他笑著說，露出了潔白的牙齒。

「就站在這裡嗎？」我問。

「這裡既涼快又安靜，你也可以在這塊木板上睡午覺。如果覺得無聊的話，這個也許可以讀讀。」說著，從上衣口袋裡取出小的袖珍本，難為情似的扔到木板上說，「讀讀這個吧。」袖珍本上寫著「三駕馬車」的字樣。

「謝謝！我家裡也有人喜歡讀書，現在去了南方。」我說。

他好像聽錯了，搖著頭懇切地說：「哦，這樣啊，是您丈夫啊。南方很辛苦的。」「不管怎麼樣，今天你就在這裡看木材。你的午飯，我一會兒給你送過來，請好好休息。」說完就快步走開了。

我坐在木材上，讀著袖珍本，正讀到一半的時候，那個軍官鞋子「咯噔咯噔」作響地回來了。

「我給你帶午飯來了。一個人很無聊吧？」說著，把盒飯放到草原上，又匆匆忙忙回去了。

我吃完盒飯，爬到木材上，躺著看起書來，全都看完了，就迷迷糊糊地睡起午覺來。睜開眼的時候已經下午三點多了。我突然感覺好像曾經在哪裡見過那個軍官，想了想，卻怎麼也想不出來。我從木材上下來，正梳理著頭髮的時候，又聽到了那鞋子「咯噔咯噔」作響的聲音。

「啊！今天辛苦了！已經可以回去了。」

我跑近軍官那裡，然後遞給他袖珍本，想道謝卻又說不出話來，沉默著抬頭看軍官的臉，兩人四目相接之時，我的眼中撲簌流下淚水來，那軍官的眼中也閃著淚光。

就這樣無言地離開了。那個年輕的軍官從那以後一次再也沒在我們幹活的地方露過面。我也只玩了那麼一天，之後還是每隔一天去立川的山上辛苦地勞作。母親再三擔心我的身體，可我卻越發變得結實起來，現在的我私下裡既有自信從事打夯的活計，也不覺得幹農活特別痛苦。

我一邊說著自己既不想講述也不想聽別人講述戰爭的事，自己卻忍不住講起了「寶貴的經驗」。可是在我的戰爭記憶中，如果說還有願意講起的，大致也就是這件事了，此外我想說的就只有曾經的那首詩中所寫的詞句了：

「去年什麼都沒有發生。前年也什麼都沒有發生。再之前的那一年也什麼都沒有發生。」

留在我身上的就只有這雙下地幹活的襪子，這是多麼荒謬和無常。

從下地幹活的襪子的事忍不住扯遠了。我每天穿著這可稱為戰爭唯一的紀念品的下地的襪子去田裡幹活，來排解心底隱隱的不安和焦躁，而母親這些日子看上去卻明顯地日漸虛弱起來。

蛇蛋事件。失火事件。

從那時候起，母親就明顯帶上了病態。相反，我卻感覺自己漸漸變成了粗野、低等的女人。我總覺得自己從母親那裡不斷吸取生機而變得越發富態了。

失火的時候，母親開玩笑說「那就是用來燒的柴火」，之後就再也沒提過失火一事，反而來安慰我。可是，母親內心所經受的打擊一定比我強烈十倍還不止。那次火災之後，母親夜裡有時候會痛苦地呻吟，刮大風的日子，會佯裝上廁所，深夜好幾次離開床鋪巡視家中。母親的臉色一直不好，有些日子似乎連走路也走不動了。母親之前說會幫忙幹農活，我說過一次不要幹了，可母親還是從井裡用大提桶往農田裡運了五、六次水。第二天，母親說肩膀酸痛得不能呼吸，在床上躺了一天，自從那之後就完全放棄了幹農活。偶爾去農田裡，也只是目不轉睛地看著我幹活的模樣。

「聽說喜歡夏天的花的人會死在夏天，真是這樣的嗎？」今天母親仍目不轉睛地看著我幹農活，冷不丁地說了這麼一句。我沉默不語只顧給茄子澆水。啊，這麼說來，現在已經是初夏了。

「我喜歡合歡花，可是這院子裡一枝也沒有呢。」母親又靜靜地說。

「不是有很多夾竹桃嗎？」我故意語氣冷淡地說。

「我討厭那花兒。夏天的花我大多都喜歡，可那花兒也太過潑辣了。」

「我呢，喜歡薔薇。可是，它一年四季都開，所以喜歡薔薇的人，豈不是春天死，夏天死，秋天死，冬天也死，要反反複複死上四遍嗎？」兩個人笑了起來。

「稍微休息一下？」母親依舊笑盈盈地說，「今天我有點事要跟和子商量。」

「什麼事？要是和死有關的話，還是免了吧。」

我跟在母親後面走，和母親並排坐在紫藤棚下的長椅上。紫藤花花期已盡，柔和的午後日光透過紫藤葉落在我們的膝蓋上，把膝蓋染成了綠色。

「我之前就想告訴你，只是想還是等到兩個人都心情好的時候再談比較好，所以一直等到今天。反正也不是什麼好事，可今天我覺得我應該可以順利地講出來，也請你耐著性子聽完吧。其實，直治他還活著。」

我的身體僵住了。

「五、六天前，和田舅舅那裡來了信，說原來在他公司工作的一個人最近從南方回來了，到你舅舅那裡問候的時候，東拉西扯了一遍，末了提到他和直治在同一個部隊，直治身體無恙，應該很快就會回來了。可是呢，有件煩心事，聽那個人說，直治好像染上了嚴重的鴉片癮。」

「又是這樣！」

我好像吃了苦東西一樣撇了撇嘴。直治在高中的時候模仿某個小說家，染上了毒癮，因此從藥店借了鉅款，母親花了兩年的時間才把錢全部還清。

「是啊，好像又開始了。可是，那人說那鴉片癮如果戒不掉的話，也不會讓他回家的，所以說肯定是戒掉了之後才回來。舅舅在信上說，即便是戒掉了，這麼讓人操心的人，也不可能立刻讓他找個地方工作。在眼下這個混亂的東京工作連正派人都還變得有些瘋狂呢，他這樣剛戒了毒癮的病怏怏的人，說不定會立即精神錯亂，不知道會做出什麼事情來。所以，直治如果回來了，還是立刻把他接到伊豆的山莊來，哪裡也不讓去，暫時在這裡靜養的好，這是其一。還有，和子啊，你舅舅呢，還有一件事吩咐。你舅舅說，我們的錢已經完全用光了。存款凍結了，還有財產稅什麼的，舅舅已經很難像之前一樣給我們寄錢了。這樣，直治回來的話，母親、直治和和子三個人閑在家裡不工作，舅舅要為我們湊齊生活費會非常的辛苦，所以趁現在要麼就替和子物色個婆家，要麼就找個東家，舅舅就是這麼吩咐的。」

「東家？是說女傭？」

「不是，舅舅說的是那個住在駒場的。」母親舉出一個皇族的名字，「那個皇族和我們也有血緣關係，和子去他們家幫忙，兼任公主的家庭教師，就不會覺得那麼寂寞和難堪吧。」

「就沒有其他的工作了嗎？」

「舅舅說其他的職業的話，和子恐怕就不太適合了。」

「為什麼不行？為什麼不行呢？」

母親只是寂寞地微笑著，什麼都沒有回答。

「真討厭！我，討厭這事情！」

自己也覺得自己說了不該說的話，可是卻無法控制自己。

「我穿著這樣下地幹活的襪子，這樣下地幹活的襪子」，說著流下淚來，不知不覺「哇」地一聲哭出聲來。抬起頭，用手背一邊擦掉眼淚，對著母親，一邊想著「不可以，不可以」，語言卻無意識般的，似乎脫離了肉體的控制，接二連三地脫口而出。

「母親不是說過嗎？說因為和子在，因為和子陪伴在你身邊，你才來伊豆的嘛，還說若是和子不在的話，就情願死了算了。所以，正因為如此，我才一心想著和子哪裡都不去，就陪伴在母親身旁，穿著這樣下地幹活的襪子，給母親種好吃的蔬菜。可是母親你一聽說直治要回來了，就立刻覺得我礙事了，把我趕去做皇族的女傭。太過分了！太過分了！」

我也覺得自己說得太過分了，可語言卻像獨立的生物一樣，無論如何也停止不下來。

「窮了，沒有錢了，我們變賣和服不就好了嗎？就連這個房子也賣掉不就好了嗎？我什麼都可以做的，不管是村公所的女辦事員還是什麼，都行的。若是村公所不雇用我的話，我可以做打夯的女工啊。窮苦什麼的根本不算什麼，只要母親疼愛我，我可以在母親身旁服侍一生。可是比起我，母親卻更喜歡直治，那我就走。我從這裡走就是了，反正我和直治以前就性格不合，要是三個人一起生活的話，彼此都不會幸福的。到今天為止我也和母親兩個人相依為命過了這麼長時間，已經沒有什麼遺憾了。從今往後直治和母親兩個人就一起過沒有外人干涉的生活，然後直治就好好地孝順母親好了。我已經厭倦了，已經厭倦了一直以來這樣的生活。我走！從今天開始，馬上走！我也有去的地方。」

我站了起來。

「和子！」

母親嚴厲地說，臉上堆滿我從未見過的威嚴，迅速地站起來，面對著我，看上去比我還要稍稍高一些。

我雖然心裡想馬上道歉說對不起，可是這話卻無論如何說不出口，反而講出了相反的話。

「欺騙了我啊！母親你欺騙了我啊！你不過是在直治沒回來的時候利用我啊。我是母親的女傭，現在已經用完了，所以就說讓我到皇族那裡去。」我「哇」地一聲，站在那裡痛哭起來。

「你啊，真是傻啊！」母親低沉的聲音，因憤怒而顫抖著。我抬起頭，又說了不該說的話。

「是啊，是傻啊。因為傻，所以才被騙了啊，因為傻，所以覺得我礙事了啊。我還是走的好。貧窮，是什麼啊？錢，又是什麼？我不清楚。我只是一直相信著愛——母親的愛才活到今天的。」

母親忽然轉過臉去。母親在哭。我想說「對不起」然後抱緊母親，可是因為幹農活弄髒了手，稍微有些顧忌，一方面忽然又覺得自己沒氣性，說：「只要我不在就好了吧？那我走！我有去的地方。」說完，就徑直小跑起來。走到浴室，一邊抽泣，一邊洗了臉和手腳，然後走到房間，正在換衣的時候，又「哇」地一聲放聲大哭起來。我想再盡情大哭一場，於是跑到二樓的西式房間，倒在床上，用毯子蒙住頭，痛哭起來，哭得整個人都消瘦了似的，意識也變得模糊起來。漸漸地突然很想念、很想念一個人，想看到他的臉，聽到他的聲音，心情也變得奇怪起來，好像雙腳腳心上紮了針灸用的熱針，卻只能忍住一動也不能動。

臨近傍晚的時候，母親靜靜地走進二樓的西式房間，「啪」地一聲打開電燈，然後朝床這邊走過來。「和子」，母親溫柔地呼喚著我的名字。

「嗯。」我從床上起來，坐在床上，用雙手往上攏了攏頭髮，看著母親的臉，「撲哧」一聲笑了。

母親也微微笑起來，然後重重地坐在窗戶下面的沙發上。

「我平生以來第一次沒有遵從和田舅舅的吩咐。媽媽呢，剛剛給你舅舅寫了回信，信上說孩子們的事情，請讓我自己處理。和子，那我們就變賣和服吧，把兩個人的和服一件件賣掉，盡情地浪費，過奢侈的生活吧。我也再也不想讓你做什麼農活了，買昂貴的蔬菜不也可以嗎？那樣每天都下地幹活，你的身體是吃不消的啊。」

其實，每天的農活對我來說也開始變得辛苦起來。剛才那樣瘋了一般地哭泣吵嚷，也是因為幹農活的疲憊混雜著悲傷，讓所有的一切全都變得可恨、可惡。

我在床上低著頭，沉默著。

「和子。」

「嗯？」

「你說你有去的地方，是哪裡啊？」母親還沒問完，我感覺自己臉紅到脖子處了。

「細田那裡嗎？」母親繼續追問，而我繼續沉默著。

母親深深地歎了一口氣說：「可以談談以前的事嗎？」

「說吧。」我小聲說。

「你離開山木家回到西片町的家中的時候，媽媽自以為並沒有說什麼責備你的話，我只說了一句『你背叛了媽媽』，對吧？還記得嗎？然後，你就哭了起來，我也覺得用了『背叛』這樣嚴重的字眼很不應該。」

可是，當時我聽到母親這樣講，卻覺得很是感激，流下的是開心的眼淚。

「媽媽呢，當時說你背叛了媽媽不是指你離開山木家的事，而是指山木告訴我和子與細田之間的戀愛關係的時候。聽到這件事，我臉色都變了。因為細田很久之前就已經有了妻兒，不管你是怎樣的愛慕，都是沒有結果的……」

「戀愛關係？真是過分。那只不過是山木的胡猜亂想罷了。」

「是嗎？你不會現在還想著細田吧？說有去的地方是哪裡？」

「才不是細田那裡呢。」

「這樣啊。那是哪裡呢？」

「母親，我呢，前幾天考慮了一下，人和其他動物完全不同的地方是什麼呢？無論是語言、智慧、思考還是社會秩序，即便是有程度的差異，可別的動物也都有不是嗎？說不定還有信仰呢。人自以為了不起地自封為萬物之靈，可是好像也和其他的動物沒有本質的區別不是嗎？可是，母親，只有這麼一個，其他的生物絕對沒有，只有人有的東西，這就是秘密。母親覺得呢？」

母親臉頰微微泛紅，綻出美麗的笑容。

「啊，那和子的秘密要是能結出好的果實也好啊。母親每天早上都祈禱你父親可以保佑和子幸福呢。」

我的腦海突然浮現出當時與父親開車兜風穿過那須野高原，然後在途中下車看到的當時秋天原野的景色，胡枝子、紅瞿麥、龍膽和黃花龍芽等秋天的花草正在盛開，野葡萄的葡萄果還很青澀。

然後，我和父親在琵琶湖上登上摩托艇，我跳入水中，棲息在水藻裡的小魚碰到我的腳，腳的倒影清晰地映在湖底，隨風擺動。那樣的景象前後毫無關聯地突然在我腦海中一閃，繼而消失了。

我從床上滑下，摟住母親的膝，這才終於說出了：「母親，剛才對不起。」

這樣想來，那一天是照耀我們幸福的最後餘光。之後，直治從南方回來，我們真正的地獄生活就開始了。

《 3 》

內心的怯懦讓我感覺自己無論如何也活不下去了。這就是那種被稱作不安的情感吧，如苦悶的浪花般衝擊內心，又恰如驟雨過後的白雲慌張地接二連三在天空中奔走，讓我的內心時而扭緊、時而鬆弛。我的脈搏間歇停滯了，呼吸變得稀薄了，眼前模模糊糊地昏暗下來，全身的力氣感覺好像從手指尖處溜走了，毛線也織不下去了。

最近陰雨連綿，不管做什麼都懶洋洋的。今天把籐椅搬到日式房間的簷廊上，又有了興致繼續織今年春天織了一半的毛衣。我準備用淡色調的牡丹色毛線，再加上些天藍色的毛線織成毛衣。而且，這淡淡的牡丹色毛線，還是從現在算起已經是二十年前我還在上小學時，母親用來給我織圍巾的毛線。那條圍巾的一頭是兜帽，我戴上它照鏡子一看，活像一隻小鬼，而且，顏色也和其他同學的圍巾顏色完全不同，所以我很討厭它。關西納稅大戶家的同學用一副大人的語氣誇獎我說「你戴的圍巾真不錯啊」，可是我卻越發覺得丟臉。從那以後，就一次也沒有戴過這條圍巾，丟在家裡好多年。今年春天，想把棄置不用的東西重新利用起來，於是把它拆了想給自己織件毛衣。可是無論如何也喜歡不起來這模糊的色調，於是織了一半又放在了那裡。今天因為無所事事，不經意間又把它拿起來，慢吞吞地接著織起來。可是，織著織著，我發現這淡淡的牡丹色毛線和灰色的雨空融合在一起，調製出一種無法言喻的柔和、清淡的色調。原來服裝的搭配應該考慮與天空的顏色調和，這麼重要的事我竟從來不知道。調和，是多麼美麗和美好的事情啊！我有些驚呆了，灰色的雨空和淡淡的牡丹色毛線，這樣的組合使二者同時都變得富有生機起來，很是不可思議。手中拿著的毛線突然變得溫暖，冰冷的雨空也如天鵝絨般柔和起來。讓人不禁想起莫內畫筆下的霧中修道院。我通過這毛線的顏色，感覺第一次瞭解了什麼叫作「美妙」，品味很棒。而母親是深知冬天的雪空可以與這淡淡的牡丹色優美地調和在一起，因此才特意為我挑選的。我卻如此愚笨，竟然討厭這顏色。母親從沒有強迫過幼小的我，而是任憑我出於自己的好惡把它扔在一旁，一直到我真正地理解這顏色的美麗。二十年間，母親沒有對這顏色做任何說明，沉默著佯裝不知地靜靜等待著。我深切地感受到母親的好，同時也想到我和直治二人卻欺負這樣的好母親，給她帶來麻煩，讓她消瘦，也許不久還會令她離開人世。突然恐怖與擔心的情緒不停湧向胸中，胡思亂想，越想就覺得前途可怖，總是預想到不好的事情發生。這種不安已經讓我無法繼續活下去了，指尖的力氣也溜走了。我把織針放在膝上，重重歎了一口氣，仰起臉閉上眼睛，不由得喊了聲：「母親」。

母親靠在客廳角落的桌子旁，正讀著書，疑惑地回答：「嗯？」

我不知如何是好，於是故意大聲說：「薔薇花終於開了。母親知道嗎？我剛剛才發現，終於開了啊。」

客廳的簷廊前面的薔薇，是和田舅舅以前從法國還是英國，有些記不清楚了，不管怎樣是從遙遠的地方帶回來的。兩三個月以前，舅舅把它移植到這個山莊來。今天早上終於開了一朵，其實我早已知道了，不過為了掩飾自己的難為情，故意裝作剛剛才發現一樣，裝模作樣地大驚小怪起來。花是濃郁的紫色，透著清澈的傲氣與堅強。

「我知道的。」母親靜靜地說，「對你來說，這種事情好像很重大呢。」

「可能吧。是不是很可憐？」

「沒有。我只是說你的性子是這樣。在廚房的火柴盒上貼上儒勒・雷納爾的畫，自己做玩偶的手絹，你喜歡做這些事。而且，說到院子裡的薔薇，仔細聽聽你說的話，好像在談論活著的人一樣。」

「因為我沒有孩子啊。」

自己完全意料不到的話脫口而出，話已出口，我心中一驚，心情糟糕地擺弄著膝上的毛線活。

——「因為已經二十九歲了啊。」

感覺好像有一個男人的聲音，以電話裡聽到的那種令人酥癢的男低音，突然這麼對我說了一句，聽得清清楚楚。我很是不好意思，臉頰燒得滾燙。

母親一言不發，還在讀著書。母親前幾天戴上了紗布面罩。不知道是不是這個原因，最近突然變得不愛講話了。那面罩是依照直治的吩咐戴上的。直治大約十天前從南方的島上曬得一臉黝黑地回來了。

一個夏天的黃昏，直治毫無先兆地從後院的木門走到院子裡來。

「哇，真糟糕！房子不怎麼雅致嘛。應該貼上廣告寫上『來來軒，燒賣有售』。」

這就是和我首次見面時直治打的招呼。

那天之前的兩三天前起，母親舌頭不舒服一直在床上靜養。外面看不出來什麼異樣，可是她說舌尖一動就疼痛難忍，連飯也只能吃稀粥。我說要不去看看醫生？母親搖搖頭，苦笑著說：「會被嘲笑的。」

我給她塗了複方碘，可是好像絲毫不見效，我格外焦急。就在這時，直治回來了。

直治坐在母親的枕邊，說了聲「我回來了」，行了個禮，立刻站起身來，在不寬敞的家中左顧右看。我跟在他身後走著，問道：「怎麼樣？母親，變樣了嗎？」

「變了，變了，變得憔悴了。還是早點死了的好。這樣的世道，媽媽這樣的人怎麼能活下去呢？太慘了，我都不忍心看。」

「那我呢？」

「變得粗鄙了，看臉像是和兩三個男人廝混的人一樣，討人嫌。喝酒嗎？今晚好好喝吧。」

我去了這個村落裡唯一的一家旅店，對老闆娘阿開說，弟弟回來了，請給來些酒。可阿開說，真不巧酒已經賣光了。我回去告訴了直治，直治臉上現出從未見過的陌生表情說：「切，是你不會打交道才這樣的吧」，向我問了旅館的地址，就趿拉著院子裡的木屐奔到外面，之後左等右等都不回家。我做好了直治以前喜歡的燒蘋果和用雞蛋燒的菜，把餐廳裡的燈泡換成亮一點的，又等了好一會兒，這時，阿開突然從廚房露出臉，「喂，喂。沒事吧？他正喝著燒酒呢。」她原本就像鯉魚一樣圓圓的眼睛睜得更圓了，好像是發生了什麼了不得的大事一樣，低聲說。

「燒酒？是那甲醇嗎？」

「不是甲醇。」

「喝了也不會得病的吧？」

「嗯，可是……」

「那就讓他喝吧。」

阿開嚥下了唾液點了點頭回去了。

我去了母親那裡，說：「說是在阿開那裡喝酒呢。」

母親歪了歪嘴笑了：「是嗎。鴉片已經戒掉了吧。你做飯吧，然後今天晚上我們三個人在這個房間休息，把直治的被子放在中間。」

我有種想哭的感覺。

下了。

夜深了，直治拖著雜亂的腳步聲回來了。我們三個人鑽進日式房間的一張蚊帳裡睡下了。

「跟母親講講在南方發生的事吧？」我一邊睡覺一邊說。

「沒什麼好講的，沒什麼好講的。都忘了。到了日本上了火車，從火車窗子看到的水田異常漂亮，就是這樣。關燈吧，睡不著。」

我關了燈。夏天的月光如洪水般溢滿了整個蚊帳。

第二天早上，直治趴在床鋪上，一邊吸著煙，一邊看著遠處的大海，好像第一次注意到母親身體的不適一樣問道：「說是舌頭痛？」

母親只不過微微一笑。

直治滿不在意的說：「那個啊，肯定是心理作用。晚上大概張著嘴睡覺的吧？真不像樣。戴上一個面罩，把紗布浸到利凡諾液裡，放在面罩裡面就好了。」

我聽了笑噴出來：「這是什麼療法啊？」

「這叫美學療法。」

「可是，母親肯定不喜歡面罩這種東西吧。」

母親之前不僅是面罩，連遮眼罩和眼鏡這些戴在臉上的東西都很討厭。

「那，母親，戴面罩嗎？」我問。

「戴。」母親認真地低聲回答。我大吃了一驚，好像只要是直治說的話，無論什麼都相信都遵從。

我吃完早飯後，就按照剛才直治說的，把紗布浸在利凡諾液裡，做成了面罩，拿到母親那裡。母親默默接過去，睡在床上把面罩的繩子徑直掛在兩個耳朵上。那樣子真的很像幼小的女童，讓我很是悲傷。

中午過後，直治說要去見東京的朋友和文學老師什麼的，換了西服，從母親那裡要了兩千日元就出門去了東京。從那以後已經過了快十天，可直治還是沒回來。母親每天都戴著面罩等直治。

「利凡諾，是好藥啊。戴著這個面罩，舌頭的疼痛就會消失了。」母親雖然是笑著說的，可是我總覺得母親在說謊。雖然母親說「已經沒事了」，現在也能下床了，可是看上去沒什麼食欲，也很少說話。我很是擔心，不知道直治在東京做什麼，想到他肯定和那個小說家上原什麼的一起在東京到處遊玩，陷入東京瘋狂的漩渦。越想就越是痛苦，結果鬼使神差地跟母親說起了什麼薔薇開花的事，然後又失言說出了「因為我沒有孩子」這種自己都意想不到的話，越發變得不可收拾。

「啊！」我站起來，卻又沒有可以去的地方，不知道如何打發自己，蹣跚著登上樓梯，走進了二樓的西式房間。

這裡今後應該會是直治的房間。四五天前我和母親商量，拜託了下面農家的中井先生，請他幫忙把直治的西服衣櫃、桌子、書箱，還有裝滿了藏書、筆記本等的五六個木箱，總之是以前西片町家中直治房間裡的全部東西都搬到這裡。以後等直治從東京回來了，再把衣櫃和書箱等分別放在直治喜歡的位置。

在此之前似乎還先就這樣胡亂放在這裡的好，所以現在房間亂得已經沒有落腳的地方了。我不經意地從木箱上取了直治的一本筆記本，看到那筆記本的封面上寫著「夕顏日誌」。裡面信筆寫著很多像下面這樣的語句，這好像是直治在鴉片中毒飽受痛苦時寫下的手記。

想燒死自己。即便痛苦，也叫不得一句、半句的苦。從古至今，前所未有，人類史無前例，無底地獄般的感覺，怎能敷衍了事！

思想？謊言。主義？謊言。理想？謊言。秩序？謊言。誠實？真理？純粹？全都是謊言。牛島的紫藤樹，號稱樹齡千年；熊野的紫藤樹，號稱樹齡數百年。聽說前者的花穗最長九尺，而後者五尺多，我只對那花穗滿懷期待。

那也是人之子。活著。

理論歸根到底是對理論的愛，而不是對活著的人的愛。

金錢和女人。而理論，靦腆地慌慌張張地走開。

歷史、哲學、教育、宗教、法律、政治、經濟和社會，比起這些學問什麼的，一位處女的微笑更來得尊貴，這是浮士德博士勇敢的實證。

所謂學問，是虛榮的別名，是人脫離其為人的努力。

我可以對歌德發誓，無論多好的文章我都可以寫得出來。全篇的結構不出差錯，適度的滑稽，燃燒讀者眼睛深處的悲哀；抑或令人肅然起敬、正襟危坐的完美小說，如果朗朗上口地讀出聲來，豈不成了銀幕的講解嗎？真難為情，怎麼好意思去寫呢？那種傑作意識根本就是心胸狹窄。讀小說要正襟危坐，是瘋子的行為。那樣的話，倒不如不穿和服外褂和和服裙子。越是好的作品，越是不用裝作一本正經的樣子。我只想看到朋友發自內心的快樂笑容。一篇小說，故意搞砸，寫得很爛，一屁股坐在地上撓著頭逃跑。啊！昔日友人的快樂容顏啊！

看樣子文字不成熟，人也不周到，吹著玩具喇叭講給別人聽，這真是日本第一的傻瓜。您還算是不錯的啦。好好活著吧！這樣的願望究竟是怎樣的情感啊。

朋友一副得意的面孔感歎說：「那是那傢伙的怪癖，真可惜。」不知道其實自己被人愛著。

有品行端正的人存在嗎？

無聊的想法。

渴望金錢。

否則，就在睡夢中自然死去吧！

從藥店借了將近一千日元。今天，悄悄地把當鋪的掌櫃帶到家裡來，領著他在我的房間裡轉了一圈，說：「您看看這房間裡有什麼像樣的東西可以當，如果有的話就拿去，我急需用錢。」可掌櫃也不怎麼好好看房間裡面，鄙夷地說：「別這樣。這些東西也不是您的。」「那好吧。那就只把我過去用自己的零花錢買的物品拿走吧」，我獨斷地說。可這些我搜羅的破爛裡沒有一個可以典當的物件。

首先是獨臂的石膏像。這是維納斯的右手，好似大麗花一樣的獨臂，雪白的獨臂，它就躺在檯子上。可是，仔細看的話，可以體會到維納斯全裸的身體被男人看到，「哎呀」一聲驚叫。當時正刮著含羞的風潮，而這裸體卻殘酷地暴露著，泛著淡淡的紅，每個角落都冒著熱氣，扭捏著身體時手的姿勢，那讓維納斯的呼吸都停止的全裸的羞澀，通過指尖沒有指紋、掌上也沒有一根掌紋的這純白纖細的右手展現，其表情之悲傷讓觀眾都感到胸悶。誰都應該看得懂的。可是，這所謂的沒有實用性的破爛兒，掌櫃估價說也就值個五十錢。

另外，還有巴黎近郊的巨幅地圖、直徑將近一尺的假象牙做的陀螺、可以寫出比線還細的字的特製筆尖，這些東西全都是輕易買不到的珍品。掌櫃笑了笑，說就此告辭。我說：「請留步」攔住了他。最後又讓他背走了堆得像山一樣高的書，收下了五日元。我書架上的書，幾乎全都是廉價的口袋書，而且又都是從二手書店買進的，所以典當掉的價格自然就這麼便宜了。

我想還掉借的一千日元，卻只籌到五日元。在這個世上我的實力，大概也只是如此。我沒有在說笑。

頹廢派？可是，連這樣都不做的話是活不下去的啊。比起說這樣的話來指責我的人，我更感謝說讓我去死的人，乾脆俐落。不過人們是很少說「去死」的，都是些卑鄙小氣、謹小慎微的偽善者啊。

正義？所謂的階級鬥爭的本質，根本不可能在此。人道？別說笑了，我知道的，是為了自己的幸福而擊敗對手。是殺戮，不是「去死」這樣的宣判，又是什麼呢？別想蒙混過關。

可是，我們的階級裡也沒什麼像樣的人。有白癡、幽靈、守財奴、瘋狗、大話王、裝腔作勢的傢伙從雲端撒下的尿。

對他們說「去死吧」，都是一種浪費。

戰爭。日本的戰爭是自暴自棄。

不想捲入這場自暴自棄的戰爭中死去。想乾脆一個人死了算了。

人在說謊的時候臉色必定都是一本正經的，就是現在那些領導者們的那種一臉正經。我呸！

我想跟不願被尊敬的人玩。

可那樣好的人根本就不會跟我玩的。

我裝作很早熟，人們都說我很早熟。我若裝成一副懶惰的樣子，人們就說我是懶漢。我裝作寫不出小說的樣子，人們說我寫不出小說。我裝作一副撒謊成性的樣子，人們說我是造謠專家。我裝作很有錢的樣子，人們說我是有錢人。我裝作很冷淡，人們說我是冷冰冰的人。可我是真的因為痛苦，忍不住呻吟出聲的時候，人們卻說我裝作很痛苦的樣子。

真是大錯特錯。

最後，我除了自殺之外還有什麼別的辦法嗎？

想到自己如此的痛苦，卻只能用自殺來了卻生命，我不禁放聲痛哭。

春天的早上，朝日照在綻開兩三朵梅花的梅樹枝上，聽說有一個年輕的海德堡的學生就吊死在那根纖細的樹枝上。

「媽媽！請您訓斥我吧！」

「怎麼訓斥？」

「說我是『窩囊廢』！」

「這樣啊？窩囊廢。這下行了吧？」

媽媽有媽媽無與倫比的好，一想到媽媽我就想哭。就當是為了給媽媽道歉，我也要死。

請原諒我。現在，請就原諒我這一次。

一年又一年
雙目盲依舊
仙鶴之雛鳥
想必已長成
太肥亦可悲（元旦試作）

嗎啡、阿托品嗎啡、東莨菪城、鴉片全城、正鹽酸羥考酮、東罂粟城、阿托品。

自尊心究竟算是什麼呢？自尊心？

人，不，男人，不覺得自己很優秀、自己也有優點就活不下去嗎？

討厭別人，被別人討厭。比心眼兒。

嚴肅＝呆傻感。

不管怎麼說呢，既然活著，就必定是在搞騙人的勾當的啦。

一封提出要借錢的信。

「請回信。請務必回信。請一定給我好消息。我設想了各種各樣的屈辱，一個人在呻吟。

我不是在演戲。絕對不是。

求您了。

我因為太過羞恥都快要死了。

我沒有在誇張。

每一天每一天，我都在等著您的回信，日日夜夜我都在哆哆嗦嗦發抖。

不要讓我掃興。

聽到牆那邊傳來竊笑。深夜，我在榻榻米的地板上輾轉反側。

別讓我再感到羞愧了。

「姐姐！」

我就讀到了這裡，合上這本《夕顏日誌》，放回木箱。然後走到窗邊，把窗戶全部打開，一邊看著下面浸在白色雨霧中的院子，一邊想著那時候發生的事。

那件事已經過去六年了。直治染上了毒癮是導致我離婚的原因。不，不能這麼說，我的離婚，即便直治沒有染上毒癮，也會因為別的事情而發生的，感覺好像是在我出生的時候就已經註定了的事情。直治苦於拿不出錢還給藥店，再三向我借錢。我剛嫁到山木家，金錢方面也不是很富裕，而且拿婆家的錢悄悄補貼娘家弟弟，會被人認為是很不合適的事情。我同從娘家跟我一起陪嫁過來的奶媽阿關商量，就把我的手鐲、項鍊和禮服等賣掉了。

弟弟寫信給我要錢，信上說，「現在痛苦萬分，既沒有臉和姐姐見面也沒有臉通電話，所以就請吩咐阿關把錢送到京橋某町某丁目的茅野公寓吧。姐姐也知道這人的名字的，是小說家上原二郎先生那裡。雖然上原先生在世間的名聲不好，可他絕不是那種人，所以請放心地把錢送到上原先生那裡。這樣的話，上原先生會立刻打電話告訴我的，所以請務必這樣做。我這次染上毒癮，只是不想讓母親擔心，我準備趁著母親現在不知道，無論如何把毒癮給戒掉。我這次從姐姐這裡借到錢，就全都還給藥店，然後去鹽原的別墅，把身體養好了再回來。是真的。我把借藥店的錢都還清了，從此以後就再也不碰毒品了。我對天發誓。請相信我。別告訴媽媽，讓阿關去茅野公寓那裡找上原先生，拜託了。」

我按照信上吩咐的，讓阿關拿著錢悄悄的送到上原先生的公寓。可是弟弟信中的起誓卻全是謊話，他根本沒有去鹽原別墅，好像毒癮也越發嚴重了，要錢的來信中文字也越發淒慘甚至近乎悲鳴。每次都發誓說「這次一定戒毒」，那種哀切的樣子真讓人不忍目睹。雖然知道這次可能也是謊話，卻還是讓阿關賣掉了胸針什麼的，把錢又送到上原先生的公寓去。

「上原先生，是怎樣的人啊？」「是個個子很小、臉色很差、輕慢無理的人。」阿關答道，「可是，他很少在公寓裡，大多數時候只有夫人和六、七歲的女兒兩個人在。

雖然夫人不是很美麗，可看上去性格溫柔，能力也不錯。感覺要是那位夫人的話，可以放心把錢給她。」

當時的我和現在的我相比，不，根本沒有辦法比較，好像完全是兩個人一樣，是個糊里糊塗、無憂無慮的人。儘管如此，弟弟不停地向我要錢，而且數目越來越大，讓我也不得不擔心起來。於是，一天看完能劇演出回家，我讓車子在銀座先回去，自己一個人走著去了京橋的茅野公寓。

上原先生一個人在房間裡讀著報紙。他穿著橫條紋的夾衣和藏青底碎白花紋的短外罩，好像上了年紀又好像很年輕，像之前從未見過的珍稀怪獸似的，給我留下了很怪的第一印象。

「我老婆和孩子一起去取配給品了。」

他帶些鼻音，斷斷續續地說，看樣子是把我當成了他妻子的朋友。我說我是直治的姐姐，上原先生冷淡地笑了笑。我不知為何打了個冷戰。

「我們出去吧。」這麼說著，他披上和服外套，從木屐盒裡取出一雙新的木屐，穿上，迅速地站到我前面，走到公寓的走廊上。

外面是初冬的夕陽，風很冷，感覺像是從隅田川吹來的河風。上原先生逆著風，稍抬右肩默默地往築地方向走。我一路小跑，追在後面。

進了東京劇院後面大樓的地下室，有四五夥的客人在約二十個榻榻米大小的細長的房間裡，分別隔著桌子，靜靜地喝著酒。

上原先生用杯子喝起酒來。然後，也讓我另取了杯子，向我勸酒。我用那杯子喝了兩杯酒，一點也沒事。

上原先生喝酒、抽煙，然後一直沉默著。我也默不作聲。這種地方我是有生以來第一次來，可這裡氣氛寧靜，我感覺心情不錯。

「喝點酒什麼的就好了。」

「什麼？」

「不是，我是說您弟弟，變成酒鬼就好了啊。我以前也染過毒癮，人們對那東西是談虎色變啊。雖然酒也是同樣的東西，可人們對酒反而可以容忍。那就讓您弟弟變成酒鬼吧，可以嗎？」

「我也見過一次酒鬼呢。新年的時候，我剛要出門，看到家裡司機的朋友在車子的副駕駛席上，臉紅得跟鬼一樣，正大聲呼呼打著鼾睡覺呢。我吃了一驚，大叫了一聲。司機說，這就是酒鬼啊，真沒辦法。然後把他從車上抱下來扛到肩上，不知帶到哪裡去了。那人好像沒有了骨頭一樣癱在那裡，都這樣了，嘴裡好像還嘟嘟噥噥的。我那時是第一次見到所謂的酒鬼是什麼樣子，好有意思啊。」

「我也是酒鬼。」

「啊，可……不是吧？」

「就連您也是酒鬼。」

「才沒有那回事。我是說我見過酒鬼。您完全搞錯了呀。」

上原先生這才開心地笑起來：「那樣的話，也許您弟弟就不能變成酒鬼了。不管怎麼樣，還是先變成愛喝酒的人比較好。那我們回去吧。太晚了就不方便了吧？」

「不，沒關係的。」

「那個，實際上，是我這邊不太方便。小姐，結帳！」

「是不是挺貴的？要是不多的話，我也帶著錢呢。」

「是嗎。這樣的話，那您就負責結帳吧。」

「可能不夠哦。」

我看了看手提包，告訴上原先生我帶了多少錢。

「有那麼多的話，還能再去兩、三家呢。您在逗我。」上原先生皺了皺眉說，然後笑了起來。

我問：「還去哪裡喝酒嗎？」

他認真地搖搖頭說：「不了，已經夠了。我替您叫輛計程車，回去吧。」

我們爬上地下室昏暗的樓梯，離開了。先我一步走在前面的上原先生在樓梯的半途，突然一下子轉過身來面向我，快速地吻了我一下。我緊緊閉著唇，接受了他的吻。

我並不是喜歡上原先生，儘管如此，從那時起，我也有了「秘密」。噔噔噔噔，上原先生跑上樓梯走了。我以一種不可思議的單純的心情，慢悠悠地爬著樓梯。到了外面，河風吹著臉頰，心情很是舒暢。

上原先生幫我叫了計程車，我們就一言不發地分開了。車子搖搖晃晃，我感覺世界突然變得像大海一樣寬廣了。

「我有戀人了。」

有一天丈夫責罵我，我覺得甚是空虛，便突然說了這麼一句。

「我知道。是細田吧？你是不是無論如何都沒法忘記他？」我沉默著一言不發。

這個問題，每次有什麼不愉快的事情發生，總是會被拿出來擺在我們夫妻之間。我想我們的婚姻已經不行了，好像裁剪的時候弄錯了禮服的布料一樣，那布料已經不能縫合在一起了，只能全都丟掉，重新再去另外剪一塊新布料了。

「難不成你肚子裡的孩子……」

一天晚上，丈夫這麼對我說的時候，我覺得異常恐怖，全身顫抖。現在想來，當時我和丈夫都太年輕了。我連戀愛也不懂得，就更不懂得愛了。我迷上了細田先生畫的畫，到處跟人說，如果能成為那樣的人的夫人，就能過上多麼美麗幸福的生活啊。要是不能和那樣品味高尚的人結婚的話，那結婚也沒有意義。因此好像大家都誤會了我，即便如此，我依舊不懂戀愛也不懂愛情，若無其事地公告天下說我喜歡細田先生，根本沒想過要去澄清。所以事情越發變得複雜起來，連那時我腹中的小嬰兒也變成了丈夫懷疑的物件。明明誰都沒有將離婚明白地說出口過，可不知什麼時候周圍的人也變得不再看好我們。我和陪嫁的阿關一起回了娘家，之後，孩子生下來就是死的，我生了病臥床不起，和山木之間，從那之後便再無瓜葛。

直治不知是不是覺得自己對於我離婚一事負有責任，說了句「我死了算了」便哇哇大哭起來，臉都幾乎給哭爛了。我問他欠了藥店多少錢，他告訴我的真是一個驚人的數目。而且，後來才知道弟弟不敢說出真實的數目，所以撒了一個謊。後來知道的實際總額是那時弟弟告訴我的金額的近三倍。

「我見了上原先生，他人很好。今後你和上原先生一起喝酒遊樂怎麼樣？酒很便宜啊。要是喝酒，我隨時都可以給你錢。欠藥店的錢也不必擔心，總會有辦法的。」

我見了上原先生，還說上原先生是個好人，這件事好像讓弟弟格外開心。弟弟那天晚上從我這裡拿了錢就趕緊去上原先生那裡玩了。

毒癮本身可能是精神上的疾病。我誇獎上原先生，還從弟弟那裡借來上原先生的著作閱讀。我說：「真是個了不起的人啊！」弟弟說：「姐姐你這樣的人怎麼可能懂。」即便如此，還是非常開心地又給我了上原先生的其他作品，說：「那你就讀這本看看吧。」慢慢的我也開始認真讀起上原先生的書來，兩個人東拉西扯講上原先生的傳言。弟弟每天晚上理直氣壯地去上原先生那裡玩，好像漸漸地按照上原先生的計畫轉變了。

就還錢給藥店的事，我悄悄跟母親商量，母親用一隻手遮著臉，很久都沒有動。過了一會兒，她抬起頭，寂寞地笑了，說：「考慮也沒用啊，不知道要花多少年呢，就每個月還一點這樣還下去吧。」

從那以後已經過了六年。

夕顏。啊！弟弟也很痛苦吧。而且能走的路全被堵死了，依然不知道該怎麼做好吧。只能每天如死人一般喝著酒吧。

乾脆一狠心，做一個真正的浪蕩子弟好了。這樣一來，弟弟不也反而能夠輕鬆些嗎？有品行端正的人嗎？那本筆記本上這麼寫著。這麼說來，我也是品行不端，舅舅也是，連母親好像感覺也是。品行不端，難道不是一種溫柔？

《4》

是該寫信還是該怎麼做，我猶豫了很久。不過，今天早上，突然想起來耶穌的話「靈巧如蛇，溫馴如鴿」，莫名地有了精神，於是決定還是寫信吧。我是直治的姐姐，您是不是已經不記得我了？如果忘記的話，還請把我記起來。

直治前幾天又去您那裡打攪，給您添了很多麻煩，真的很對不起。（可事實上，直治的事情是直治的自由，由我來多管閒事地道歉，自己也覺得很是荒謬。）今天有事相求，不是關於直治，而是我自己的事。我聽直治說，您京橋的公寓遭了災，之後就搬到了現在住的地方。很想去您在東京郊外的府上拜訪，可是母親最近身體不適，我又無論如何不能不管母親逕自去東京，於是就決定給您寫了這封信。

我有件事想跟您商量。

我要商量的這件事，以《女大學》一貫的立場來看，很是巧言令色，甚至可能是惡性犯罪。可是我，不，我們再這樣已經活不下去了。所以希望弟弟直治在這個世界上最尊敬的您可以聽一聽我真實的心情，告訴我應該怎麼做。

我已經無法忍受現在的生活了。何談喜歡或者討厭，我們母子三人已經不能再像目前這樣生活下去了。

昨天也很痛苦，身體也發熱，喘不過氣來，正不知怎麼辦好。正午稍過的時候，下面農家的女孩冒雨把米背過來了，於是我按照約定好的給了她衣服。女孩在食堂面向我坐著，一邊喝著茶一邊用很現實的語氣說：「您這樣靠變賣東西，今後還能過活多久啊？」

「半年、一年左右吧。」我回答。然後，用右手遮住半邊臉說：「好睏啊。睏得沒法子。」

「那您是累了啊。應該是神經衰弱導致的犯睏吧。」

「大概是吧。」

眼淚快要流出來，突然在我胸中浮現了「現實主義」和「浪漫主義」這兩個詞。我的世界裡沒有現實主義，一想到現在這個樣子不知還能不能繼續活下去就全身發冷。母親已經病懨懨處於半臥床狀態。弟弟您也知道是個患了嚴重心病的病人，在這裡的時候經常去這附近的一家兼營旅館和飯館的店裡喝燒酒，每三天拿著我們變賣衣服得來的錢去一次東京。可是，令人痛苦的並不是因為這些事情。我只是清清楚楚地預感到自己的生命在每天這樣的日常生活中，像是芭蕉的葉子還未凋零便腐爛開去一樣，就這樣一直站著就自動腐爛下去，讓人感到恐怖，實在令人無法忍受。所以，即便這樣做背離了《女大學》的訓導，我也想逃離現在的生活。

於是，我才來找您商量。

我現在想跟母親和弟弟明明白白地說清楚，我想明明白白地說我之前愛上了一個人，今後打算作為他的情人生活下去。那個人您應該也認識，他名字的首字母是M．C。一直以來，我一旦發生什麼痛苦的事情就想飛奔到M．C那裡去，感覺自己患了相思病要死了。

M．C和您一樣是有妻子和兒女的人，而且好像還有比我更漂亮更年輕的女性朋友，可我覺得自己除了去M．C那裡已經沒有別的活路了。我還沒有跟M．C的夫人見過面，應該是位很溫柔很好的人。一想到他的夫人我便覺得自己真是個可怕的女人。可是，我又覺得自己現在的生活好像要更加恐怖，所以沒有辦法不依賴M．C。「靈巧如蛇，溫馴如鴿」，我想要將我的戀愛進行到底。可是，母親、弟弟還有世間的人們肯定沒有一個人贊成我吧。您怎麼認為呢？想到自己最後只能一個人思考，一個人行動，眼淚便流了下來。生平第一次經歷這樣的事情，我想這樣困難的事情是不是沒有辦法最終能夠得到周圍人的祝福呢。好似在思考非常繁瑣的代數因數分解還是什麼題目的答案一樣，集中精力，似乎從某個地方就能找到接二連三解決所有問題的線頭，忽然又變得快樂起來了。

不過，最重要的是M．C那邊是怎麼看我的呢？一想到這一點又沮喪起來。說起來，我是硬送上門的……應該怎麼說才好呢？不能說硬送上門的老婆，可以說是硬送上門的情人吧。因為是這樣的關係，所以如果M．C那邊如果是無論如何都不願意的話，那就只能到此為止了。所以，我有求於您，無論如何請您試著問一下他，六年前的某天，在我心中隱約架起座淡淡的彩虹，那雖然不是什麼戀愛也不是愛情，可經年累月，那架彩虹的顏色卻變得越發濃烈和鮮豔，一直到現在它都沒有消失過一次。驟雨初歇的晴空中架起的彩虹，不久便會如幻影般消失無蹤跡，可是架在人心中的彩虹，卻不會消失。請試著問一下他，他究竟是怎麼看我的呢？他是覺得正像那雨後晴空的彩虹一樣，早就消失得無影無蹤了嗎？

如果是這樣的話，那我也只能擦去我的彩虹了。可是，不先抹去我的生命，我心中的彩虹是不會消失的。

祈求您的回信。

上原二郎先生（我的契訶夫，My Chekhov，M·C）

*

我最近在漸漸發福。與其說是變得像動物式的女人，我倒覺得自己變得越來越像人了。這個夏天唯有讀了一部勞倫斯的小說。因為沒有收到您的回信，我再一次給您寫信。之前給您寫的信，很是巧言令色，裡面充滿了毒蛇般的奸計，您已經一個個都識破了吧。我真的在那封信裡的每一行都用盡了自己的狡黠，結果您認為我只是想讓您拯救我的生活，想要錢才寫的信吧。雖然我也並不否定這一點，但是，如果我只是想要一個資助者的話，雖然我這樣說很失禮，我就沒必要特意挑選您來託付，應該還是有很多肯疼愛我的有錢的老人的。其實，最近也有人來提一門莫名其妙的婚事。那個人的名字您可能也知道，是位六十多歲的單身老頭，是藝術院的什麼會員。這樣的大師級的人物為了娶我來到了我們住的這個山莊，因為這位大師曾住在我們在西片町的家附近，和我們是街坊四鄰的交情，所以偶爾會遇到。不知道什麼時候，記得是一個秋天的黃昏，我和母親二人坐著汽車從那位大師家門前經過的時候，看到那位大師一個人呆呆地站在家門旁。母親從車窗跟他點了一下頭，那位大師並不和悅的黑青色的臉刷地一下變得像楓葉一般紅。

「是戀愛了嗎？」我興奮地嚷起來，「是喜歡母親您吧。」可母親卻好似自言自語般冷靜地說：「沒有，他是個很了不起的人。」尊敬藝術家是我們這樣的家庭的家風。

聽說那位大師的夫人幾年前去世了，通過和田舅舅的謠曲朋友中的一位皇族，向母親提親。母親說：「不然就按照和子你自己的意思直接寫信給這位大師吧。」我根本不用深思，自然是不同意，所以輕輕鬆松地在信上說我現在沒有結婚的打算。

「可以拒絕的吧？」

「那是當然我也覺得不太可能啊。」

那時，因為那位大師住在輕井澤的別墅那邊，於是我把回絕的回信寄到了那棟別墅。兩天後，大師出其不意地出現在這個山莊，他說自己因為工作的關係要來伊豆的溫泉，所以就順路拜訪一下。於是他就這樣和那封信錯過了，毫不知曉我回信的內容。藝術家這樣的人無論多大年紀，都會這樣像小孩子一般隨心所欲地行事的吧？

母親身體不適，所以我來作陪。在那間中國式房間裡奉上茶，說：「那封回絕的信現在的話應該已經寄到了輕井澤那邊了，我已經好好考慮過了。」

「這樣啊。」他語氣慌張地說，用手擦了擦汗。

「可是，還是請您再次好好考慮一下。我呢，怎麼說好呢，說起來可能不能給您精神上的幸福，可是物質上的幸福是不管怎樣都可以給您的，這一點我可以明明白白地保證。我這是打開天窗說亮話。」

「您剛才所說的幸福我不太明白，對不起，可能我這樣說有些狂妄自大。在契訶夫給妻子的信中，他寫過『生一個我的孩子，生一個我們的孩子』。尼采的散文裡也有『想讓她給我生孩子的女人』這樣的話吧。我想要孩子，說什麼幸福，那種東西跟我毫無關係。雖然我也想要錢，可只要有能把孩子養大的錢就足夠了。」

大師很奇怪地笑了笑，說了一句與自己年齡不太適合的、有點裝模作樣的話：「您真是很稀罕的人物啊，對誰都能想什麼說什麼。要是能和您這樣的人在一起的話，說不定也會給我的工作帶來新的靈感呢。」雖然我也覺得若真的以我的力量可以使這樣偉大的藝術家的工作重新煥發青春，也必定是很有意義的事情，可是，我無論如何也不能構想出被那位藝術家抱在懷中的畫面。

「就算我對您沒有愛慕之情也沒關係嗎？」我稍微笑了笑，詢問道。

大師認真地說：「對女人來說是沒關係的，女人可以糊里糊塗啊。」

「可是，像我這樣的女人，還是覺得如果沒有愛情是沒有辦法考慮結婚的。我已經是大人了啊，明年就三十歲了。」這麼說著，不由得想捂住自己的嘴。

三十歲。女人一直到二十九歲都留有少女的氣息。可是，突然想起以前讀的法國小說中所說的「三十歲女人的身體已經完全沒有了少女氣息的蹤跡」，一陣寂寞便止不住地襲來。看了看外面，沐浴著正午陽光的大海如玻璃碎片般發著強烈的光。

當時讀那本小說時，只不過覺得「那當然了」，也就罷了。「到了三十歲，女人的生活也就結束了」，能有這樣滿不在乎的想法，那個時候的自己真令人懷念啊。隨著手鐲、項鍊、禮服、腰帶從我的身邊一個個消失，我身體中的少女氣息也漸漸淡去了吧。真糟糕，中年婦女。啊，好討厭！可是，中年婦女的生活也還是女人的生活啊。最近，漸漸想通了這一點。我還記得英國女教師在回英國去的時候，對十九歲的我所說的話。

「你不可以談戀愛。你若是戀愛了，就會變得不幸福。要想戀愛的話，得長得更大一些，要到了三十歲以後再談。」

可是，聽了這些話的我悵然若失。到了三十歲之後的事情，當時的我根本無法想像。

「我聽說您要賣掉這棟別墅。」大師一副刁難人的表情，突然這麼說。

我笑了：「不好意思，我想起了櫻桃園[3]，您會買的吧？」大師的確是敏感地覺察到了我話裡的意思，氣得歪著嘴沉默著。

的確是有一個皇族想用新日幣五十萬日元買下這個房子作為寓所，不過那件事之後就沒消息了。大師大概是聽了這個傳聞了吧。看來他無法忍受被我們認為是買櫻桃園的羅伯興，完全壞了情緒，稍微說了幾句閒話便回去了。

我現在向您請求的不是做我們的資助者，這一點我可以明明白白地保證。只不過請

3. 契訶夫同名戲劇中的貴族宅邸，被新興的商業資產階級羅伯興買下。

接受中年婦女的不請自來。

我第一次和您相遇已經是六年前的事情了。那個時候，我對您一無所知，只知道是弟弟的師父，而且是個有點壞的師父，當時只是這麼認為的。然後一起喝了杯酒之後，您還做了個惡作劇對吧？不過，我不介意的。只是覺得身體奇怪地變得輕鬆了。我既不喜歡也不討厭您，對您沒有什麼特別的情感。當時，為了取悅弟弟，我從他那裡借了您的著作開始讀了起來，有些挺有意思，有些就沒那麼有意思。雖然我也不是很熱心的讀者，可是六年以來，不知從什麼時候起，您就像霧一樣深深滲透到我心中。那個夜晚，在地下室的樓梯上我們之間發生的事情，忽然歷歷在目、無比真切地浮現在眼前，我不由覺得那是件可以決定我命運的重大事情。對您很是懷念，一想到這有可能是愛情，便覺得心中不安又無依無靠，獨自啜泣起來。您和其他的男人完全不同，我並不是像《海鷗》中的妮娜一樣愛上了作家，我並不仰慕小說家什麼的。您要是認為我是文學少女，我也會覺得不知所措，我是想要您的孩子。

更早之前，在您還是一個人，我也還沒有嫁去山木家的時候，若是兩個人相遇了，結婚了，可能我也不會像現在這樣痛苦。我知道是沒辦法和您結婚的，已經放棄了這個想法。排擠掉您的夫人，用這樣卑鄙的暴力手段，我很是厭惡。就算是我做您的小老婆（我本來實在不想用這個詞，想用「情婦」這個詞的，可是這就是俗話中的小老婆，所以我還是明明白白地說清楚），那也沒有關係的。可是，一般世上小老婆的生活應該是很困難的吧，聽別人說，小老婆要是用不著了，一般就會被拋棄的，說是到了快六十歲時，無論怎樣的男人全都會回到老婆那裡的。我聽到西片町的老僕和乳母的談話，說只有小老婆是無論如何也不能做的。可是，這只是世上普通的小老婆的情況，我覺得和我們的情況是不一樣的。我覺得對您來說，最重要的事情還是您的工作。所以，您要是喜歡我的話，我們兩個人感情好也有益於您的工作吧，這樣您的夫人也會贊成我們的事情。雖然這聽上去像是很奇怪的牽強附會的道理，可我覺得我這樣想絲毫沒有錯。

問題就只在於您的回信了。您到底是喜歡我，還是討厭我，或者對我沒有任何感情？雖然我很怕看到您的回信，可我卻不得不問您。前幾天的信上我也寫了「硬送上門的情人」，我又在這封信上寫了什麼「中年婦女不請自來」。現在好好想了想，要是沒有您的回信，我就算是想硬送上門，也毫無頭緒，只能一個人漠然消瘦下去罷了。不管怎麼樣沒有您的回音是不行的啊。

現在突然想起來一件事，您在小說裡寫了很多戀愛的冒險之類的事情，雖然輿論都謠傳您是個大惡人，可實際上，您應該算是見識豐富吧。我是沒什麼常識的人，我覺得只要能喜歡上一個人，那就是很美好的生活。我想給您生孩子。給別人生孩子，是無論如何也不想的，這就是為什麼我現在是在和您商量。您要是明白了的話，請給我回信。請把您的心意明明白白地告訴我。

雨停了，起風了。現在是下午三點。一會兒我去取一等酒（六盒）的配給。把兩瓶朗姆酒放在布袋裡，把這封信放在胸前的口袋裡，再過十分鐘之後，我就出門到下面的村子去。這酒我不給弟弟喝，和子自己喝，每天晚上喝一杯。酒真的應該是用杯子來喝的啊。

您不來這裡看看嗎？

M·C 先生

*

今天也下雨了。下的是肉眼看不到的濛濛細雨。我每天每夜不出門，一門心思等您的回信，可終究到今天還是沒有等到您的信。您究竟是怎麼考慮的呢？前幾天我給您寫的信中寫了那個大師的事情，是不是不應該啊？您肯定覺得我寫了這樣提親的事，是想煽動您的競爭意識，所以感到厭惡了嗎？可是，那門親事自那以後早就已經沒了下文。剛才我還和母親把這件事當笑話說呢。母親前幾天說舌尖痛，直治建議她用美學療法。母親就依照那個療法治療，舌尖也不痛了，最近稍微有了些精神。

剛才我站在簷廊上，一邊眺望著被風卷成漩渦狀的吹來的濛濛細雨，一邊想著您的心意。

「我煮了牛奶，過來喝吧。」母親在飯堂叫我，「因為天太冷了，所以我把它熱了一下。」

我們一邊在飯堂喝著熱氣騰騰的熱牛奶，一邊談著前幾天大師提親的事情。

「那位和我根本就不合適吧？」母親平靜地說：「不合適。」

「我這麼任性，而且也不討厭藝術家。再者，那位好像收入甚豐的樣子，要是和那樣的人結婚也行。可是，做不到。」

母親笑了，說：「和子你這孩子不行啊。要是這麼難以做到的話，前幾天怎麼還和那位談得很開心呢。真搞不懂你的心思。」

「哎呀，真是的，那天是真的挺有意思的嘛。我還想多說幾句呢。我是不太謹慎啦。」

「不是，你那叫做對別人糾纏不清。和子就是這麼黏黏糊糊的。」母親今天精神很好。

然後，看到今天我第一次往後盤成髮髻的頭髮，她又說：

「往後梳髮髻，還是頭髮少的人梳了才好看啊。你的髮髻也太過突出了，像是戴了個金色的小皇冠似的，不成功。」

「和子好失望。母親什麼時候說過來著，您不是說和子的脖子又白又好看，所以儘量不要遮住脖子嘛。」

「你就記得那樣的事。」

「稍微被母親誇獎一下，我就一輩子也忘不了，記住這些是很開心的事。」

「前幾天，那位是不是也誇你什麼來著？」

「是啊。所以才和他糾纏不清啊。說是和我在一起的話靈感就如泉湧，真受不了。我雖然不討厭藝術家，可是那樣裝腔作勢好似自己的品格高人一等的人，我可受不了啊。」

「直治的師父，是什麼樣的人呢？」

我突然打了個冷戰。「我也不太清楚，反正是直治的師父嘛，所以好像也是臭名遠播。」

「臭名遠播？」母親眼神歡快地嘟囔著。

「這詞挺有意思的。要是臭名遠揚的話不反而是很安全嗎？好像是脖子上繫了鈴鐺的小貓一樣可愛。沒有臭名的品行不端的人，多嚇人啊。」

「可能吧。」

我好開心好開心，感覺身體好像變成了煙，輕飄到空中一樣。您能明白嗎？明白為什麼我這麼高興嗎？要是不明白的話……我要打人了哦。

真的，要不要來這裡玩一次？要是我吩咐直治帶您來，總覺得有些怪怪的，挺不自然的。最好是您自己起了興致，突然順路來到這裡，直治陪同您來也行，不過還是儘量請一個人，直治去東京不在家的時候來。直治在的話，您就會被直治帶走。你們兩個一定會到阿開那裡喝燒酒，然後就再也見不到您的面了。我們家祖祖輩輩都好像很喜歡藝術家。有個叫光琳的畫家從前就在我們京都的家裡住了很久，為我們在隔扇上畫了漂亮的畫，所以，母親對您的來訪肯定也很開心。您大概會住在二層的西式房間，請別忘了把電燈關掉。我會一隻手拿著小小的蠟燭，登上昏暗的臺階去您那裡。不行嗎？是有點太快了啊。

我喜歡壞男人，也喜歡臭名遠揚的壞男人。而且我也想變成臭名遠揚的壞女人。我覺得好像除了這件事之外，我的生命沒有別的意義。您應該是日本第一臭名遠揚的壞男人了吧？而且，聽弟弟說最近又有好多人極端厭惡您，攻擊您說您骯髒、卑鄙無恥，而我卻越來越喜歡您了。您這樣的人，肯定有很多情人吧。可是您不久便會漸漸只喜歡我一個的，不知道為什麼我總是忍不住會那樣想。您和我一起生活，每天的工作也會很開心的。從我小時候起，別人就總是說「和你在一起就忘記了辛苦」。我有生以來還沒有被別人討厭的經歷，大家都說我是好孩子。所以，我覺得您肯定不會討厭我的。

見一面就好了。現在已經不需要您給我回信了。我想見您。我去您東京的府上拜訪是最簡單的能見到面的方式。可是母親不管怎麼說還是病懨懨的，我是一直陪在母親身邊的護士兼女傭，所以是無論如何也去不得的。那就請求您，請您無論如何到這邊來一趟。我想見您一面，所有的事情見了面就自然會明白了。請看一看我嘴角兩側生出的細小的皺紋，請看一看這因世紀之悲而生的皺紋。無論我說什麼話，也比不上我的臉更能告訴您我心中的想法。

最開始寫給您的信上我寫了我心中架起的彩虹，那彩虹並不如螢火蟲的光或是星光一般優雅和美麗。如果只是那樣淡淡的遙遠的相思，我便不用這麼痛苦，也能漸漸地將您忘掉了吧。可我心中的彩虹是火焰之橋，是可以燒焦整個胸膛的濃烈的相思之情。中了毒癮的人毒品用盡時到處尋毒品的心情，恐怕也沒有這樣強烈吧。我雖然覺得這並沒有錯，並不是什麼邪念，可有時候也會突然覺得自己好像在做一件非常傻的事情，感到毛骨悚然。我經常會自我反省，自己是不是發了瘋了。可是，有時候我也會冷靜地制定計劃。真的，請您務必來這裡一次，什麼時候來都沒有關係。我哪裡都不去，一直等著您。請相信我。

再見一次面，那時您若是討厭我的話請明明白白地說出來。我心中的火焰是您點燃的，所以也請您將它熄滅，以我自己的力量是根本沒有辦法將它熄滅的。不管怎麼樣只要我們能見面，見一面，我就有救了。若是在《萬葉集》和《源氏物語》的那個時候，我現在跟您講的事情根本就不算什麼。能成為您的愛妾，成為您孩子的母親，這是我的心願。

要是有人嘲笑這樣的書信，那個人便是嘲笑女人為了生存下去做出的努力，便是嘲笑女人生命的人。我已經無法忍受這海港讓人窒息的呆滯空氣了，就算是海港外面有暴風雨，我也想去揚帆遠行。歇息的帆船，無一例外都很骯髒，嘲笑我的人們一定都像歇息的帆船一樣，什麼都幹不了。

發愁的女人。可是，因為這個問題最痛苦的是我。對於這個問題，一點也沒有經受過痛苦的旁觀者，一邊歇了帆讓它醜陋地耷拉著腦袋，一邊對這個問題妄加評論，真是太荒謬了。我不想被人不痛不癢地說我這是什麼思想。我什麼思想都沒有，我一次都沒有依據過什麼思想或哲學行事過。

我知道被世人稱讚、尊敬的人們都是騙子和冒牌貨。我不相信世人，我只站在臭名遠揚的壞人這邊——臭名遠揚的壞人。我覺得只有在那個十字架上，我是可以釘在上面死去的。即便是被萬人非難，即便是那樣我也可以反駁他們：「你們這些沒有臭名的人難道不是更危險的壞人嗎？」

您明白了嗎？

愛情是沒有理由的。我講道理稍微講得有些過了。我覺得我好像不過是在模仿弟弟說話一樣。我只是在等待您的到來，想再見您一面，僅此而已。

等待。啊！人的生活中，有歡喜、憤怒、悲痛、憎惡這麼多的感情，可是這些只是占了人的生活的百分之一的感情，剩下的百分之九十九，都只不過是在等待中度過吧。在走廊聽到幸福的腳步聲，滿懷欣喜和期待的等待卻只是空歡喜一場。啊！人的生活也太悲慘了。事實上是每個人都在想要是沒有生在這個世上就好了，但還是每天從早到晚，虛幻地等待著什麼。太悲慘了。「生在這個世上真好！」啊！多想能夠這樣感恩生命、人和這世界。

能夠推開擋在面前道德的絆腳石嗎？

M‧C（不是 My Chekhov 的縮寫。我並沒有愛上作家。My Child）

〈5〉

我今年夏天給一個男人寄了三封信，可都沒有回音。左思右想除此之外我沒有別的辦法活下去了，於是在三封信中寫下了我心中最想說的話，像從海角的尖上朝著憤怒的波濤飛奔下去一樣寄出了信件，可是不管怎麼等都沒有回信。委婉地問弟弟直治那個人的情況，說是那人沒有任何變化，還是每天晚上喝了酒之後散步，越發寫些不道德的作品，遭世人唾棄和憎惡。他建議直治進軍出版業，直治大感興趣，讓那個人還有另外的兩三位小說家作顧問，聽說還真有人願意出資什麼的。聽直治說著他的事，感覺自己的氣息也有那麼一丁點滲透進了自己愛慕的人的身體周圍。我並沒有覺得羞恥，只是覺得這個世界好像是和我所想的世界完全不同的另外的奇妙生物。好像只有自己一個人被拋下了，無論怎麼呼叫和吶喊，都沒有一點反應，就這樣站在如許的秋天黃昏的曠野上，襲來一陣平生從未品嘗過的悽愴。這就是所謂的失戀吧。我在曠野上只是這樣一直呆立著。天全黑了，被夜露凍僵了，想著這下只有死路一條了，我哭得昏天黑地早已沒了眼淚，雙肩和胸膛劇烈起伏，甚至難以呼吸。

無論怎樣我都要去一次東京，和上原先生見上一面。我的帆既然已經揚起，就應該出港去遠航，不能只是一直站在那裡，必須要去應該去的地方。我剛開始暗暗做好去東京的心理準備，母親的身體卻變得糟糕起來。

一天晚上，母親咳嗽得厲害，量了一下體溫，有三十九度。

「是今天太冷了吧。到了明天就好了。」

母親一邊咳嗽一邊小聲說。我總覺得不只是咳嗽這麼簡單，心裡打定主意明天無論如何要讓下面村子裡的醫生來瞧瞧。

第二天早上，燒退到了三十七度，也不怎麼咳嗽了。可我還是去了村子裡的醫生那裡，說母親最近突然身體變弱了，從昨晚開始又發起燒來，咳嗽也感覺不是單純的感冒咳嗽，請醫生過來看一下。

醫生說：「那我一會兒就過去。」說著從待客廳一角的櫃子裡拿出三個梨子給了我，說是別人送的禮物。中午過後，他穿著白底藍花紋棉衣和夏天穿的短外罩就過來看病了。

和往常一樣，他細心地聽診和叩診了很長時間，然後轉身正面對著我說：「不必擔心。吃了藥就能好了。」

我覺得莫名的可笑，於是忍住笑，問道：「要不要打針？」醫生認真地說：「沒有那個必要。是風寒，靜養一段時間，不久就會痊癒了。」

可是母親的燒過了一個星期也沒有退去。咳嗽是止住了，可是體溫早上是三十七度七左右，到了傍晚就變成了三十九度。醫生來看病的第二天就吃壞了肚子在家休息，我去他那裡取藥，將母親並不理想的情況告訴了護士，護士轉達給醫生，可他依舊說是普通的風寒不用擔心，只給了些藥水和藥粉。

直治還是和往常一樣往東京跑，已經十多天了沒回來了。我自己一個人實在是心中不安，就給和田舅舅寫了張明信片告知了母親身體的變化。

自發燒以來總共第十天的時候，村裡的醫生說自己肚子的情況已經轉好了，就出診來到家裡。

醫生表情仔細地檢查著母親的胸部一邊叩診，一邊大叫道：

「知道了，知道了。」然後轉身正面面向我說：「我知道發燒的原因了，是因左肺浸潤而起。不過不用擔心，燒可能還會暫時持續一段時間，只要靜養休息，就沒什麼可擔心的。」

是嗎？我雖心裡打鼓，可就像溺水者抓住了救命稻草一般，村醫生的診斷也讓我稍微放下心來。

醫生回去之後，我對母親說：「太好了，母親。只是有些浸潤，大多數人都有的。只要您的心情變好了，就很容易痊癒了。是今年夏天的時令不正引起的吧。夏天真討厭，和子也討厭夏天的花。」

母親閉上眼睛笑了：「說是喜歡夏花的人，會在夏天死去，我以為我也大約在今年夏天的時候會死去。沒想到直治回來了，我也就活到了秋天。」

一想到即便是那樣的直治，也能成為母親生活下去所依靠的支柱，就覺得很是難受。

「不管怎麼說，夏天已經過去了，所以母親的危險期也過去了啊。母親，院子裡的胡枝子正開著花呢。還有黃花龍芽、地榆、桔梗、黃背草和芒草，整個院子也完全變成秋天院子的模樣了啊。到了十月，燒肯定就退了吧。」

我一直祈禱著。這悶熱的九月，說起來也就是秋老虎的季節能早些過去就好了。等到菊花盛開，每天都是明媚的小陽春天氣的話，母親的燒肯定也就退了，身體變得結實了，我也能和那個人見上面。說不定我的計畫也能像大朵的菊花一樣燦爛地盛開呢。啊！十月快些到來，母親的燒快些退下去就好了。

給和田舅舅寄出了明信片。過了一周左右，受和田舅舅的委託，以前的御醫三宅老醫師帶著護士從東京來為母親看病。

老醫師和我們去世的父親有些交情，所以母親很是高興。而且，老先生以前就沒什麼禮貌，說話很粗魯，好像這也很中母親的意，那天兩個人把看病的事扔在一邊，敘舊家常得很是起勁。我在廚房做了布丁拿到房間。看樣子病已經看完了，老醫師馬馬虎虎地把聽診器像是項鍊一般掛在肩上，坐在房間走廊的籐椅上，悠然自得地繼續說著閒話：「我這樣的人吧，只要去小吃攤著吃烏龍麵就行了，也不管好吃難吃。」

母親表情坦然自若，一邊看著天花板，一邊聽著。什麼事都沒有啊，我鬆了一口氣。

「怎麼樣？這個村裡的醫生說是胸部左側浸潤來著。」我突然大聲問三宅老醫師。

老醫師好像沒什麼事一樣輕輕地說：「沒事。」

「啊，那就太好了，母親。」我打心底開心地微笑著，叫著母親：「說是沒事呢。」

這時，三宅老醫師突然從籐椅上站起來朝中式房間走去。看樣子好像是找我有什麼事，我便輕輕跟在後面。

老醫師走到中式房間的壁掛背後，站住了說：「能聽到雜音啊。」

「不是浸潤嗎？」

「不是。」

「那是支氣管炎嗎？」我已經滿眼含淚，問道。

「不是。」

結核病！我不由得想到了這個。若是肺炎、浸潤或者支氣管炎，以我自己的力量肯定可以給母親治好的。可是，倘若是結核的話，啊！說不定已經沒救了。我覺得我腳底下的地面正坍塌開來。

「聲音很糟糕嗎？能聽到雜音嗎？」我心中無比不安，啜泣起來。

「右面和左面都有。」

「可是，母親精神還很好啊。吃飯也說很好吃呢……」

「沒有辦法。」

「不是吧？哎，這不可能吧？多吃點奶油、雞蛋和牛奶就能痊癒了吧？只要身體有了免疫力，燒就會退下去了吧？」

「嗯，不管什麼都應該多吃些。」

「是吧？是這樣的吧？番茄每天都吃五個左右呢。」

「嗯，番茄不錯。」

「那，沒事吧？會好的吧？」

「可是，這次的病可能會致命。還是做好心理準備的好。」

這世上有很多以人的力量無論如何也做不到的事情，我生平第一次知道了這樣令人絕望的阻礙的存在。

「兩年？三年？」我聲音顫抖著小聲詢問。

「不知道。不管怎麼說，已經無能為力了。」

之後，三宅老先生說在伊豆的長崗溫泉處預約了今天的住宿，就和護士一起回去了。我送他們到門外，然後好像夢遊一般回到房間。在母親的枕邊坐下，好像什麼事都沒有發生一樣笑了。母親問：「醫生怎麼說？」

「說是只要燒退了就好了。」

「那胸部呢？」

「說是沒什麼大礙。哎呀，肯定就像平時生病的時候一樣。天氣即將變涼了，慢慢就會好起來了。」

我也想相信自己說的謊，也想忘記「致命」這樣可怕的詞。對我來說，母親去世這件事感覺像是我的肉體也會一起消失一樣，是很難令人相信的事實。我想從現在開始把所有的事情都忘記，為母親做很多很多好吃的。要是有魚、湯、罐頭、鵝肝、肉汁、番茄、雞蛋、牛奶、高湯和豆腐就好了。我把自己的東西都賣掉，把豆腐做的大醬湯、白米飯、年糕，所有這些好吃的東西，都做給母親吃。

我站起來走到中國式房間。然後把中國式房間裡的長躺椅移到客廳的簷廊附近，在能看到母親的地方坐了下來。正在休息的母親的臉絲毫不像是病人的臉，眼睛美麗而澄淨，氣色依舊很好。母親每天早上很有規律地起床去洗漱間，然後在浴室三塊榻榻米大的房間裡自己盤好頭髮，打扮得乾淨俐落。然後回到床鋪，坐在床鋪上吃完飯，或起或臥，整個早上都一直讀報紙和書，只有到了下午才會發起燒來。

「啊！母親的精神不錯嘛。肯定沒什麼事了。」我在心中強烈地否定三宅老醫師的診斷。

正想著到了十月，到了菊花盛開的時候，我就迷迷糊糊地打起瞌睡。在現實中我一次都沒有見過的風景，有時候會在夢中看到。啊！感覺好像又到這裡來了，我來到了似曾相識的森林中的湖畔。我和身著和服的青年一起走著，沒有發出一絲腳步聲，感覺全部的風景都披上了一層綠色的霧，還有一座白色纖細的橋沉在湖底。

「啊！橋沉了，今天哪裡都去不了，那就在這裡的旅館裡休息吧，應該是有空房間的。」

湖畔有一家石頭建的旅館，那家旅館的石頭被綠色的霧浸得濕漉漉的。石門上，細細地刻著 HOTEL SWITZERLAND 的金色字樣。正讀到「SWI」的時候，突然想起了母親。母親現在怎麼樣了呢？母親到這家旅館來了嗎？我疑惑起來，和青年一起鑽進石門，走進了前院。霧中的庭院裡，很像繡球花的紅色大花，開得如火般炙熱。我童年的時候，看到被子的花紋上散落的紅豔豔的繡球花，就莫名地覺得傷心。看來是真的有紅色的繡球花啊。

「不冷嗎？」

「嗯，有一點。被霧打濕了耳朵，耳朵裡面好冷。」我一邊說一邊笑著問：「母親怎麼樣了？」

於是，青年非常悲傷卻又充滿慈愛地微笑著回答：「那位在墳墓中了。」

「啊！」我小聲叫了一聲。原來是這樣啊，母親已經不在了，母親的葬禮也早就結束了吧。啊！意識到母親已經不在了，無法言喻的孤寂讓我打了個冷戰，醒了。

從陽臺上看過去已經是黃昏了。下過了雨，綠色的孤寂如在夢境中一般漂浮在四周。

我叫了聲：「母親。」

母親用靜靜的聲音回答：「在做什麼呢？」

我高興地跳起來，走進房間說：「剛才我睡著了呢。」

「是嗎，我還想你在做什麼呢。午覺睡了挺長時間呢。」母親快活地笑了。

我看到母親這樣優雅地呼吸著，活生生的就在我眼前，實在是太開心，太感激了，眼中不禁含滿了淚。

「晚飯的菜單呢？有什麼想吃的嗎？」我語氣有些歡鬧地說。

「不用了。什麼都不要，今天燒到了三十九度五。」

我忽然變得灰心喪氣起來，在無路可走的昏暗房間中恍惚地張望，突然想死。

「這是怎麼回事啊？三十九度五。」

「沒事，只是發燒之前感覺很不好。頭有點痛，全身發冷，然後就燒起來了。」

外面已經變暗了，雨好像已經停了，風吹了起來。我開了燈想去飯堂，母親說：「太刺眼了，別開了。」

「您不是討厭在黑的地方一動不動地睡覺嗎？」我站在那裡問道。

母親說：「閉著眼睛睡覺也是一樣的啊，一點也不寂寞，我反而討厭刺眼的。以後就都別開房間的燈了啊。」

這也讓我有了不祥的感覺，我沉默著關了房間的燈，走到旁邊的房間，打開檯燈，感到無法抑制的寂寞。我趕緊走到了飯堂，把罐頭鮭魚放在冷飯上吃，眼淚撲簌掉了下來。

到了夜晚風勢越發強勁了，九點鐘左右開始又夾雜著雨，變成了真正的暴風雨。走廊上兩三天前捲起來的竹簾被吹得咣噹咣噹響，我坐在日式房間旁邊的房間裡，帶著莫名的興奮讀著羅莎．盧森堡的《經濟學入門》。這是我前幾天從二樓直治的房間裡拿來的。當時，和這本一起我還擅自借了列寧選集和考茨基的《社會革命》，放在隔壁房間的桌子上。母親早上洗完臉回去的時候從我的桌子旁邊走過，突然看到了那三本書。她一本本翻開仔細看，然後微嘆一口氣，輕輕把書又放回桌子上，神色寂寞地朝我這邊看了一眼。那眼神雖然充滿深深的悲傷，卻絕沒有拒絕和嫌惡之情。母親讀的書雖然是雨果、大仲馬、小仲馬、繆塞、都德之類的，我卻知道這些甘美的故事裡有革命的氣味。母親天生就有教養，雖然這樣說有些奇怪，但像有這樣涵養的人，能夠接受革命並非意外，而是理所當然的事。對於我來說，這樣讀羅莎．盧森堡的書什麼的，雖然難免覺得太裝模作樣了，可我還是覺得挺有意思的。這裡寫的是經濟學相關的事情，作為經濟學的書籍去閱讀，就太乏味了，其實全是些很簡單、大家都早已懂得的事情。不，或者，可能是我對於經濟學完全無法理解也說不定，總之，對我來說是一點也沒有意思。人是吝嗇的生物，而且會永遠吝嗇下去。經濟學則是倘若沒有了這個前提就完全不能夠成立的學問。對於不吝嗇的人來說，分配問題什麼的，完全提不起興趣。即便如此，我讀這本書，還是在別的地方讀出了莫名的興奮。那就是這本書的作者，毫不猶豫地從一點一滴起，將以前的思想不顧一切地破壞掉的勇氣。我腦海中甚至浮現一個有夫之婦的形象，不管如何違反道德，都要若無其事地快速投奔到自己所愛的人那裡。破壞思想，破壞是既悲哀又美麗的，夢想著破壞之後重建並最終完成。但一旦破壞掉了，可能最終建成的日子再也不會到來了。儘管如此，因為愛慕之情，所以必須要將其破壞掉，必須要引發革命。羅莎對於馬克思主義，就是這樣悲切而一心一意地愛著。

那是十二年前的冬天。

「你就像是《更級日記》裡的少女啊。說什麼都沒用。」朋友這麼說著離我而去。那時，我讀也沒讀列寧的書就還給了那個朋友。

「讀了？」

「不好意思，沒讀。」

當時我們在能看得到東京復活大教堂的橋上。

「為什麼啊？為什麼？」

那個朋友的個子比我還要高一寸，外語非常好，戴著的紅色貝雷帽很適合她，大家都說她是面容像喬康達[4]的美人。

「我討厭它封面的顏色。」

「好奇怪的人。不是因為這個吧？事實上是因為你害怕我了吧。」

「我才不害怕呢，我是受不了那封面的顏色。」

「是嗎？」她不甚滿意的說，然後就認定我是《更級日記》的少女，說什麼也沒用。

我們望著下面冬天的河水，沉默了許久。

「平平安安的。倘若這是永別的話，你要永遠都平平安安的。拜倫。」說著，她快速背誦出了拜倫的那句詩，輕輕地抱住了我。

我很害羞，小聲地道歉說：「對不起。」然後走到御茶水站那邊，回頭一看，那位朋友還是站在橋上，一動不動，一直凝視著我。

從那以後，我就再也沒有見過這位朋友。雖然一起去同一個外國人老師家中上課，可上的學校卻不同。

已經十二年過去了，我還是像《更級日記》的少女一樣，一點也沒有進步。究竟這期間我都做了些什麼呢？我既不憧憬革命，也沒有弄懂愛情。世上的大人們一直教育我

4. 傳說是達文西名畫《蒙娜麗莎》的模特兒。

們說革命和愛情這兩個東西是最愚蠢、最可憎的事情。戰前和戰時，我們都一直對此深信不疑，可是戰敗以後，我們已經不再信任世間的大人了，總覺得在所有的事上，他們那些人所講的反面才是真正的生存之道。革命和戀愛其實是這世間最美妙的事，我覺得肯定是因為實在太過美好，所以老成的人們故意撒謊告訴我們說那是酸葡萄。我堅信人是為了戀愛和革命而生的。

隔扇輕輕地打開了，母親笑著伸出頭說：「還沒睡呢，不睏嗎？」

我看了看桌子上的鐘，已經十二點了。「嗯，一點也不睏。讀了社會主義的書，興奮起來了。」

「是嗎？沒有酒嗎？這個時候，喝了酒再睡就能睡得香了。」母親用戲弄的語氣說，她的態度裡似乎不知哪裡有跟頹廢派很相似的嬌媚。

不久便到了十月份，卻沒見萬里無雲的秋天的晴空，還是持續著梅雨時節一般的潮濕、悶熱的天氣。而母親的燒還是每天一到傍晚便在三十八度和三十九度上下徘徊。

於是一天早上，我看到了很恐怖的一幕：母親的手腫了。一直都說早飯最好吃的母親最近坐在床鋪上，只能吃很少的一碗粥，菜也不能吃味道重的。那天，我給母親端上一碗松茸的清湯，可母親好像還是受不了松茸的香味，把碗送到嘴邊，原封不動又輕輕把它放到食案上。這時，我看到了母親的手，大吃一驚。右手腫脹，已經漲得圓滾滾的了。

「母親！手沒什麼感覺嗎？」

母親的臉有些許蒼白，看上去有些發腫。「沒什麼，這不算什麼。」

「從什麼開始腫的？」

母親瞇起眼睛沉默著，我想放聲大哭。這樣的手不是母親的手，是另外的什麼大嬸的手，我母親的手是更纖細、更嬌小的手，我所熟知的母親的手，是溫柔的手、可愛的手，那樣的手恐怕永遠地消失了。左手雖然還沒有這樣腫脹，卻也慘不忍睹。我再也看不下去了，把目光移開，盯著壁龕的花籃看。

眼淚抑制不住要流下來了，我突然站起來走到飯堂，看到直治一個人吃著半熟的雞蛋。他就算偶爾待在伊豆的這個家中，晚上也是必定要去阿開那裡喝燒酒的，早上則一臉的不高興，不吃米飯，就吃四五個半成熟的雞蛋，然後又去二樓或睡下或起來。

「母親的手腫了。」我對直治說了一半，低下了頭，沒有繼續說。我低著頭哭了。

直治沉默著。

我抬起頭，手撐住飯桌的一端說：「已經不行了，你沒發覺嗎？都腫成那個樣子了，已經不行了。」

直治的臉色也黯淡了：「快了，這樣的話。呸，最後變得這麼無奈。」

「我還想再給母親治一次。不管怎麼樣，想再治一次。」我一邊用右手攥著左手一邊說。突然，直治啜泣起來：「一點好事都沒有嗎？我們就一點好事都沒有嗎？」他一邊說著，一邊用拳頭胡亂擦了擦眼睛。

那天，直治去東京向和田舅舅告知母親的病情，並問他對今後的事有什麼吩咐。不在母親身邊的時候，從早到晚，我幾乎都在哭泣。在晨霧中去取牛奶的時候，對著鏡子梳理頭髮的時候，塗口紅的時候，我都一直在哭泣。和母親度過的幸福的日子裡，一件件事都像一幅幅畫一般浮現在腦海，淚水止也止不住。傍晚，天暗下來以後，我走到了中式房間的陽臺上，在那裡啜泣了很久。秋天的星空中星光閃爍，有一隻貓蹲坐在腳邊，動也不動。

第二天母親的手腫得比起昨天變得更嚴重了，飯一點都沒吃，嘴唇裂開了，說是不能喝橘子汁，會刺痛。

「母親再戴上直治的那個面罩試試？」我想笑著說這話的，可話說到一半，難受得哇的一聲哭了起來。

「每天這麼忙，肯定累了吧？雇個護士吧。」母親靜靜地說。我知道母親比起自己的身體還擔心著我，於是更加悲傷，站起來，跑去浴室三塊榻榻米的房間，好好痛哭了一場。

中午過後，直治和三宅老醫師還有兩位護士一同來了。

一直都只是說笑的老醫師這時好像一副發怒的樣子，迅速進了病房，馬上開始診斷。之後，也沒有對著誰就那麼低聲說了一句：「身體變得很弱了啊。」然後注射了樟腦液。

「醫生您住在哪裡？」母親好像在說胡話一樣問道。

「還是在長岡，已經預約好了，請不用擔心。這位病人就不用擔心別人的事情了，要依著自己的性子，想吃什麼好吃的一定要儘量吃，營養夠了身體就會好起來的。我明天還會來，先把一個護士留在這裡，供您使喚。」老醫師朝著病床上的母親大聲地說，然後給直治使了個眼色，站了起來。

直治一個人去送老醫師和陪同的護士。一會兒直治回來了，看他的表情，正極力抑制著想哭的衝動。

我們輕輕地走出病房，去了飯堂。「不行了嗎？是嗎？」「好痛苦啊。」直治歪了歪嘴笑了，「好沒意思啊，看樣子母親的身體異常迅速地變得衰弱了，說什麼不知道是今天還是明天。」說著直治的眼中噙滿了淚水。

「要給各處打電報嗎？」我反而平靜下來，冷靜地說。

「這我已經和舅舅商量過了，舅舅說如今已不是能像以前那樣把所有人召集到一起的世道了。就算大家都來了，在這樣狹小的家裡反而讓別人見笑，而且這附近也沒有像樣的住宿的地方。就算是住在長岡的溫泉，也預約不到兩三個房間。也就是說，我們都已經很窮了，已經沒有能力召集那樣的貴人了。舅舅本應該是立刻隨後就來的，可是，他那人一直很吝嗇，根本就靠不住，昨晚還把媽媽的病拋在一邊不管，把我狠狠教訓了一頓。被這樣吝嗇的人教訓而清醒過來，古今中外是一個先例也沒有。雖然是姐弟，媽媽和那個人相比真是雲泥之別啊，真令人討厭。」

「可是，先不要管我，你今後要依靠舅舅的……」

「絕對不可能，那還不如索性要飯呢。是姐姐你今後才要依靠舅舅呢。」

「我……」我的眼淚流了下來。

「我有可以去的地方。」

「有人提親？已經定下來了嗎？」

「不是。」

「自己謀生嗎？做勞動婦女？算了吧，算了吧。」

「不是自己謀生。我要成為革命家。」

「啊？」直治一臉奇怪地看著我。

這時，三宅老醫師帶來服侍的護士來叫我了。

「令堂好像有事找您。」

我急忙走到病房，坐在被子邊上，湊近臉問道：「什麼事？」可是，母親好像一副欲言又止的樣子。

「水？」我問道。

母親輕輕地搖頭，好像也不是想喝水。

過了一會兒，母親小聲地說：「我做了個夢。」

「是嗎？什麼樣的夢？」

「蛇的夢。」

我心裡咯噔了一下。

「在簷廊放鞋的石板上，有條紅色橫條紋的母蛇吧。你去看看。」

我感覺身體發冷，一聲不響地站起來走到簷廊，越過玻璃窗戶一看，石板上的蛇正沐浴著秋天的陽光，伸長著軀體。我感到一陣目眩。

「我認識你。比起那個時候，你稍微大了些，也蒼老了，可是我認得你是因為我而被燒掉自己的蛋的那條母蛇。我已經深深體會到您的復仇了，所以走開吧。快給我走開！」

我心中默念著，凝視著那條蛇，可不管怎麼樣那蛇卻一動也不動。不知道為什麼，我就是不想讓那護士看到那條蛇，於是大聲「噔噔」踏著步，故意放大聲音說：「沒有啊，母親。夢這種東西是靠不住的。」我朝石板的方向看了一眼，那蛇終於移動了身體，磨磨蹭蹭地從石頭上垂落下來，離開了。

已經不行了。看到那條蛇，放棄的念頭從我心底湧出。父親去世的時候也是枕邊有黑色的小蛇，而且那時我還看到院子裡的樹上纏著蛇。

母親好像連坐在床鋪上的力氣也沒有了，一直都是精神恍惚，身體全都交給看護的護士照顧，而且飯也已經完全吃不下了。看到那條蛇之後，可以說我感受到了一陣突破悲傷極限的心靈的平靜，感到了一種近乎幸福的心靈的寬裕。我想我還能做的就只有盡可能地陪伴在母親身邊了。

於是從第二天開始，我就緊緊地陪伴在母親枕邊，坐著織毛線什麼的。無論是毛線還是針線，我都比別人快多了，可是做得卻不好，因此母親經常會把我做得不好的地方手把手地教我。那天，我本來也不是很想織毛線的，可這樣黏糊糊地黏在母親身邊，又不想顯得很不自然，於是裝模作樣地拿出來毛線筐，心無雜念似的開始織了起來。

母親一動不動地盯著我的手看，說：「是在織你的襪子吧？那樣的話，不再加八針的話，你穿著會擠的。」

在我還是個孩子的時候，不管母親怎麼教我，我都織不好。那時的迷惘和害羞是多麼令人懷念啊！啊！一想到母親這樣教我也是最後一次了，便忍不住淚眼朦朧，連針腳也看不清了。

母親就這樣睡著，看上去一點也不覺得痛苦。飯已經是從早上就一點也沒吃，我只是有時候用紗布沾點茶給母親濕濕嘴。可是，母親的意識卻很清楚，有時會恬靜地跟我搭話。

「好像報紙上登了天皇陛下的照片呢，讓我再看一次。」我把報紙的那個地方舉到母親眼前。「蒼老了很多。」

「沒有，是照片沒照好。前幾天的照片非常年輕，看樣子還很高興呢，反而是喜歡現在的世道吧。」

「為什麼呀？」

「陛下這次是被解放出來的嘛！」

母親寂寞地笑了。過了一會兒，她又說：「就算想哭，也已經哭不出眼淚來了。」

我突然想母親現在不就是幸福的嗎？幸福的感覺不就像是沉在悲哀的河底，微微發著光的金砂嗎？穿越悲痛極限的不可思議的微光，如果這就是幸福的話，陛下、母親還有我，現在的確是幸福的。安靜的秋日上午，在沐浴著柔和日光的秋日庭院，我停下織針，眺望著在胸膛高度的波光粼粼的大海，說：「母親，我之前都很不懂世故呀。」

除此之外我還有想說的話，可是被在房間的角落準備靜脈注射的護士聽到了又覺得不好意思，就沒有說。

「之前？」母親微笑著問道。

「也就是說你現在頗懂世故囉？」不知道為什麼我的臉變得通紅。

「人情世故，不懂。」母親把臉轉向一邊，好像在自言自語般小聲地說。

「我不懂。應該也沒人懂吧？不管長多大，大家都是孩子，什麼都一點也不懂。」

可是，我卻不得不活下去。可能還是孩子，卻不能再撒嬌了。我從今往後不得不跟世人競爭著活下去。啊！像母親那樣與世無爭，沒有憎恨，美麗悲涼地過一生的人，母親已經是最後一人，從此以後都不可能在這個世上存在了吧。我甚至覺得死去的人很美麗，而活著，存活下去，是非常醜陋、透著血腥和異常骯髒的事。我在心裡勾畫出一幅懷有身孕的挖洞的蛇伏在榻榻米上的樣子。可是，我有我不得不去做的事情。卑鄙也罷，為了活下來做完心中所想的事，我要與世人相爭著活下去。心中知道母親馬上就要不在人世了，我的浪漫主義和感傷漸漸消失了，不由得覺得自己變成了不能放鬆警惕的狡猾生物。

那天中午過後，我正在母親旁邊為母親潤口，門前停下了一輛汽車，和田舅舅和舅母一起駕車從東京趕來了。舅舅進了病房，在母親枕邊一言不發地坐下，母親用手帕遮住了自己的下半張臉，凝視著舅舅的臉，哭了。可是，只有一張哭泣的臉，卻沒有眼淚，像個布娃娃一樣。

「直治在哪兒？」過了一會兒，母親看了看我這邊說。

我上了二樓，對著躺在西式房間的沙發上躺看新出版的雜誌的直治說：「母親叫你呢。」

「唉，又是悲歎的場面啊！你們在那裡可真能忍啊！太神經大條，太薄情了。我對一切都感到痛苦，實在是心中熱情，肉體軟弱，沒有氣力陪伴在母親身邊。」直治一邊說著一邊穿上上衣，和我一起從二樓下來。

兩個人並排坐在母親枕邊。母親突然從被子下面伸出手來，沉默著指了指直治那邊，又指了指我，然後臉朝向舅舅的方向，緊緊合起兩隻手掌。

舅舅重重地點頭說：「啊，明白了！明白了！」

母親好像放了心一樣，靜靜地閉上眼睛，把手輕輕地放回了被子裡。

我哭了，直治也低著頭在嗚咽。

三宅老醫師從長岡趕來，先給母親打了一針。母親可能是覺得見到了舅舅，已經沒有遺憾了，說：「醫生，早些讓我輕鬆了吧。」

老醫師和舅舅面面相對，一言不發，兩個人的眼中都泛著淚花。

我站起來走到餐廳，做了舅舅最愛吃的油豆腐烏龍麵，還有醫生、直治、舅母的，一共端了四份到中式房間，又把舅舅帶來的土特產——丸之內賓館的三明治給母親看了，放在母親的枕邊。

「辛苦了。」母親小聲說。

大家又在中式房間閒談了一會兒。舅舅和舅母說是有要事，今天晚上無論如何都要回東京去，交給了我一個探病的紅包。三宅醫生也要和護士一起回去，對負責照料的護士吩咐了幾句。母親的意識還很清晰，心臟方面也沒有太糟糕，所以就算是只靠打針估計也可以撐個四、五天。那天大家就一起坐車回了東京去了。

送走了大家，我一回到房間，母親便綻出了只對我才有的親切的微笑，又像是喃喃細語般小聲地對我說：「真是辛苦你了。」母親的臉看上去神采奕奕，甚至閃耀著光芒。

我想大概是因為見到了舅舅所以才這麼高興吧。

「哪裡。」我也稍微有些喜不自禁起來，莞爾一笑。而這便成了和母親最後的對話。

大約過了三個小時，母親便去世了。在秋天寂靜的黃昏，護士為母親把著脈，在直治和我這唯一的兩個親人的陪護下，日本最後的貴婦人——美麗的母親與世長辭了。

她死去時的面容幾乎沒有變化。當年父親去世的時候驟然變了臉色，但母親的臉色卻絲毫沒有改變，只是沒了呼吸，幾乎不知道究竟是什麼時候沒有的氣息。臉上的浮腫從前幾天起就已經消退了，面頰如絲般光滑，薄薄的嘴唇微微彎曲，看上去像是含著笑，比活著的母親還要嬌美，我覺得像是哀痛的聖母瑪利亞。

開始戰鬥。

不能總是沉浸在悲傷裡。我有無論如何都要奪取的東西。新的理論，不，這麼說顯得有些偽善。是戀愛，僅此而已。就像是羅莎只能憑藉新的經濟學活下去一樣，我現在沒有一份愛情依靠是活不下去的。耶穌為了脫去這世上宗教家、道德家、學者和權威者的偽善，將神的真愛沒有絲毫躊躇，原原本本地宣告給人們，他把那十二個弟子派遣到各地時，告訴給弟子們的話，我覺得和我的這種情況也不是完全沒有關係。

「腰帶裡不要帶金銀銅錢。行路不要帶口袋，不要帶兩件褂子，也不要帶鞋和拐杖。看好了，我差你們去，如同羊進入狼群；所以你們要如蛇般聰慧，如鴿子般馴良。你們要防備人，因為他們要把你們交給公會，也要在會堂裡鞭打你們。你們被交付的時候，不要思慮怎樣說話，或說什麼話。到那時候，必賜給你們當說的話。因為不是你們自己說的，乃是你們父的靈魂在你們裡頭說的。並且你們要為我的名，被眾人恨惡；惟有忍耐到底的，必然得救。有人在這城裡逼迫你們，就逃到那城裡去。我實在告訴你們，以色列的城邑，你們還沒有走遍，人子就到了。

那殺身體不能殺靈魂的，不要怕他們；惟有能把身體和靈魂都滅在地獄裡的，才正要怕他。你們不要想，我來是叫地上太平；我來並不是叫地上太平，乃是叫地上動刀兵。因為我來是叫人與父親生疏，女兒與母親生疏，媳婦與婆婆生疏。人的仇敵就是自己家裡的人。愛父母過於愛我的，不配作我的門徒；愛兒女過於愛我的，不配作我的門徒。不背著他的十字架跟從我的，也不配作我的門徒。得著生命的，將要失喪生命；為我失喪生命的，將要得著生命。」

開始戰鬥。

如果我因為戀愛發誓一定謹遵耶穌的教誨，那耶穌會不會訓斥我？為什麼「戀愛」不好而「愛情」就可以呢？我不清楚，我總覺得是同樣的東西。這世上有著為了不明白的愛情，為了戀愛，為了那份悲傷，在地獄葬送了身體與靈魂的人。啊！我想自信地說自己就是這樣的人。

在舅舅他們的打理下，沒有親友參加的母親的葬禮在伊豆舉行，正式的葬禮在東京舉行。辦完喪事之後，直治和我在伊豆的山莊就是見了面也不講話，過著莫名其妙並不愉快的生活。直治聲稱從事出版業需要資本金，把母親的寶石首飾全都拿走了。他在東京喝酒喝累了，就一副重病人的樣子，面色蒼白、搖搖晃晃地回到伊豆的山莊來睡覺，有時候還會帶舞女模樣的人回來。最近直治的確是有些忙不過來了，我趁機抓住直治的弱點，用所謂「蛇的智慧」，把化妝品和麵包塞進皮包裡，極其自然地，得了空去東京見那個人。

「今天我去趟東京行嗎？好久沒去朋友那裡了，想去玩玩。我住兩三個晚上就回來，你在家看家啊！做飯你可以拜託那個人。」

之前我不露聲色地問過直治，他說在東京郊外的省線荻窪站北口下車，從那裡走二十分鐘左右就能到那個人戰後的新居。

那天寒風刺骨，出了荻窪站的時候四周都已經暗了下來。我抓住一個過往的行人，告訴他那個人的地址，問了方向，在昏暗的郊外路上彷徨了大約一個小時，心中十分不安，眼淚都流了下來，又在碎石路上跌了一跤，一下子摔斷了木屐帶，正待在那裡不知道怎麼辦好的時候，突然看見右手邊的兩家大雜院中的一家的門牌上，夜色中白濛濛的，隱約看到上面好像寫著「上原」兩個字，就一隻腳只穿著布襪，跑到那家的玄關處，再好好看了看那門牌，的確寫著「上原二郎」，可是家中卻沒有光亮。

我不知道怎麼辦才好，瞬間又呆立在了那裡。我想反正豁出去了，便要倒上去一樣湊近玄關的窗櫺，喊了聲：「有人在家嗎？」又一邊用雙手指尖摸著窗櫺，小聲嘀咕了聲：「上原先生……」

有人應答，可是，卻是個女人的聲音。

玄關的門從裡面打開了，一個長著鵝蛋臉，一幅古典氣質，好像比我大三四歲的女人，在玄關的一片漆黑中微微一笑，說：「是哪位啊？」詢問的語調中沒有絲毫的惡意和戒備。

「不是，那個……」可是我卻沒能說出自己的姓名。光是面對著這個人，我對自己的戀情也奇怪地有了負疚感。我戰戰兢兢地，幾乎是卑躬屈膝地說：「老師呢？不在家嗎？」

「是啊。」她回答說，有些過意不去似的看了看我的臉：

「不過，去的地方大致是……」「出遠門了？」

「沒有。」她笑吟吟地用一隻手遮了嘴說，「是荻窪。您只要到了車站前面的一個叫白石的賣關東煮的店，就能大致知道他去哪了。」

我想立刻飛奔過去，說：「是嗎？」

「哎呀！您的鞋子……」

夫人讓我進了玄關裡面。我坐在玄關的地板上，從夫人那裡拿了木屐帶斷了的時候可以輕易修補好的皮質鞋帶，可以說是輕便的木屐帶吧，修好了木屐。夫人點了蠟燭拿到玄關來，真心無憂無慮地笑著說：「真不巧兩個燈泡都壞掉了，現在的燈泡不光是貴得要命還很容易壞，真是不行啊。要是我先生在的話就讓他買了，可是昨天晚上和前天晚上都沒回來，我們就這樣身無分文地早睡了三個晚上[5]。」夫人身後站著一個十三四歲，眼睛大大的，有一種很罕有的讓人懷念的氣質的瘦瘦的女孩子。

敵人。我雖然不這麼覺得，可是他夫人和孩子不知道什麼時候就肯定會把我當成敵人那樣憎惡我的。這麼一想，我的戀情也好像一下子從夢中驚醒了。換了木屐的帶子，我站起來「劈哩啪啦」地合起掌打掉雙手的泥，孤寂猛然襲向全身，實在難以忍受。心

5. 日本諺語「早睡早起賺三文」，此處是戲謔。

中劇烈地鬥爭了一番，想飛奔入內在黑暗中抓起夫人的手大哭一場，突然想到自己一會兒又要佯裝不知的沒趣樣子，不由心生厭惡，便說了聲「謝謝」，畢恭畢敬地告了辭。走到外面，秋風拂面。戰鬥開始，戀愛，喜歡，思慕，真的戀愛，真的喜歡，真的思慕，想念得沒有辦法，喜歡得沒有辦法，思慕得沒有辦法。他夫人的確是很罕有的好人，他的女兒也很漂亮。可是，就算我站在神的審判臺上，也絲毫不覺得心中有愧。人就是為了戀愛和革命而生的，神也不會懲罰我的。我覺得大家都沒有錯，真的是非常喜歡才會這麼理直氣壯。就算是兩個晚上、三個晚上露宿荒郊野外也一定要見他一面。

我立刻找到了車站前面叫白石的賣關東煮的店。可是，他卻不在那裡。

「肯定是在阿佐谷，在阿佐穀站的北口一直往前走。對，走過一條半街，有一個五金店啊，從那裡往右走，大概走半條街？有一個叫柳屋的小飯館。老師現在正和這柳屋的絲泰小姐打得火熱，流連忘返呢，真受不了。」

我去了車站，買了票，坐上去東京的省線，在阿佐穀站下了車。從北口走了約一條半街，然後在五金店的地方向右拐又走了半條街，到了柳屋。裡面鴉雀無聲。

「老師剛剛回去，他們一群人說是一會兒要到西荻的千鳥伯母那裡喝個通宵。」

說話的人比我要年輕，穩重、優雅又很親切，難不成這就是和他打得火熱的那個絲泰小姐？

「千鳥？是在西荻的哪邊？」

我心中萬分不安，眼淚都要流出來了。突然覺得自己現在是不是瘋了。

「我也不太清楚，總之您得在西荻車站下車，大概是在靠近南口的左面吧。不管怎樣您在派出所那裡問一下應該就知道了。反正他這人也不可能只在一家喝的，在去千鳥之前又在哪裡停下了也說不定。」

「那我先去千鳥看看，再見。」

我又往回走，從阿佐谷站坐上去立川方向的省線，在荻窪、西荻窪站的南口下了車。我在秋風中徘徊了一會兒，找到了派出所，問了千鳥的方位，然後就按著告知的方向沿著夜路跑了起來。等看到了千鳥的藍色燈籠，我毫不猶豫地打開了格子窗戶。裡面有間泥土地房間，緊挨著一個約六塊榻榻米大小的房間。裡面煙霧彌漫，大約有十個人圍著房間裡的大桌子喝酒，吵吵嚷嚷的很是喧鬧。裡面還有看來比我年輕的三個女孩，抽著煙喝著酒。

我站在泥土地房間裡，放眼望去，找到了，感覺好像做夢一樣。不一樣了，六年了，完全變成另外一個人了。

這難道就是我心中的那架彩虹M．C，是我生命意義的那個人嗎？六年了，蓬鬆的頭髮雖然一如往昔，可卻變成可憐的紅褐色，變得稀薄了，臉色暗黃而且浮腫，眼角紅腫糜爛，門牙脫落，嘴裡不停地在嚼著什麼，感覺好像是一隻年老的猿弓著背坐在房間一個角落。

一個女孩看到了我，給上原先生使了個眼色告訴他我來了。他坐在原地不動，伸長細長的脖子朝我這邊看過來，面無表情地用下巴示意我坐過去。一席人好像對我絲毫不感興趣一樣，繼續吵嚷喧鬧起來，可還是稍微湊緊了些，在上原先生的右邊給我騰出了個座位。

我沉默著坐下。上原先生給我倒了滿滿一杯酒，然後也添滿自己的杯子，聲音沙啞地低聲說：

「乾杯。」

兩個杯子無力地碰在一起，發出悲戚的「咣噹」一聲。

有人說了「斷頭臺、乾」作為回應，又有一個人說「斷頭臺、乾」，然後「咣噹」一聲碰杯一飲而盡。「斷頭臺、乾，斷頭臺、乾」，到處都響起了這樣荒誕無稽的歌聲，大家都在熱烈地碰杯、乾杯。在這樣無比喧鬧的旋律下，大家越發喝得起勁，硬把酒灌下喉嚨。

「那麼失陪了。」有人喝得東倒西歪地回家去了，卻又有新的客人慢慢走進來，和上原先生稍微打了聲招呼便入了座。

「上原先生，那個，上原先生，臺詞的這個地方，該怎麼說才好呢？是『啊，啊，啊』嗎？還是『啊，啊』呢？」站起來詢問的人，好像是我在舞臺看到過的新劇演員藤田先生。

「是『啊，啊』。就像是在說『啊，啊，千鳥的酒，很便宜啊』這樣的。」上原先生說。

「又是談錢。」女孩說。

「兩隻麻雀不是賣一分銀子嗎？[6]是貴還是便宜啊？」一個年輕的男人說。

「還有這句『我實在告訴你，若有一文錢沒有還清，你斷不可從那裡出來』[7]，以及『一個給了五千，一個給了二千，一個給了一千[8]』這些譬喻很是繁瑣。耶穌算帳也非常細緻的。」另外一個男人說。

「而且，那傢伙是個酒鬼呀。我本來還在想聖經裡面關於酒的比喻實在太多了，果然，『人子來了，又吃又喝，人們說他是貪食好酒的人[9]。』聖經裡明明白白這麼寫著。不說是喝酒之人，而說是好酒之人，一聽就肯定是有相當酒量的人哪！起碼可以喝一升吧。」又一個男人說。

「別說了，別說了。啊！你們這些人畏懼道德的譴責，竟然拿耶穌作擋箭牌？智惠小姐，快喝。斷頭臺、乾！」上原先生和最年輕漂亮的女孩「咣噹」一聲用力地碰杯，一飲而盡。酒從嘴角滴落，弄濕了下巴。他索性用手胡亂擦掉，然後接連打了五六個大噴嚏。

我輕輕站起來，走到隔壁的房間，對貌似有病在身、臉色蒼白消瘦的老闆娘問了洗手間的位置，回去的時候又經過那個房間。剛才最漂亮年輕的智惠小姐站在那裡好像在等著我，親切地笑著問：「肚子不餓嗎？」

「嗯，不過我帶著麵包來的。」

「我這裡也沒什麼好吃的。」好像有病在身的老闆娘懶洋洋地側著身子坐著，靠在長方形的火爐邊說。

「在這個房間吃點東西吧。要是陪著那樣喝酒的人，整個晚上你什麼都吃不到的。坐在這，智惠小姐也一起來。」

「喂，小絹小姐，沒酒了。」一個男人在旁邊嚷著。

「來了，來了。」那個叫小絹的三十歲上下，穿著漂亮橫條紋和服的女服務員一邊答應著，一邊把十幾個酒瓶轉到託盤上，從廚房走了出來。

「等一下。」老闆娘叫住她，笑著說，「這裡也來兩瓶。還有，不好意思啊，小絹，您去裡面鈴矢那裡說再添兩大碗烏龍麵啊。」

我和智惠小姐並排坐在長方形火爐旁，烤著手。

「快蓋上被子吧，天變冷了。不喝嗎？」老闆娘拿起酒瓶往自己的茶杯裡倒了酒，然後給另外兩個茶碗裡也倒上了酒。

三個人默不作聲地喝了。

---

6. 馬太福音第10章第21節。
7. 馬太福音第5章第26節。
8. 馬太福音第25章第15節。
9. 馬太福音第11章第19節。

「大家的酒量都很好啊！」老闆娘不知為什麼語氣平靜地說。

「老師，我拿來了。」聽到一個年輕男人的聲音。

「不管怎麼說，我們公司的老闆用錢真是仔細啊。我堅持了半天說要兩萬日元，最後還是給了一萬日元。」

「支票嗎？」是上原先生沙啞的聲音。

「不是，是現金。不好意思。」

「沒事，那好，我給您寫收據。」

在此期間，「斷頭臺、乾」的勸酒歌在在座的人中依舊不絕於耳。

「小直呢？」老闆娘一臉認真地問智惠小姐。我嚇了一跳。

「不知道啊！我又不是他的看護。」智惠小姐驚慌失措，可愛地漲紅了臉。

「最近沒有和上原先生有什麼不愉快嗎？以前總是在一起的呀。」老闆娘冷靜地問道。

「聽說是喜歡上了跳舞，應該已經交上了舞女的女朋友了吧。」

「小直也真是的，又喝酒又好色，真難對付。」

「是老師調教得好嘛。」

「可是小直的品質更壞些呀，那種沒落的公子哥……」

「那個……」我微笑著插了一嘴。我是覺得我要是一直不言語，反而對這兩位很失禮。

「我是直治的姐姐。」

老闆娘好像大吃了一驚，又重新端詳了我的臉。而智惠小姐則平心靜氣地說：「臉倒是長得很像。我看見您在那個泥土地房間裡站著的時候，就吃了一驚，正以為是小直呢。」

「是這樣啊。」老闆娘改了語氣說，「您竟然會來這麼邋遢的地方。那您和上原先生從以前就……？」

「嗯，六年前見過一面……」我吞吞吐吐地低下頭，眼淚都快流出來了。

「久等了。」女服務員把烏龍麵拿過來了。

「吃吧，趁熱。」老闆娘讓我吃麵。

「那我就吃了。」烏龍麵的熱氣迎面撲來。我吸著滑溜溜的烏龍麵，感覺我此刻是真正體會到了活在這世上的極端孤寂。

低聲哼著「斷頭臺、乾，斷頭臺、乾」，上原先生走進我們的房間來，在我旁邊盤腿坐下來，一聲不吭地交給老闆娘一個大信封。

「就靠這些敷衍我可不行啊！」

老闆娘也不看信封，把它放進長方形火爐的抽屜裡，笑著說。

「我會拿來的。剩下的我明年再付。」

「這也……」

一萬日元。要是有這麼多錢，能買多少燈泡啊。要是我，有這麼多錢就能輕鬆度過一年了。

啊！這些人好像都弄錯了。可是，這些人也和我的戀愛一樣，如果不這麼做的話，可能就活不下去了。人既然來到這個世界上，不管怎麼樣都要活下去，那麼對這些人努力生活的態度，可能也本不該憎恨。活著，活著。啊！這是一件多麼難以對付、令人氣息奄奄的事業啊！

「總而言之，」旁邊房間的男人說，「從今往後要在東京生活下去的話，如果做不到面不改色心不跳輕浮地打招呼的話，是根本不行的。對現在的我們來說，要求忠厚、老實這樣的美德，就好像拖住了要上吊的人的腳。忠厚？老實？都是狗屁。靠這些怎麼能活下去呢？如果不能輕鬆地說出『你好』，後面就只剩三條路可走了。一條是回鄉務農，一條是自殺，還有一條就是做女人的小白臉了。」

「上面所說的一個也做不到的可憐傢伙至少還有最後一條出路，」另外一個男人說：「那就是敲上原先生的竹槓，痛飲一番！」

斷頭臺、乾，斷頭臺、乾。「沒有住的地方吧？」上原先生低聲像是自言自語地說。

「我？」

我感覺有一條蛇對我抬起了鐮刀型的脖子。敵意，一種與之近似的感情把我的身體凝固住了。

「和大家擠在一塊睡吧，天氣很冷啊！」上原先生並沒有介意我的怒火，小聲嘟囔著。

「不行吧？」老闆娘插了一句，「多可憐啊！」

上原先生憋著嘴：「那樣的話，不到這裡來不就好了嘛。」我沉默了。他的確讀了我的信，而且我從他言語的氛圍中早就覺察到他比任何人都要愛著我。

「真沒辦法啊！那去問問福井先生那邊吧。智惠，你能帶著去嗎？不，都是女的，路上挺危險的吧。老闆娘，把她的鞋放到門口吧，我過去送一趟。」

外面夜好像很深了。風勢有所減退，天空中好多星星在閃閃發光。我們並排走著。

「我能跟大家擠在一起睡啊，怎麼樣都行的……」上原先生只是「嗯」了一聲，聲音裡透著睡意。

「您是想單獨和我在一起吧？是吧？」我這麼說著笑了起來。上原先生歪了歪嘴，苦笑著：「就因為這樣才不喜歡呢。」我感到自己是多麼被人疼愛著。

「您喝得真多啊。每天晚上都喝嗎？」

「是啊，每天都喝。從一大早開始。」

「好喝嗎，酒？」「不好喝啊。」

聽到上原先生說這話的聲音，我不知為何嚇了一跳。「您的工作呢？」

「不行。不管寫什麼都愚蠢透頂，所以悲傷得要命。真是到了生命的黃昏，人類的黃昏，藝術的黃昏。說這也挺裝模作樣的。」

「郁特里洛[10]？」我幾乎毫無意識地脫口而出。

「啊，郁特里洛好像還活著招人嫌呢。酒下的死者、遺骸。最近十年來這傢伙的畫異常粗俗，都不行。」

「也不只是郁特里洛一個人吧？其他的大師們全都……」

「是啊，衰弱。可新長出的嫩芽還是嫩芽，也一樣衰弱。霜，好像全世界突如其來地降了霜一樣。」

上原先生輕輕抱住我的肩，身體被上原先生和服外套的袖子包住了，我沒有拒絕，反而緊緊貼著他慢悠悠地走著。

路旁的樹枝，一片葉子都沒有的樹枝，尖銳地刺破夜空。

「樹枝，真是美麗的東西啊。」我情不自禁地像是自言自語地說。

「嗯，花正配那漆黑的樹枝。」他稍微有些驚慌失措似的說。

「不，我喜歡沒有花，沒有葉，也沒有芽，什麼都沒有的這光禿禿的樹枝。儘管如此，還是活得很好不是嗎？和枯枝不一樣呀！」

10. 法國畫家，作品有以巴黎平民居住區為題材的很多風景畫。

「只有大自然的力量是不會衰弱的。」說著他又接二連三猛烈地打了好幾個噴嚏。

「不會是感冒了吧？」

「沒有，沒有，不是感冒。其實呢，這是我的一個怪癖，酒醉到了飽和的程度，就立刻會打這樣的噴嚏，就跟晴雨表的濕度觀測一樣。」

「那戀愛呢？」

「嗯？」

「有人嗎？讓你達到飽和程度的人有嗎？」

「幹嘛呀，別戲弄我了，女人都一樣。不能太煩瑣。斷頭臺、乾。實際上有那麼一個人，不，大約有半個人吧。」

「您看了我的信了？」

「看了。」

「那回信呢？」

「我是討厭貴族的。無論如何總是透露著俗不可耐的傲慢。你弟弟小直在貴族裡面也算是個非常出色的男人了，可還是時不時地突然露出很難打交道的自命不凡。我是鄉下莊稼人的兒子，一路過這樣的小河旁，就情不自禁地想起孩童時在故鄉的小河裡釣鯽魚啊，撈鮒魚的事。」

我們沿著在黑暗的最深處發出悠悠聲響流淌著的小河邊上的路走著。

「可是，你們這樣的貴族，不僅不能理解我們的感傷，反而對此很是輕蔑。」

「那屠格涅夫呢？」

「那傢伙也是貴族，所以很討厭啊。」

「可是，《獵人筆記》呢？」

「嗯，只有那個，寫得還不錯。」

「那是寫的農村生活的感傷……」

「那就算那傢伙是鄉下的貴族吧。」

「我現在也是鄉下人啊。我還種田呢，是鄉下的窮人。」

「你現在還喜歡我嗎？」他的語氣很是粗魯，「想要我的孩子嗎？」

我沒有回答。

他的臉以山石落下來的氣勢逼近，不顧一切地吻起我來，是帶有性欲氣息的吻。我一邊接受著他的吻，一邊流下了眼淚，是近似屈辱和悔恨的苦楚的眼淚。眼淚止不住地從眼裡湧出、流下。

然後，兩個人並肩走著，「糟了！愛上你了！」他說著，笑了。可是，我卻笑不出來，皺了皺眉，撅著嘴。

沒辦法。要是用語言來表達的話，就是那樣的感覺。我意識到自己拖著木屐走得很是散漫。

「糟了！」那個男人又說。

「還去我們要去的地方嗎？」

「真討厭呀！」

「這傢伙……」上原先生一個勁兒地用拳頭敲我的肩，又打了一個大大的噴嚏。

到了那個叫福井的人家裡，看樣子大家都已經睡下了。

「電報！電報！福井先生，有電報！」上原先生大聲喊著，敲了敲玄關的門。

「是上原嗎？」屋裡傳來一個男人的聲音。

「是啊，王子和公主來懇求收留留宿一晚來了。好冷啊！老是打噴嚏，難得的戀愛私奔竟變成了喜劇。」

玄關的門從裡面打開了。一個早就已經過了五十歲，禿頭的矮個子大叔穿著鮮豔的睡衣，用一臉奇怪的羞怯笑容迎接了我們。

「求您了。」上原先生說了一句，連斗篷都沒解開便趕快進了屋子。

「工作室太冷了，不行。借你們二樓吧，快進來。」

上原握住我的手，穿過走廊走到盡頭上了樓梯，進了昏暗的日式房間，「啪」的一聲扭開了房間一角的開關。

「像是飯店裡的包廂啊。」

「嗯，暴發戶的品味啊。不過對於這樣拙劣的畫家來說很浪費了，賊運亨通，也不會遭什麼災，不能不用啊。那麼，睡吧，睡吧。」

上原好像在自己家一樣，擅自打開壁櫥取出被子鋪好。

「睡在這裡吧，我回去了，明天早上我來接你。廁所的話，下了樓梯右邊就是。」

他「噠噠噠」地從樓梯上滾下去似的下了樓，之後就鴉雀無聲了。

我關了電燈，脫了用父親從國外帶來的布料做成的天鵝絨外套，只解開了腰帶，穿著和服就上了床。也許是又疲憊，又喝了酒的緣故，身體發倦，馬上就迷迷糊糊地打起瞌睡來。

不知道什麼時候，他睡在了我的旁邊，我無聲地拚命抵抗了一個鐘頭。

突然又覺得這樣很可憐，放棄了。

「如果我不這樣做的話，你不會放心的吧？」

「嗯，差不多是那樣吧。」

「你把身體搞壞了嗎？咳血了吧？」

「你怎麼知道的？其實前幾天咳得很厲害，誰都沒說。」

「母親去世之前，也有同樣的味道的。」

「不想活了才這麼喝的。活著這件事，真是悲哀得沒辦法啊。不是像冷清、寂寞這樣給人留有餘地，而是悲哀啊！聽到憂鬱、悲歎的歎息從四面八方的牆壁傳來的時候，根本就不可能有僅僅屬於自己的幸福吧。當領悟到自己的有生之年是絕不會有幸福和光榮的，人們是怎樣的心情啊。努力，這樣的東西只會變成饑餓野獸的食餌罷了，悲慘的人太多了。這麼說是不是太裝腔作勢了？」

「沒有。」

「只有戀愛吧，就像您在信裡說的那樣。」

「是啊？」

我的那份戀愛，已經消失了。天亮了。

房間稍稍變亮了些，我仔細凝望著在旁邊入睡的他的睡臉。他的臉好像不久便要死去的人一樣，面容極其疲憊。

犧牲者的臉。高貴的犧牲者。

我的他。我的彩虹。My Child。可憎的人。狡猾的人。

忽然又覺得這是世界上獨一無二的、異常美麗的容顏，我好像愛情又重新捲土重來一般，心情格外激動，一邊撫摸著他的頭髮，一邊吻了他。

我完成了我無比悲哀的戀愛。

上原先生閉著眼睛抱住我，「我有些乖僻，是鄉里的孩子嘛。」我已經不會離開這個人了。

「我現在很幸福啊。就算聽到從四面八方的牆壁傳來哀歎聲，我現在的幸福感也到達飽和了。幸福得想要打噴嚏。」

上原先生「哧哧」地笑起來，說：「可是，已經太晚了，都已經是黃昏了。」

「還是早上呢！」

於是，就在那個幸福的早上，弟弟直治自殺了。

〈7〉

直治的遺書。

姐姐。

我不行了，要先走一步了。

我完全不知道自己為什麼必須活下去。想活下去的人，就讓他們繼續活著吧！

正如人有活著的權利一樣，人也應該有死的權利。

我這樣的想法一點都不新奇，對這樣理所應當、基本的事，人們卻奇怪地感到恐懼，一直不肯直截了當地說。

想活下去的人，無論做什麼事，都一定能堅強地活下去，這很精彩，人類所謂的榮耀也在於此，可是，我覺得死也不是罪過。我，像我這樣的雜草，在這個世界的空氣和陽光中，很難生存。想活下去卻總覺得哪裡少了點什麼。不夠的。能夠活到現在，也已經竭盡了全力。

我進了高中之後，第一次接觸到和我在完全不同的階級中成長起來的強壯、魁梧的雜草朋友，被他們的氣勢所壓倒，為了不認輸，我用毒品把自己變得半癲狂來反抗。然後又當了兵，作為活下去的最後嘗試而吸了鴉片。姐姐是沒辦法理解我的這種心情吧。

我想變得粗鄙，想變得強悍和兇暴，我覺得這是變成所謂的民眾之友的唯一的辦法。只是喝酒的話，是根本不行的，一定要一直都頭暈眼花才行。要達到這個目的，除了毒品之外沒有別的東西可以做到。我必須要忘了我們的家，必須要反抗我身體裡流的父親的血，必須要拒絕母親的溫柔，必須要對姐姐冷淡，不這樣的話，就得不到進入那民眾房間的入場券。

我變得粗鄙，語言也變得粗俗。可是，這些做法有一半，不，有百分之六十都是悲哀的裝模作樣的玩意兒，是蹩腳的小工藝品。對民眾來說，我還是個裝模做樣、異常拘束的男人，他們不會從心底毫無隔閡地跟我玩。可是，事到如今也已經不能再回到我一直摒棄的沙龍了。現在我的粗鄙，就算有百分之六十是人工的裝模作樣的玩意兒，可剩下的百分之四十已經是真正的粗鄙了。對我來說，那所謂的上流沙龍中俗不可耐的優雅，變得讓我作嘔，片刻也不能忍受。而且，那些自以為是的大人物，被稱為高官顯貴的人肯定也會被我惡劣的教養驚得目瞪口呆，把我驅逐出去。我已無法回到被我摒棄的世界，卻又只能被民眾恭恭敬敬地請到充滿惡意的旁聽席。

不管在哪個年代，像我這樣生活能力差、有缺陷的雜草，根本沒什麼思想，可能面臨的命運只能是自然而然的滅亡。但是，我也有話要說。我感到我有真的很難活下去的理由。

人，全都一樣。

這究竟是不是一種思想呢？我感覺發明這句不可思議的話的人，既不是宗教家也不是哲學家或藝術家。這是從民眾的酒館裡冒出來的話語，像冒出一群蛆一樣，不知什麼時候，也沒有誰講出來，不知不覺就這樣不動聲色地冒出來，覆蓋了全世界，讓整個世界都變得不愉快。

這句不可思議的話，和民主主義還有馬克思主義毫無關係。這一定是在酒館裡的醜男子對美男子說的話，只是一種焦躁，一種嫉妒，是不可能有什麼思想的。

可是，在那個酒館裡吃醋的怒聲，卻奇怪地踏步穿過有點思想的民眾中間，明明是跟民主主義、馬克思主義毫無關係的，卻不知何時和那些政治思想、經濟思想糾纏在了一起，莫名地變成了一副下流的嘴臉。就連摩菲斯特[11]，對於將這樣的信口胡說冒充為思想的把戲，可能也會良心不安，甚至猶豫不決呢。人，全都一樣。

這是多麼卑躬屈膝的話啊！在蔑視別人的同時，也蔑視自己，是多麼沒有自尊、令人放棄所有的努力的語言啊！馬克思主義主張勞動者的優越，沒有說大家全都一樣。民主主義主張個人的尊嚴，也沒有說大家都一樣。只有拉皮條的人才這麼說：

「唉，不管怎麼裝腔作勢，不都是人嘛！」

為什麼說是一樣的呢？不能說很優秀嗎？這是奴隸本性的報復。

可是，這句話實際上很猥褻、陰森、讓人們相互畏懼。所有的思想被強姦，努力被嘲笑，幸福被否定，美貌被玷污，榮耀被扯下，我認為所謂的「世紀的不安」就是由這樣不可思議的一句話引發的。

我一方面覺得這是很令人討厭的一句話，另一方面也還是被這句話所威脅，怕得發抖，做什麼都害羞，止不住地不安，心驚膽顫沒有容身之處，索性憑藉酒精和毒品帶來的目眩，想獲得瞬間的平靜，卻搞得亂七八糟了。

是我太軟弱了吧？我是某個地方有著重大缺陷的雜草吧？而不管怎樣羅列那樣的歪

理，可能那個拉皮條的人又會譏笑說「什麼呀，你本來就是貪玩、懶惰、好色、任性的浪子啊」。然而，即使別人這樣說我，我也一直只是害羞地、模棱兩可地贊同。可是我現在要死了，也想說一句抗議的話。姐姐，請相信我！

我不管怎樣遊戲人生，也絲毫不覺得快樂，可能是快樂無能。我只想從自身貴族的影子中脫離，所以才瘋狂、玩樂、自暴自棄。

姐姐。

究竟我們是有罪的嗎？生為貴族是我們的罪過嗎？只因為生在這樣的家庭，我們就必須永遠像猶大的親屬一樣，惶恐、謝罪、羞愧地活著嗎？

我早就應該死了。可是，只因為一件事，因為媽媽的愛。想到這一點，就沒能死成。人有著自由生存權利的同時，也有著隨時隨意死去的權利。可是，我認為在母親在世的時候，這項權利只能被保留，因為，那樣會也要了母親的命。

現在就算我死了，也已經沒有悲傷到弄壞自己的身體的人了。不，姐姐，我是知道的，失去我你們會怎樣地悲傷。不，收起偽裝的感傷吧。我知道你們知道我死了之後，

11.《浮士德》中的魔鬼。

肯定會哭泣的，可是，一想到我活著的痛苦，還有從那令人厭惡的人生中完全解放出來的我的興奮，你們的那種悲傷就會逐漸消失的。

譴責我的自殺，對我沒有提供過一絲的幫助，只是嘴上說不管怎麼樣都要活下去，得意洋洋地批評我的人，肯定都是能面不改色地建議天皇陛下開水果店的大人物啊！

姐姐。

我還是死了的好。我沒有所謂的生活能力，在金錢方面，沒有和別人競爭的能力，我連強迫別人付錢都做不到。和上原先生在一起玩，我該付的那份錢都是我自己付的，上原先生說這是貴族小家子氣的自尊心，對之深惡痛絕。可是，我不是因為自尊心而付錢的，用上原先生工作得來的錢胡吃海喝、玩女人，這是多麼可怕的事啊！我實在是做不出來。若是簡單地斷言說是因為我尊敬上原先生的工作，這也是謊話。連我自己也不是很清楚為什麼光是別人請我吃飯這件事都讓我感到格外的恐懼。尤其是用完全憑他自己的本事賺的錢請我吃飯，實在是讓我感到無比痛苦和心中不安。而淨從自己家中拿錢和東西，讓媽媽和你傷心，我自己也一點都不快樂。計畫做出版業也只是為了遮羞而做出的樣子罷了，我從來沒真正想過。原本是真心想做的，但連讓別人請客都做不到的男人，賺錢這種事是根本不可能做到的。就算我再愚笨，這點自知之明還是有的。

姐姐。

我們變得貧窮了。活在世上的時候，明明是想請別人吃飯的，卻落得只能靠讓別人請客才能活下去的地步。

姐姐。

既然如此，我為什麼非得活下去呢？已經撐不住了。我要去死，我有可以輕鬆死去的藥，在軍隊的時候我就事先弄到手了。

姐姐這樣的美麗（我一直都以美麗的母親和姐姐而驕傲）和明智，所以我對姐姐沒有任何的擔心。像我這種人也沒有擔心的資格，就好像小偷體諒被害者的遭遇一般，只能讓自己倍感羞愧。我覺得姐姐一定會結婚、生子，倚靠丈夫度過艱苦的日子的。

姐姐。

我有一個秘密。

我已經隱藏了很久很久，在戰地的時候，就一個勁地想著她，夢到她，不知多少次醒來之後還有一種想哭的衝動。

她的名字無論對誰，我死都不能說。現在，我要死了，我本想至少對姐姐要說清楚，可還是很害怕，沒法說出她的名字。

可是，倘若我把這個秘密變成絕對的秘密，終究沒對這個世界上的任何人坦白，就這樣深藏心中而死去的話，我覺得就算我的身體被火葬了，還有我的內心會依舊腥臭地被燒剩下來。我心中異常不安，於是想這樣委婉、模糊、如虛構一般地告訴姐姐。雖說是虛構，可姐姐應該會立刻猜到對方是誰。與其說是虛構，其實就只是用了化名的偽裝罷了。

姐姐，你知道嗎？

姐姐應該是知道她的，可大概沒見過吧？她比姐姐要大一些，單眼皮、吊眼梢，頭髮沒有燙過，總是梳一個緊緊盤在後面的髮髻，可以這麼形容吧，就是這樣素雅的髮型。穿一身看上去很窮困樣子的衣服，模樣卻不邋遢，總是很乾淨整潔。她是戰後接連不斷發表新畫派的畫作而迅速成名的某中年西洋派畫家的夫人。儘管那位西洋派畫家的行為極其混亂和放蕩，他的夫人卻裝作毫不在意，一直都優雅地微笑著生活。

我站起來，說：「那我就告辭了。」

她也站起來，毫無戒備地走到我身旁，抬頭看我的臉，用平常的語氣說：「為什麼？」好像真的很疑惑一樣歪著頭，繼續盯著我的眼睛看了一會兒。她的眼中沒有絲毫的邪念和偽裝。以我的性格，若是跟女性目光相接的話，都會驚慌失措地抽離目光，只是在那個時候，我卻沒有感到一絲的羞澀。兩個人的臉間隔一尺左右，我心情舒適地凝視了她的瞳孔有六十秒或更久，然後忍不住笑了。

「可是……」

「他馬上就回來了。」她還是一臉認真地說。

我突然覺得所謂誠實，應該說的就是這樣的表情吧。那不是思想品德課本上高高在上的品行，但是用「誠實」這個詞所表達的美德，其本來面目不就應該如此可愛嗎？

「我下次再來。」

「嗯。」

從始至終，全都是稀鬆平常的對話。我在某個夏日的午後，來到那位西洋派畫家的公寓拜訪。那西洋畫家不在家，夫人說：「不過他馬上就回來了，進來坐著等怎麼樣？」我應夫人的邀請，就進到屋子裡來，讀了三十分鐘雜誌，看畫家老是不來，於是起身告辭，僅此而已。而我卻在那天的那個時候，痛苦地愛上了她的瞳孔。

可以說是高貴吧。我只是可以斷言在我身邊的貴族之中，媽媽姑且不說，能有那樣毫無戒備的誠實表情的人，一個也沒有。繼而，我在一個冬天的傍晚被她的側臉打動了心弦。還是在那個西洋派畫家的公寓裡，我陪著西洋派畫家圍坐在暖爐旁從一大早就開始喝酒，和他一同胡亂評論、笑談日本所謂的文化人。

不久西洋派畫家便倒下鼾聲如雷地呼呼大睡起來，我也迷迷糊糊地躺下的時候，突然感覺有毛毯蓋在我身上，半睜著眼睛抬頭一看，東京冬天傍晚淡藍色的天空異常澄淨，夫人抱著女兒好像什麼事情都沒有發生一樣坐在公寓的窗邊，她端莊的側臉在遠方傍晚淡藍色的天空背景的襯托下，呈現出文藝復興時期的側臉肖像畫一樣清晰、分明的輪廓。她給我輕輕蓋毛毯的親切中沒有絲毫色情和情欲的成分。

啊！「人性」這樣的詞用在此時此刻才能讓它重獲生機不是嗎？就像她對人自然而然的關懷是完全無意識的一樣，只管以完全和畫中一模一樣的安靜眺望著遠方。

我閉上眼睛，感到眷戀、思念得近乎瘋狂。淚水從眼簾裡湧出來，我用毛毯蓋住了頭。

姐姐。

我去那位西洋派畫家那裡玩，一開始是為他的作品與眾不同的筆觸和其深處蘊藏的狂熱激情所陶醉。可是，隨著接觸逐漸深入，被這個人令人作嘔的缺乏教養和荒唐無恥掃了興。而與之成反比的，我卻被他夫人心靈的美麗所吸引，不，是我眷戀、愛慕擁有正直的愛的人，想多看一眼夫人，後來才去那個西洋派畫家家中玩的。

我現在甚至認為，若是說那個西洋畫家的作品中呈現出的東西多少帶些藝術的高貴氣息，那正是他夫人溫柔內心的反映。

對那個西洋派畫家，我現在毫不隱晦地說出自己的感觸，他只不過是個酒鬼和好玩樂的投機取巧的商人罷了。因為想要玩樂的錢，才在帆布上胡亂塗上顏料，順應流行趨勢，煞有介事地高價待沽罷了。他真正擁有的，不過是鄉下人的厚臉皮、無恥的自信和狡猾的商業才能罷了。

恐怕他對於別人的畫作，無論是外國人的畫還是日本人的畫，也一點都不瞭解，甚至就連自己畫的畫是怎麼回事，他也不清楚，只是想要飲酒作樂的錢，所以才拚命地在帆布上胡亂塗鴉的。

更讓人震驚的是，他對自己這樣荒誕無稽的行為，沒有任何的懷疑、羞恥和恐懼。

他只是逕自洋洋得意。反正自己連自己畫的畫都不懂，所以就更不可能理解別人作品的優秀之處了，只知道一個勁地貶低別人，真讓人厭惡。

也就是說，他這樣頹廢地生活，嘴上說說看似痛苦，實際上卻是愚蠢的鄉巴佬，終於來到夢寐以求的首都，獲得了他自己都沒有料想到的成功，所以得意忘形地四處玩樂起來。

有一次我對他說：「朋友們全都偷懶貪玩的時候，只是自己一個人用功的話，覺得很不好意思又可怕。這樣實在是不行，所以即便自己一點也不想玩，也不得不加入了他們的隊伍。」

那中年西洋派畫家若無其事地回答說：「是嗎？這恐怕就是叫做貴族氣質的東西吧，真討厭。我看到別人在玩樂的時候，想要是自己不玩的話就虧了，所以就大玩特玩。」

我那時打心底鄙視那西洋派畫家。這個人的放蕩中沒有一絲苦惱，他反而對此引以為豪，真是如假包換遊戲人間的傻子。

可是，就算我這樣說這西洋派畫家的各種壞話，也跟姐姐沒有關係，而且我現在也要死了，念在和他那麼久的交情的份上，也覺得有些懷念，甚至還有想再見一面、再一起玩一次的衝動，所以對他沒有絲毫的憎惡之情。他也是容易感到寂寞的、也有很多優點的人，所以我就不再說什麼了。

只是，我只希望姐姐知道我因為愛慕他的妻子而心神不安，感到十分痛苦這件事。但姐姐就算知道了，也絕對沒有必要對別人訴說此事，或多管閒事地去設法完成弟弟生前的心願。就姐姐一個人知道，然後悄悄地想「啊！原來是這麼回事啊」，就可以了。如果說我還有什麼願望的話，那就是經過我這慚愧的告白，至少還有姐姐一個人能夠更深入地瞭解我到現在為止生命中的痛苦，這樣我就很開心了。

我曾經做過一個握著夫人的手的夢，然後還知道了夫人也是從很久之前就一直喜歡我。我從夢裡醒來，手掌上還殘留著夫人指尖的溫度。我想這樣我就已經滿足了，不得不放棄了。我並不覺得道德很可怕，可怕的是那半癲狂的，不，幾乎可以稱為瘋子的西洋派畫家。我想放棄，嘗試著將這滿腔的愛火轉向別處。

於是，我和各種各樣的女人，胡亂地、近乎瘋狂地廝混在一起，其荒唐程度有一天晚上連那西洋派畫家也皺起眉頭來。我只盼想辦法擺脫、忘記對夫人的幻想，我想不在乎她。可是，不行，到頭來我還是一個只能愛一個女人的男人。

我很清楚，我對於夫人之外的其他女朋友，一次都沒有覺得美麗或者可愛。

姐姐。

在我死之前，請讓我寫下這唯一的一次。

……小菅。

這是夫人的名字。

我昨天把自己根本不喜歡的舞女（這個女人骨子裡有愚笨不堪的地方）帶到山莊裡來了，可是，我不是打算今天早上去死才來的。雖然，我遲早要在最近的某一天去死的，可是，昨天我帶女人來山莊，是因為她求我帶她去旅行，我在東京也玩累了，想著就把這個蠢女人帶到山莊來休息兩三天也不錯，雖然對姐姐來說有些不方便。不管怎樣我先帶她一起過來，沒想到姐姐去了東京的朋友那裡，那時我突然想到我若是要死的話就是現在了。

我從很久之前就想在西片町的那個家中深處的日式房間裡死去。若是死在了街道或是草地上什麼的，屍體會被看熱鬧的人隨意擺弄，我是無論如何都不能接受的。可是，西片町的那個家被轉讓至他人之手，現在除了在這個山莊中死去之外已經沒有其他的辦法。

但，一想到最先發現我自殺的是姐姐，而那時姐姐該是如何驚愕和害怕，我就覺得在只有你我姐弟二人的夜裡自殺太過沉重，根本就做不到。

這是多麼好的機會啊！姐姐不在，而那個愚蠢的舞女則代替姐姐成了發現我自殺的人。

昨天，兩個人一起喝酒，我讓那女人在二層的西式房間睡下了，我一個人在媽媽去世的日式房間裡鋪了被子，然後開始動手寫這個悲慘的手記。

姐姐。

我已經沒有了拾起希望的力氣了。

再見。

最終，我的死是自然死亡。因為人是不可能只在思想上死去的。

我還有一個非常慚愧的請求。媽媽遺物中的那件麻質和服，那是姐姐為了我明年夏天能穿上而為我改制的吧。請把那件和服放到我的棺材裡，我想穿上它。

天亮了。那麼久以來讓姐姐辛苦了。

再見。

昨天晚上的宿醉已經完全清醒了，我想清醒地死去。再一次說再見。

姐姐。

我是貴族。

《8》

夢。

所有人都離我而去。

處理了直治的身後事，這一個月以來，我一個人住在這冬天的山莊裡。

然後我懷著水一樣的心情，給那個人寫下了也許是最後一封信。

好像你也拋棄我了吧。不，是漸漸把我忘記了吧。

可是，我是幸福的。如我所願，我好像有了孩子。雖然我現在好像感覺失去了一切，可是我肚子裡的小生命卻變成了我孤獨微笑的源泉。

我無論如何也不覺得這是卑鄙的失策之舉。最近我也想明白了，在這個世上為什麼會有戰爭啊、和平啊、貿易啊、公會啊、政治之類的。你大概不知道吧？所以才會一直都不幸福。這是因為，我告訴您吧，是為了使女人生出好的孩子。

我從一開始就沒有想指望你的人品或責任感什麼的，我需要做的只是成就我一廂情願的戀愛冒險。現在，那個心願已經完成了，此刻我的心中如森林中的沼澤一般平靜。

我覺得我勝利了。

瑪麗亞即便生的不是丈夫的孩子，她若覺得有讓自己閃亮的驕傲，這便成就了聖母和聖子。

若無其事地無視陳舊的道德而得到了孩子，我感到十分滿足。

你在那之後還是說著「斷頭臺」，跟男人和小姐們一起喝酒繼續過著放蕩的生活吧。可是我並不是要你放棄這樣的生活。因為這也是你最後的一種鬥爭的形式吧？

戒了酒，治好病，長命百歲，事業蒸蒸日上，我已經不想再說這樣睜著眼說瞎話的場面話。比起「事業蒸蒸日上」，拼了命將所謂的腐化墮落的生活過個徹底，也許反而能被後世的人稱道。

犧牲者。道德過渡期時的犧牲者，你和我一定都是吧。

革命到底在哪裡進行呢？至少在我身邊，陳舊的道德還是一如既往，沒有絲毫的改變，擋住我們的去路。大海表面的波浪無論如何奔騰兇猛，其深處的海水，何談革命，根本就是紋絲不動躺在那裡裝睡呢。

不過，我覺得在到目前為止的第一個回合的戰鬥中，我比陳舊的道德稍稍占了上風。而下一次，我打算和將要出世的孩子一起，繼續第二和第三回合的戰鬥。

生下愛戀的人的孩子，將他撫養成人，就完成了我的道德革命。

就算你把我忘記了，或者你喝酒喝得丟了性命，我也要為了完成我的革命，健健康康地活下去。

對於你人品的不足取，我最近也從某個人那有了各方面的瞭解。可是，讓我變得這樣堅強的人是你，在我心中架起一座革命的彩虹的人是你，給我活下去的目標的人是你。

我一直都以你為驕傲，而且我也會讓生下來的孩子以你為驕傲。

私生子和他的母親。

可是我們無論到哪裡都會和陳舊的道德抗爭，像太陽一樣活著。

請您無論如何也要將您自己的戰鬥繼續下去。

革命還絲毫沒有開始，還需要更多更多令人遺憾而寶貴的犧牲。

在當今的世上，最美麗的東西是犧牲者。

還有一個小小的犧牲者。上原先生。

我已經對你沒有什麼請求了，可是，為了那個微不足道的犧牲者，還有一件事還想拜託你。

那就是，我想讓你的夫人抱一下我生下的孩子，哪怕只有一次也好。那時，請允許我這麼說：「這是直治和某個女人的私生子。」

為什麼要這麼做，只有這一點我對誰都不能說。不，就連我自己，也不清楚我為什麼想這麼做。但無論如何都要這樣做，哪怕是為了直治這個微不足道的犧牲者，也無論如何都要這樣做。

你覺得不高興吧。那也請你忍耐住這種不快，就當這是被拋棄、被遺忘的女人唯一的可憐又惹人嫌的心願，還希望你能聽進去。

M·C My Comedian[12] 昭和二十二年二月七日。

12.「我的喜劇演員」之意。

人間失格

“

對我而言，從小到大，

儘管我幾度希望死在別人手裡，

但是殺人這樣的想法卻一次都沒有過。

面對那些讓我害怕的人們，

相反地，我只是希望他們能夠幸福。

”

《序》

那個男人的照片，我，看過三張。

第一張應當算是他童年時代的照片。他看上去十歲左右，被眾多的女性簇擁著（她們看上去是他的姐妹或表姐妹）。他穿著粗條紋的和服褲子站在庭院的池塘邊，脖子歪向左邊大約三十度，醜陋地笑著。醜陋？儘管這麼說，如果那些遲鈍的人（也就是對於美醜什麼的漠不關心的人們）毫不在意地隨便誇獎一句：

「好可愛的小孩子啊。」

這倒也不至於聽起來是空穴來風的奉承，因為他笑起來也似乎有那麼點所謂的一般化的可愛。可是，若是對於那些眼光犀利的人，看一眼這照片也許就會覺得十分不自在，他們會一邊嘟噥著「這個討厭的孩子」，一邊像拂去蟲虱一般把這張照片扔掉。

這個孩子的笑容越看越讓人感到一種無可名狀的淡淡的嫌惡。事實上，那根本不是笑容。這個孩子一點也沒有在笑。他站在那裡，雙手緊緊地握著拳。沒有人會這樣一邊緊握雙拳一邊笑的。那是猴子，猴子的笑臉，只是單純地在臉上堆積著醜陋的皺紋。他的表情帶著不知從何而來的猥瑣，讓人感到莫名其妙的鬱悶，不禁想甩上一句「扭曲的孩子」。有著這樣不可思議表情的孩子，到現在為止，我還從未見過。

第二張照片裡的他有了讓人吃驚的變化。是學生的打扮，儘管分辨不出那具體是高中時候的照片還是大學時候的照片，總之照片裡的他是個神采奕奕的英俊學生。然而，無獨有偶，這張照片裡的他讓人感覺不到是個活人。他穿著學生服蹺著腳坐在長椅上，胸前的口袋裡露出白色的手絹，一如既往地，他笑著。一切讓人感到徹頭徹尾的造作。用「裝腔作勢」不足以形容，用「婉轉諂媚」不足以形容，用「搔首弄姿」不足以形容，當然用「瀟灑伶俐」也不足以形容。而且，仔細端詳，這個英俊的學生身上，總是讓人感到有種離奇的不和諧。這樣不可思議的英俊青年，到現在為止，我還從未見過。

剩下的那張照片是最離奇的一張。簡直已經無法分辨照片裡人物的年齡。他看上去白髮皤皤。那是在一個極其骯髒的房間一隅（從照片甚至可以清晰地看出，房間三處左右的牆面都已剝落），他在火盆上烤著雙手，這次他沒有笑。他面無表情，好像是坐著暖手並且就這麼死了一樣。那真是一張讓人悚然的、透著晦氣的照片。奇怪的地方並不僅如此。這張照片把他的臉照得相對較大，使我能細細觀察他的臉龐。然而他的額頭平庸，額頭上的皺紋也平庸，眉毛平庸，眼睛平庸，鼻子、嘴、下巴都是那麼平庸。

唉，他的臉不僅沒有表情，而且真的是毫無特點，給人留不下半點印象。就算我只是看著這張照片把眼睛閉上，都會把他的臉忘掉。我能想起房間的牆、小火盆什麼的，可是這個房間的主人的臉卻悄然消逝在我腦中，怎麼也找尋不見。我無法把他的臉畫成畫，即使是漫畫也不能，直到睜開眼睛再看這張照片，我也沒有「原來他長這個樣子啊」的欣喜。誇張點說，就算睜著眼睛看那照片，我都想不起他的樣子，只是單純地覺得煩躁和不快，下意識地不想讓視線停留。

即使是所謂的「死相」，也應該有些這樣那樣的表情，給人留下些這樣那樣的印象，但這樣的臉就像把雜種馬的頭接在了人身上，總之，不明緣由地讓看到的人顫慄作嘔，這樣不可思議的男人的臉，到現在為止，我同樣從未見過。

〈 手記 1 〉

我的人生充滿羞恥。

對我而言，人們的生活是無法琢磨的。我在東北部的農村長大，很大了才第一次見到火車。我在火車站的天橋上跑上跑下，從未意識到天橋是為了方便行人跨過鐵路而設置的。而且，在相當長的一段時間裡，我一直覺得，在天橋上跑上跑下簡直就是最酷的遊戲，設置天橋是鐵路交通服務中最貼心的一項。然而，後來，當我發現天橋原來只不過是為了方便旅客跨過鐵路而修建的實用性建築時，頓時感到非常掃興。

除此之外，我小時候在小人書上看到地鐵時，也從未覺得它是因為實際需要而創造出來的。和天橋一樣，我也單純地覺得地鐵是由於在地下行車比在地上行車更與眾不同、更有趣而出現的東西。

我從小體弱多病，常常臥病在床。我總是覺得床單、枕套、被套真是毫無創意的裝飾，直到快二十歲時，我才得知這些竟然是實用品，我為人們這種毫無情趣的做法黯然神傷。

另外，我也不知道什麼叫做餓。不，那不是指我是在所謂的衣食無憂的家庭裡長大，不是那麼白癡的意思，是我完全不知道「餓」是一種什麼樣的感覺。這聽起來很奇怪，可是我即使在餓肚子，自己也從來沒有覺察到過。小學到初中，我從學校回來的時候，周圍的人總是圍著問：「是不是肚子餓了？」我記得上學時放學回家也會特別餓，「來點蜜豆吃吧？有蛋糕和麵包……」我也就本能地做老好人，嘟噥一句「我好餓」，然後往嘴裡扔上十來顆蜜豆。但是，所謂餓的感覺具體是什麼樣的，我一點也不曾體會過。

當然，我其實吃得很多。可是因為肚子餓去吃東西，想來卻幾乎一次也沒有過。我吃大家覺得稀罕的食物，我吃大家覺得豪華的食物，去別人家裡吃飯，端上來的食物我都是儘量吃到再也吃不下去為止。正是這樣，對於小時候的我，最痛苦的實際上卻是在自己家裡吃飯。在鄉下的家裡，十來個人把各自的飯菜面對面地擺成兩排，作為最小的兒子，我理所當然地坐在最末位。吃午飯的時候，在那個昏暗的房間裡，十幾口家人一言不發地吃飯，這對我來說一直是一種折磨。而且，作為鄉下的傳統家族，配菜大都是一成不變的那幾樣，因為不能奢望有什麼稀罕的東西或者豪華的東西，我越來越害怕吃飯這件事了。在那昏暗房間最末的位上，我冷得瑟瑟發抖，一邊小口小口地吃著飯，一邊想，為什麼人們一日三餐頓頓都要吃飯呢？事實上大家都是一副嚴肅的表情，彷彿是在進行某種儀式。一家人一日三次，按照既定的時間聚集在這個昏暗的房間，按照正確的順序擺好各自的飯菜，即使沒有胃口也默默地低頭咀嚼。我有時真的覺得吃飯本身或許是一種面向這個家中寄居神靈的祈禱。

不吃飯就會死，這樣的話在我聽來不過是讓人生厭的危言聳聽。然而，這樣的迷信（時至今日我依然不由自主地覺得這是一種迷信）卻無時無刻不讓我惶恐和不安。人因為不吃飯就會死，所以必須得賺錢吃飯，對我而言，世上再沒有比這更艱深晦澀，聽起來讓人覺得受到威脅的話了。

總而言之，我似乎一點也未曾理解過人們為了生活而奔波這件事。自己的幸福觀念似乎和世上所有人的幸福觀念都格格不入，這種不安令我夜夜輾轉，呻吟，甚至近乎發狂。我，到底是否幸福呢？事實上，我從小到大一直被人說是幸福的孩子，可是我卻一直覺得我生在地獄。而且，在我看來，那些說我是幸福孩子的人們卻在遙不可及的地方，遠遠，遠遠比我快樂。

我甚至想過，如果說我身上背負著十種孽緣，其中的任意一個，換作他人，僅此一個也足以取其性命了。

總而言之，我不理解。對於他人苦惱的性質和程度，我完全沒有頭緒。那或許是因現實而生的苦惱，或許是能吃飽飯就能解決的苦惱，也或許是連自己的那十種孽緣都無法企及的淒慘的人間地獄，這些，我都看不透。然而，他們即使是背負著這樣那樣的苦惱，也沒有人去自殺，也沒有人發瘋，他們一如既往地談論著政黨，不絕望，不氣餒，頑強地活著。他們不會感到痛苦嗎？他們變成了不折不扣的利己主義者，卻自以為理所當然。他們有反省過自己的所作所為嗎？那樣活著是輕鬆，但是，難道世界上所有的人都是這一個樣子，而且都這樣很滿意地活著嗎？我不知道。他們能安穩恬逸地從晚上一覺睡到早上嗎？他們會做什麼樣的夢嗎？他們一邊走著一邊在想著什麼嗎？錢？不，應該不僅僅是這個吧。我只聽說過人們為了吃飽飯而活著的說法，人們為了錢而活著這樣的話我可從來沒聽說過。可是，這樣想來……嗯，我不知道……越想我越覺得糊塗，越想我越深感恐懼，我覺得自己簡直就是一個異類。我幾乎無法和一般人溝通，我不知道該用什麼樣的方式跟他們說些什麼。

正是這樣，我選擇了逗笑。

這是我想要融入人群的最後的方式了。儘管對人極度恐懼，可是畢竟，我還是割捨不下對人的牽絆，逗笑成了連結我和外界的唯一線索。在外一直拚命演繹的笑容下，是大汗淋漓地使出渾身解數拚死一搏的我自己。

從小時候開始，即使是家裡的人，我也絲毫不理解他們有多苦惱，或者是在想什麼。我只是害怕，無法承受和他們相處的尷尬時光。我的逗笑能力也一天天變得高明，不知何時開始，我已經變成了不說一句真心話的孩子了。

翻開那個時候和家人一起照的照片，別人都是一副一本正經的樣子，唯獨我自己一定是不自然地咧嘴笑著。這也就是我幼小而悲傷的一種逗笑。

而且，不論家人說我些什麼，我也是從來沒有頂過嘴的。再小的批評，對於我而言簡直都是霹靂一般震耳欲聾，讓人抓狂，讓我根本顧不上頂嘴。那些小小的訓斥，在我看來正是無可爭辯的所謂世間一脈相承的真理。我甚至還常常自責，覺得自己連這些真理都不能遵守，簡直沒有辦法和別人一起生活。就這樣，我也失去了與別人爭執和為自己申辯的能力。有時候別人說我壞話，我也會覺得是我自己會錯了意，別人並沒有壞的意思，於是我就在極其惶恐中把那些話默默承受下來。

當然，不論是誰，被人批評或者被人發火以後大概都是不會開心的。我更是從那些發火的人的臉上看到了比獅子、鱷魚或者惡龍更兇殘的動物的本性。這種本性，儘管人們平時大都有所保留，可是一旦到了特定的時候就會原形畢露地通過發火顯現出來。這就好像牛在草原上悠然自得地睡著，突然啪地一尾巴打死落在肚子上的牛虻一樣。這種情形總會讓我嚇得毛髮倒豎。當我意識到這樣的本性或許也是人活著必不可少的一種資質時，我對自己感到深深地絕望。

面對他人，我總是害怕得渾身發抖，另一方面，對於自己作為人的言行，我又完全沒有一點自信。就這樣，我把自己的懊惱深埋在心中的角落裡，把那些憂鬱和緊張藏了又藏，一味地把自己偽裝成一個天真無邪的樂天派，逐步變成了只會逗笑的怪人。

不論怎樣，只要能讓別人開心就好，那樣，即使我活在所謂的「生活」之外，人們也不會太怎麼在意了吧。總之，不能成為別人眼中的沙子，自己必須是無形的，像風，像天空。我就這樣不斷地告訴自己，然後通過逗笑讓家人開心，不僅僅是家人，即使面對那些更加不能理解的可怕的男女下人，我也是竭盡全力地逗笑他們。

夏天，有一次我在浴衣下穿著紅色的毛衣在走廊裡走，把全家都逗笑了，連不苟言笑的長兄看了我的樣子都笑出了聲。

「我說小葉，這麼穿不太合適啊。」

他說著，語氣中充滿憐愛。等等，我也不是到了冷暖不知的地步才在盛夏穿毛衣的，我是把姐姐的綁腿纏在手臂上，讓它從袖口露出一截，讓人以為我裡面穿了毛衣。

我的父親因為在東京多有公差，一個月的大半時間都在他上野的別墅裡住。每回回來都會給家裡人，甚至是親戚朋友帶來各種各樣的豐厚禮物。說起來，這也成了他的一個愛好。

有一次父親在進京前夜把所有的孩子都召集到客廳，一個一個問大家在他回來時想要他帶點什麼禮物，然後把孩子們的回答一一記在自己的記事本上。父親像這樣和孩子們親近，還真是不多見。

「葉藏，你呢？」

父親問。我一下子就結巴了。

每逢被別人問到想要什麼的一瞬間，我就什麼也不想要。我心裡會閃過這樣的念頭：無所謂，反正沒有什麼能讓我開心的東西。可是同時，別人給我的東西，就算再不合我的心意，我也從來不懂得拒絕。面對厭惡的事物不敢明說，面對喜歡的事物，卻又像是躡手躡腳去偷竊一樣深感苦澀，因那些不可言喻的恐懼而感到煩悶。總之，自己連選擇好惡的能力也沒有，想來這個性格缺陷也最終成了導致我以後所謂「充滿羞恥的人生」的重大原因之一。

見到我磨磨唧唧地不說話，父親臉上變得稍有不快。

「到底還是想要書嗎？淺草寺外的店裡在賣給小孩玩的大小剛好的舞獅子，不想來一個嗎？」

「不想來一個嗎？」在父親這樣咄咄逼人的問話下，我徹底敗下陣來了，連隨聲附和的話都一個字也講不出來了，再高明的演技都毫無用武之地。

「就給他買書吧。」長兄一本正經地說道。

「哦，那好吧。」

父親一副掃興的表情，沒有記錄就啪的一聲把記事本闔上了。

多麼失敗啊！我惹怒了父親，父親毋庸置疑會狠狠報復我的。我必須趁現在，在事情不能挽回之前做點什麼。那天夜裡，我在被窩裡一邊想一邊渾身發抖。我偷偷起床走到客廳，憑著回憶，打開父親之前放記事本的櫃子的抽屜，拿出了那本記事本。我飛快地翻頁流覽，找到記錄大家想要的禮物的地方，用記事本裡夾的鉛筆奮筆疾書了三個字，舞獅子，然後趕緊回去睡下了。實際上，書倒是還好，我對舞獅子是一點也沒有興趣。然而，當我意識到父親想給我買獅子頭的時候，我一心為了迎合父親，讓父親能夠重拾笑容，我鼓起勇氣在那一夜來了一回潛入客廳的大冒險。

就這樣，最終，自己憑藉這種出其不意的戰術如願以償地大獲成功。過了不久，父親從東京回來了。我在孩子們睡覺的房間裡聽見父親大聲地跟母親這樣說。

「在淺草寺外的玩具店裡，我打開記事本一看，你看，這裡，寫著舞獅子幾個字。哎？我一看這不是我的字啊。轉念一想明白了，這準是葉藏又淘氣了。這孩子，我問他的時候，扭扭捏捏地不出聲，後來，肯定是覺得說什麼也想要這個獅子了。真是的，怎麼生了這麼個奇怪的小孩。表面裝得跟沒事人似的，心裡想什麼倒是寫得誠實。這麼想要，說出來不就好了嗎？害得我在玩具店裡一個人笑起來了。快把葉藏叫來。」

除此之外，我還跳過舞。我把男女下人召集到家裡的洋式房間，讓一個男的胡亂地彈鋼琴（儘管我家是在鄉下，可是這些玩意家裡基本都有），自己則隨著不著調的音樂給大家跳印第安舞蹈，這把大家逗得哈哈大笑。二哥打著閃光燈，給我的印第安舞蹈照相，印出來的照片裡，自己的圍腰（一塊印花的棉浴巾）縫隙裡，小雞雞露了出來，這又引得大家一陣爆笑。對我自己而言，這應該說又是一次意外的成功經歷。

我每個月訂著超過十種的少年雜誌，另外還讓人從東京寄各種各樣的書來看。瘋狂博士啊，巨樹博士什麼的漫畫我無所不知，傳說啊，評書啊，相聲啊，江戶軼事啊我也都相當精通。我常常用一本正經的表情講搞笑的事，由此也沒少把大家逗笑過。

可是，啊，學校！我在學校裡是頗受人尊敬的人物。然而被別人尊敬這樣的觀念卻又讓自己相當恐懼。我幾乎騙過了所有的人，但是卻被唯一一個全知全能的人識破，落井下石，讓我深陷生不如死的尷尬。這就是我所定義的「被人尊敬」的真實狀態。即使能憑藉騙人「被人尊敬」，總有一個人看得到真相，很快地，這一個人就會告訴所有那些被騙的人，當他們意識到自己被騙了以後，該是多麼咬牙切齒地痛恨我呢？光是想一想都讓人不寒而慄。

比起我出生在有錢人家的這個事實，被人俗稱為「天才」更讓我在學校中受人尊敬。我從小體弱多病，常常一兩個月，甚至幾乎一學年臥病在家，不去上學。可是，每次我一副大病初癒的樣子坐著人力車到學校參加期末考試，我卻都能展示出比班上所有人都強的所謂「天才」。即使是我身體好的時候，我上學也是完全不學習的，上課的時間，我畫畫漫畫，休息的時間，我就把畫好的漫畫解釋給班上的同學聽，逗他們開心。作文課上，我淨寫一些荒誕滑稽的故事，被老師警告，自己也不改，因為我知道老師們其實暗地裡都是盼著讀我的那些滑稽故事的。有一次，我按照慣例寫了作文，我用失落的筆調寫了母親帶我去東京的路上我把尿尿在列車過道的痰缸裡的糗事（實際上，去東京的那會兒，我早就知道痰缸是用來方便人們吐痰用的，我只是故意這樣寫，賣弄孩子的天真）。我把作文交上去，自信地覺得一定能把老師逗笑。為了驗證結果，我就下課以後偷偷跟著老師。果然，老師一出教室就把我的作文從班裡同學的作文裡挑了出來，一邊走一邊開始讀，一邊讀一邊忍不住笑出聲來。我就這樣跟著老師走到了教研室，老師大概是讀完了我的作文，開始放聲大笑起來。我看著他迫不及待地把我的作文拿給其他老師看，心裡無限滿足。

調皮。

我成功地讓別人覺得我調皮，以此擺脫了受人尊敬的束縛。我的成績單上每門學科都是十分，可是唯獨操行一欄時而七分，時而六分，這也是家中的爆笑笑料之一。

然而我真正的性格卻和調皮什麼的正相反。那時候的我，甚至被男女下人們調侃和欺負。我到現在也一直覺得，對年幼的孩子做出那樣的事情，簡直是為人最醜惡最卑劣最殘忍的犯罪。然而當時的我選擇了忍讓，只當是學到了又一種人性，無力地笑笑，不了了之。如果自己懂得凡事說真話，或許能夠無所畏懼地把他們的惡行告訴父母。可是那時我連面對自己的父母也無法敞開心扉，我覺得即使告訴父親，告訴母親，告訴員警，或者告訴政府，到頭來都是一樣。世上的真相大致都是被那些老油條們按照所謂的理所當然編造出來的。

我的經驗證明，凡事總是要有一方忍讓。希望別人來主持正義終究都是無益的嘗試。我到底還是選擇不說真話，凡事忍讓，然後繼續逗笑別人。除此之外，別無他法。

或許有人會笑我，呦，你是在宣傳人不可相信的理論嗎？嘿，你什麼時候入了基督教了嗎？可是我覺得對人的不信任，並不一定是要通向宗教的。現在的人，包括那些在笑我的人，心裡沒有耶和華也沒有任何別的，不都是在相互的不信任中，漫不經心地活著嗎？在我幼年的時候，父親所屬政黨裡的知名人物來我們這演說，我被家中的下人們帶著去劇場看。劇場座無虛席，城裡凡是和父親有交情的人都來了，大家拚命地拍手喝彩。可是當演講散場以後，聽眾三五成群地走在夜晚下雪的街上，大家又都把剛才的演講貶得一文不值。那些聲音裡不乏和父親有交情的那些人。那些所謂的父親的「同志們」用聽起來憤憤不平的口氣說著父親的開場致辭有多麼多麼拙劣，說著那個知名人物的演說有多麼多麼不知所云。然而當那些人特地轉到我家，進到客廳見到父親，又一改口風，一臉誠心誠意地開始說今晚的演講有多麼成功。就連家裡的下人——儘管他們在回來的路上都紛紛感歎世上沒有比演講更無聊的事了——當母親問起演說的情況，他們都會面無表情地說：真是很有意思。

然而，這不過只是生活中的一個小例子。人們彼此互相欺騙，然而各自又不可思議地完好無傷，彼此甚至彷彿連欺騙這種事都不曾察覺。在我看來，像這樣的大家相安無事、和氣融融地彼此不信任在人們的生活中比比皆是。

不過，我並不是特別在意欺騙這種行為，畢竟我自己都是每天靠逗笑別人活著，從早到晚都在欺騙別人。我並不追求聖賢的經典著作裡面的仁義道德。我只是不能理解人們為什麼能夠一邊互相欺騙，一邊相安無事、和氣融融地活著，或者為什麼能夠有自信這樣活著。沒有人告訴過我其中的奧妙。如果我能明白這一點，也許我就不用像現在這樣害怕別人，像現在這樣拚命地迎合別人了吧。如果我能明白這一點，也許我就不用生活在完全和塵世對立的一面，每夜像身臨地獄一般輾轉反側了吧。總之，我沒有把下人的那些可憎的犯罪告訴任何人，我覺得並不是因為自己對人的不信任，當然更不是因為基督教的教義，是因為人們把叫作葉藏的我堵在了信任的外殼之外，就連父母也常展現出令我不解的一面。

我的這種由生而來的忍辱負重的孤獨氣質，本能地吸引了很多女性。現在看來，這也正是我後年那些紛至遝來的不幸的誘因之一。

因為我在女性眼中，是一個能夠保守感情秘密的男人。

〈手記 2〉

在海邊，波浪幾乎能夠打得到的地方，二十幾棵樹皮黝黑的山櫻枝繁葉茂地排列著。新學年伊始，山櫻褐色的新芽稚嫩伏帖，在海的背景下，絢爛的櫻花隨之綻放。又到了櫻花如雪的季節，微風拂過，無數花瓣被吹散在海裡，隨著水波飄蕩，漸漸地又被推回岸邊。這樣遍地櫻花的沙灘，被劃到東北的一所初中作為校園的一部分。我在沒作什麼考前準備的境況下，竟然順利地考進了這所學校。這所學校制服的鈕扣上，帽子的徽章上，櫻花的紋樣也如這春天的櫻花一般綻放著。

有一個算是遠房親戚的，就住在學校的旁邊。父親幫我選了這個海邊的櫻花初中，也是考慮到這一點。父親讓我寄宿在這個遠方親戚的家裡，因為他家就在學校旁邊，我甚至聽到早操的鈴聲才跑著出門上學。儘管我是這樣一個不思進取的初中生，可是憑藉著我逗笑的功夫，我也一天天地成了班上的紅人。

這是我有生以來第一次的所謂遠走他鄉。在我看來，他鄉可是比自己的故鄉好玩多了。想來，這或許也是因為自己逗笑的伎倆日益精進，騙人也不像以前需要煞費苦心的緣故吧。然而似乎也不能這麼說，因為就算再有演藝天分的人，即使是神的兒子耶穌，在面對親人和外人，在故鄉和他鄉，表演的難度也是不一樣的。比如演員，在自己家鄉的劇場是最難發揮出水準的，更何況是換成上上下下聚集一堂的家裡，再好的演技也是空談了吧。然而我就是在這樣最困難的環境中練出來的，而且還取得了相當的成功。像我這麼專業的演員，又到了他鄉，就算再疏忽大意也是不可能出多大紕漏的。

儘管在我內心深處，對人的強烈恐懼比起在家的時候絲毫未減，可是因為演技的精進，我總是成為班上的開心果。這個班如果沒有大庭，該是多好的一個班啊。老師嘴上這麼念叨著，卻又用手捂著嘴笑個不停。連那些天天用雷聲一般的大嗓門嚷嚷的分配到學校裡的軍人，我都能易如反掌地讓他們笑噴出來。

正當我心滿意足地覺得已經把真實的自我完美地包裝起來的時候，自己卻著實意外地被人從背後捅了刀子。那個捅我刀子的人卻出人意料的平庸。他在班上身體最瘦弱，面孔腫脹發青，成天穿著家裡別人留下來的、聖德太子的水袖一般的、袖子長半截的舊衣服。他學習一塌糊塗，軍訓課和體育課都是在一邊觀戰，像白癡一樣。正因如此，即使是一貫小心翼翼的我也不由得對他疏於了防備。

那天，體育課上，那個叫竹一的學生（姓我已經記不住了，但是名字大概是叫竹一），按往常一樣站在一旁看我們練習單槓。我故意擺出一副體操選手的嚴肅表情，注視著單槓，嘿的喊了一聲跳起來，然後三不黏地像跳遠一樣飛了出去，在沙地上著實地摔了個大跤。一切都是在計畫之中的出洋相。當然，大家都被逗笑了，在笑聲裡，我一臉苦笑地站起來拍了拍褲子上的沙子。可就在這時候，竹一竟不知不覺地站在我身後，他戳了戳我的後背，低聲細語地說：

「故意，好故意。」

我被徹底震懾了。我從未料到自己精心設計的局竟會被人看破，更不用說是被竹一。那一瞬間，我彷彿墜入了地獄，被炙熱的烈焰所包圍。我幾近崩潰的邊緣，想聲嘶力竭地吶喊。我咬牙切齒地強忍住內心的抓狂，才算沒有爆發出來。

充滿不安和恐懼的日子就這樣開始了。

表面上，我一如既往地演戲逗大家開心，背地裡，我卻常常在不覺間苦悶地歎氣。

不論再怎麼樣的表演，在竹一面前都只是一戳即破的鬧劇。這樣一來，早晚有一天，我的這些秘密一定會不脛而走，被傳得人盡皆知。我只要這麼一想，就會出一頭冷汗，我會像瘋了一樣地瞄著四周，察看哪怕蛛絲馬跡的可疑動向。如果可能，我真想二十四小時守在竹一身邊防止他把秘密走漏出去。我要一邊天天纏著他，一邊想盡辦法讓他覺得我所有的逗笑都不是所謂演戲，而是真的。只要能成功阻止他，我甘願把他拉成我最好的死黨。但是，如果這些都失敗了，我甚至一味地想過只有期盼他能早死。然而，即使如此，我卻從未動過要殺他的念頭。對我而言，從小到大，儘管我幾度希望死在別人手裡，但是殺人這樣的想法卻一次都沒有過。面對那些讓我害怕的人們，相反地，我只是希望他們能夠幸福。

為了拉攏竹一，首先，我在臉上堆滿了虛偽的、虔誠信徒一般「溫柔的」媚笑，一邊用右手輕輕地攬著他瘦小的肩膀，一邊朝右三十度左右向他歪著頭，用撒嬌的貓咪一般甜膩的聲音，幾次三番地請他到我寄居的家裡來玩。可是他總是一副漫不經心的樣子，對我不理不睬。終於，大概是初夏的一天放學時，我找到了機會。那天，傍晚的陣雨嘩嘩地下著，學生們正愁著如何回家，因為自己住的地方就在學校旁邊，所以我就像沒事人一樣向外跑。正要出門，我一眼看見竹一孤零零地倚著鞋櫃站著。

「跟我走，我借你傘」我跟他說著，還沒等他猶豫，我一把抓起他的手跑向了雨中。到了家，我拜託阿姨把我倆淋濕的上衣拿去晾著，就這樣，我成功地把竹一騙到了我在二樓的房間裡。

我住的家裡有一個五十多歲的阿姨，一個三十左右戴眼鏡的貌似抱病在家的高個子姐姐（這個女孩，曾經嫁出去過一次，然後又回到這個家裡。我學著家裡別人的叫法，管她叫大姐），和一個最近剛從女子學校畢業的、跟姐姐不同、矮個圓臉的叫小節的妹妹。一家三口人，在樓下的店面裡賣些文具、運動用品什麼的，但是主要的收入似乎是已過世的老爺建成留下的五六間房的房租。

「耳朵好疼。」竹一還沒坐下就說。

「灌了雨水，當然會疼了。」

我看了看他的耳朵。他的雙耳裡充滿污穢，膿血簡直快要流到耳朵外面來。

「這可真夠嗆。肯定很疼吧。」我誇張地裝出一副吃驚的樣子。

「下著雨就把你拉出來，是我不好。」

我用女生一樣的口吻溫柔地向他道歉，然後到樓下拿了棉花和酒精。我讓竹一側躺在我的大腿上，專心致志地開始給他掏耳朵。被我這樣一搞，即使是竹一，也絲毫沒有覺得這是我偽善的技倆。

「你這傢伙，一定會有女人迷上的。」

他躺在我的腿上，漫不經心地奉承了我一句。

多年之後我返回頭去看，竹一的這句無心之辭竟出人意料地成了恐怖的惡魔的預言。迷上別人，或者被人迷上，這樣的說法聽上去異常低俗，不正經，充滿了賣弄。如果在所謂的「嚴肅」場合無心地這樣說，眼見著就會破壞鄭重的氣氛，讓人嚴肅不起來。可是如果把「桃花劫」這樣的俗話換成「被愛的不安」這樣的文學用詞，卻一下子又與嚴肅那麼貼切。這真是很有趣的一件事。

我幫竹一掏著耳朵，聽他說著「你這傢伙會有女人迷上」這種不著邊際的奉承話。當時的我，儘管只是羞赧地笑笑，什麼也沒有說，但在我心裡卻隱隱覺得有點道理。一聽到別人說「會有人迷上」這種粗俗的話語就變得沾沾自喜，還「隱隱覺得有點道理」，聽起來似乎是在發出愚蠢的感懷，連相聲裡惹人發笑的少爺都不會說。但我的隱隱覺得有點道理，當然並不是懷著那種玩世不恭的沾沾自喜。

在我看來，人類中女性要遠比男性更加難以捉摸。自己家裡，女性的數量比男性多，而且親戚裡也有好多是女孩子，再加上之前說過的那些對我犯下「惡行」的女性下人，說我從小就是跟女的一起玩大的一點也不算過分。但事實上，我和那些女人們的相處時如履薄冰，完全不知道該怎樣做。我糊裡糊塗地時常踩到老虎尾巴，然後落得遍體鱗傷，那些傷口和從男性那裡得到的鞭笞不同，都是些讓人痛不欲生的難以治癒的內傷。

女人時而拉近我，時而推開我。她們人前藐視我，冷淡我，而當人都走了，她們又與我緊緊相擁。我時常覺得女人是否是為睡眠而生，因為女人總像死人一般睡去。這些都是我在幼年時代觀察到的很多女性的特質，此外還有很多。總之，我覺得女人和同為人類的男人是完全不同的生物，她們以不可思議的方式陪伴著我，讓我難以捉摸又無法掉以輕心。「被她們迷上」或者「被她們喜歡」這些表述對我一點都不合適，倒真不如「被她們陪伴」這種說法，更加貼合我的真實情況。

比起男人，女人更喜歡被人逗笑。我再怎麼演戲，男人也不至於每天都看著我笑個不停，我自己也深知太得意忘形演過頭了反而會適得其反，所以總是注意在演得差不多的時候趕緊收尾。然而女人在這方面根本沒有節制，她們一分一秒，每時每刻都希望我逗笑她們。為了應付女人無窮無盡的返場要求，我真是累得精疲力竭。女人可真是愛笑。不知為什麼，女人總是比男人能夠收集更多的快樂。

上初中的時候照顧我的這家的姐姐也好，妹妹也好，只要一有空就會到我二樓的房間來。我每次都會被她們的突然造訪嚇一大跳，然後戰戰兢兢地問：

「做功課？」

「不是。」

我微微抿嘴一笑闔上書。

「今天呢，學校裡，有一個叫棒槌的地理老師……」然後開始打開話匣子說起一些言不由衷的好笑的事。

「小葉，戴上眼鏡看看。」

一天晚上，妹妹小節和大姐一起到我的房間裡來玩，讓我幾次三番表演逗笑之後，他們又想起了這麼一齣戲。

「為啥？」

「好啦，試試嘛，快去跟大姐拿眼鏡。」

她們從來都是這樣野蠻的命令口氣。於是，影帝就這樣乖乖地戴上了大姐的眼鏡。一瞬間，兩個女孩就笑翻了。

「太像了，簡直和勞埃德一模一樣。」

當時，在日本，外國喜劇明星哈樂德．勞埃德深受大家的歡迎。

我舉起一隻手：「各位！」我說，「這次，為了各位日本的忠實粉絲……」一句開場白又是把兩個女孩逗得大笑不止。就這樣，以後凡是城裡有勞埃德的電影上演，我每次都會去看，邊看邊偷偷研究他的表情舉止。

還有一次，一個秋天的晚上，我正躺在床上看書，大姐像小鳥一樣飛快地跑到我房間裡來，二話不說就倒在我的被窩上哭了起來。

「小葉啊，你一定會救我的，是不是？這家真是待不下去了，陪我一起走吧。救我，小葉救我。」

就這樣，她說著胡話，又開始哭。不過還好，我不是第一次見到女人這樣發瘋。我對於大姐的一些誇張言辭並不感到吃驚，反倒是覺得有點空洞老套讓人聽得不耐煩。我爬出被窩，剝開桌上的柿子，遞給了大姐一片。大姐哽咽著把它吃了。

「有好看的書嗎？借我。」她說。

我從書櫃上拿了夏目漱石的《我是貓》給了她。

「謝謝你的柿子。」

說完，大姐不好意思地莞爾一笑，走了。包括大姐在內的所有女人，到底是以一種怎麼樣的一種心情在活著啊？思考這個問題，簡直就像揣摩蚯蚓在想什麼一樣，複雜而麻煩，我真有些吃不消。然而，憑著從小到大的經驗，每逢女人那樣突然哭起來的時候，只要給她們來點甜的東西，她們吃了大概就都沒事了。

妹妹小節也是一樣，甚至連她的朋友都會領到我的房間裡來，讓我像往常一樣逗她們開心。可是當她的朋友走了，小節卻無一例外地開始說她朋友的壞話，大概就是說那個孩子是不良少女，一定要多加注意之類的東西。既然這樣，不帶回家來不就好了嘛。拜這兩個姐妹所賜，我的房間裡來的幾乎都是女性客人。

然而，這和竹一奉承我的「會有女人迷上」還相去甚遠。那時候的我，說到底，不過是日本東北的哈樂德·勞埃德。竹一那漫不經心的奉承，變作陰暗的預言，以活生生的災難呈現出來的時候，已經是在那之後好幾年的事情。

除了那個預言，竹一還留給我了另一個意義重大的禮物。

曾幾何時，竹一來我二樓的房間裡玩，得意地讓我看一幅他帶來的彩色印刷的卷頭插畫。

「這是妖魔的畫。」

我看了心中一驚。現在看來，那一瞬間早已註定了自己今後的沉淪。我看過那幅畫，那不過是人盡皆知的凡高的自畫像。我的少年時代，正是法國所謂的印象派在日本特別流行的時候。欣賞外國繪畫，大概都是從這些人的作品開始，凡高、高更、塞尚、雷諾瓦，這些人的畫的印刷版本，即使是鄉下的初中生也大概都見過。像我，更是看過好多凡高作品的彩色印刷版。儘管我對他巧妙的用筆和鮮明的色彩充滿興趣，可是我卻從來沒想過這是什麼妖魔的畫之類的事情。

「那這個怎麼樣。難不成也是妖魔的畫？」

我從書架裡拿出莫蒂里安的畫集，給竹一看那幅著名的有著古銅色肌膚的裸婦像。

「太厲害了！」

茅廬的風格，在練習上花了相當多功夫。學校裡的繪畫範本實屬無聊，老師的畫又沒什麼水準，無奈之下，我就自己胡亂地嘗試各種各樣的畫法。可是進入初中，即使我已經有了全套的油畫用具，即使我在技法上盡力模仿印象派的畫風，我畫的畫還是像遍地都是的招貼畫一樣平淡無奇，難登大雅之堂。竹一的話，讓我茅塞頓開，讓我覺得至今為止我對繪畫的認識彷彿都是錯誤的。我在愚昧而天真地竭力還原那些我感到美的事物的時候，大師們卻在憑藉主觀意識創造美，在令人作嘔的醜惡事物面前絲毫不隱藏自己的興趣，一心沉浸在表現的快樂之中。由此，我按照從竹一那裡學到的樸素的繪畫的真諦，完全不再在意世人評價。我背著那些常來找我的女人，開始一點點地創作我的自畫像。

讓自己也不寒而慄的陰暗畫像出爐了。然而，這正是深藏心底的真實自我。我也不得不偷偷承認，外表陽光的樂天派，大家的開心果的我，實際上卻有著一顆如此陰鬱的內心。可是，這畫像，我確實不敢給除了竹一以外的任何人看，一方面，我怕別人可看穿我在逗笑下掩藏著這樣陰暗的內心而對我產生戒備，另一方面，我也擔心他們看不出這才是我的本來面目，反倒認為這是我開發出來的新鮮的逗笑，成為大家的笑談，那可真是比什麼都痛苦的事情。完成以後，我把這畫趕緊藏到了櫃櫥的最裡面。

另外，在學校的圖畫課上，我也是把這種「妖魔畫法」封印起來，一如既往地用著還原美好事物的平庸技法畫畫。

我安心地給竹一看了我的自畫像。因為只有在他面前，我才能毫無保留地展示我那容易受傷的神經。得到了竹一的大加讚賞之後，我又接二連三的畫了好幾幅妖魔的畫。

「你這傢伙，一定能成為偉大的畫家。」這是我從竹一那得到的又一個預言。

加上我會被女人迷戀的那個預言，竹一的這兩個預言深深印在了我心裡，跟隨我來到了東京。

我原本打算上美術學校，可是父親卻一直希望我上高中，最終能夠上大學成為一個政府官僚。父親這麼吩咐了，我不敢說一個不字，就這麼糊里糊塗地答應了。父親讓我四年級開始就試考高中，正好我在海邊的櫻花初中四年也差不多玩膩了，當我考取了東京的高中，就沒上五年級，四年級一結束就畢了業。我很快住進了學校的宿舍，但是卻受不了那裡的骯髒和野蠻，根本就沒辦法去逗笑別人，於是讓醫生開了一張肺浸潤的診斷書。就這樣，我搬出了宿舍，住進了父親在上野櫻木町的別墅裡。我，無論如何也過不了集體生活。青春的讚美、年輕人的驕傲這樣的話更是讓我渾身起雞皮疙瘩。我和所謂的高中生精神格格不入，在教室裡、宿舍裡的那種讓人感覺透著色欲的、垃圾堆一般的氛圍裡，連我近乎完美的逗笑，也毫無用武之地。

議會休息的時候，父親每個月有一兩個星期在這座別墅裡度過。父親不在的日子裡，偌大的別墅裡就剩下我和看門的老夫婦三個人。我有事沒事就翹課，可就是這樣，我也提不起興趣去逛逛東京什麼的（眼見高中就要畢業，可是我連明治神宮、楠正成的銅像，泉嶽寺的四十七武士墓都沒去看過）。我成天泡在家裡，要麼讀書，要麼畫畫。父親一進京辦事，我就每天慌慌張張地裝出一幅去上學的樣子，但實際上卻是去本鄉千馱町的油畫家的畫塾，或者安田新太郎先生的畫塾裡，三四個小時地練習素描。自打從學校的宿舍搬出來以後，去學校上課，我也感覺自己好像是個旁聽生一樣成了班上的外人。儘管那或許只是我一個人的胡思亂想，可是我卻漸漸越來越抵觸，最終變得害怕去上學了。終於，小學、初中、高中就這麼一晃就過去了。自己落得連愛校心是什麼都不明白，校歌什麼的更是一句也沒背得。

不知什麼時候，我通過畫塾的學生接觸到了煙、酒、妓女、當鋪和左翼思想。這些東西放在一起聽起來奇怪，可是事實卻恰恰就是這樣。

有個畫塾的學生叫堀木正雄，在東京的市井出生，比我大六歲。聽說他從私立的美術學校畢業，因為家裡沒有地方，就到畫塾裡繼續學習油畫。

「能借我五塊錢嗎？」

我只是見過這個人，可是一句話也沒有跟他講過。我一時間慌了神，不知所措地給了他五塊錢。

「好，喝酒去。今天我請你，可以吧？」

我半推半就，最終被他拖到了畫塾附近蓬萊町的小酒吧。我和他的來往從此開始了。

「好久以前我就開始注意你了。對對，就是這種靦腆的微笑，前途無量的藝術家才有的表情啊。來，喝了這杯酒，咱們就是兄弟了。幹！絹小姐，這傢伙帥吧？小心被迷住哦。因為這傢伙來了畫塾，很遺憾，我只能淪為二號帥哥了。」

堀木長著一張端正的小麥色的臉。他穿著畫塾學生裡不多見的正式西裝，繫著樸素的領帶，打著髮蠟的頭髮齊齊地從中間分成兩半。

或許是由於在我不熟悉的地方，我緊張得一會交叉著雙臂，一會又鬆開。我只是一味靦腆地笑著。可是奇怪的是，當兩三杯啤酒喝下肚，我竟然覺得自己漸漸放開了，變得輕鬆了很多。

「我，本來是想著進美術學校的……」

「別進，太沒勁。那種地方，沒意思。學校什麼的，都沒意思。我們的老師啊，盡在大自然中！對大自然的激情！」

然而，他說的這些，我從來就沒認真地聽進去過。我覺得他就是白癡一個，畫的畫也一定好不到哪去，可是作為玩樂的酒肉朋友，可能還是個不錯的選擇。畢竟，對當時的我而言，他是我有生以來遇到的第一個貨真價實的社會上的小混混。他和我不是一路人，但是我倆都是在迷茫中生存，完全游離在現實生活之外，從這點來說，我們又確實得歸為同類。只是他毫無意識地逗笑別人，完全感受不到逗笑的苦痛，這點和我有著本質的不同。

只是玩樂而已，我跟他只是酒肉之交。我心裡一直看不起他，我甚至為自己和他交往感到丟人。可是，就這麼和他混著混著，終於，連他都把我打敗了。

一開始，我只是覺得這個男的不錯，是個難得一見的好人。在東京他是個不錯的嚮導，連我這種害怕與人交往的人都能完全放下防備，放心跟他去玩。

實際上，如果我是一個人，乘電車我會害怕列車員，去歌舞伎劇院我會害怕正門口鋪著紅地毯的臺階兩側站成排的迎賓小姐，去餐廳我會害怕默默站在我背後準備撤盤子的服務生，特別是在結帳的時候，啊，簡直不敢想自己那種生疏的動作。買東西交錢的時候也是一樣，不是捨不得花錢，是因為特別緊張，特別不好意思，特別不安而害怕，我常常會感到頭腦發暈，眼前發黑，幾乎要瘋掉。哪裡顧得上砍價，找的錢不說，甚至是買的東西我都常常忘了拿。其實也因為我一個人真的是在東京寸步難行，我才不得已整天泡在家裡無所事事的。

然而，只要把錢包交給堀木，和他一起出去，一切就截然不同。他很會砍價，而且會玩。他知道如何花最少的錢辦最多的事，比如他帶著我不坐計程車，改乘電車、公車、渡輪等各種別的交通工具用最短的時間到達目的地，比如一早從妓院回來，他親身教我中途停經某某飯館，泡個晨浴，喝個酒吃個湯豆腐，不但沒花多少錢，而且很享受。還有別的，他告訴我路邊攤的牛肉飯和烤雞串又便宜又有營養，向我保證沒有比電子白蘭地[1]讓人醉得更快的酒等等。總之，有了堀木，對於結帳這件事，我是再也不用感到恐怖和不安了。

除此之外，和堀木交往受益匪淺的是，堀木根本不管對方的感受，二十四小時激情四射（那些激情本身或許就是不顧別人感受的表現）地滿嘴跑火車。兩個人走得累了，也根本不用擔心落入令人尷尬的沉默中。面對別人時，本身就不善言辭的我，因為擔心冷場，總是拚命地演戲逗笑別人。現在堀木這個白癡，無意識地就自己把我逗笑的角色擔了過去，我都不用怎麼仔細回話，一耳朵進一耳朵出，只要時不時地笑著說上一句「不會吧」就夠了。

漸漸地我明白了，煙、酒、妓女，哪怕只是短暫的一時，都是能分散我對人的恐懼的相當好的方法。我甚至開始覺得，為了這些，即使花光一切我也心甘情願。

在我看來，妓女這種人就像弱智或者瘋子，既非常人，也非女性。和她們同床共枕反而讓我覺得安心，能夠安穩睡去。她們沒有半點貪念，這一點甚至讓我覺得她們可憐。不知她們是否也對我抱有同類的親切感，總是毫不吝嗇地自然地對我好，那是沒有半點所求的好意，沒有半點強買強賣的好意，面向或許再也不會重逢的人的好意。有些夜晚，我真的在這些弱智或者瘋了的妓女身上感受到了聖母瑪利亞一般的光芒。

就這樣，我為了逃避對人的恐懼，為了求這僅此一夜的安生，去妓院裡，找這些恰和自己「同類」的妓女。然而，玩得多了，不知不覺之中，我身上開始下意識地散發出一種讓人不自在的氣質。這真是我從未想到過的所謂「後遺症」。這種「病症」漸漸鮮明地在外表上浮現出來，被堀木調侃過以後，我不由地愕然，覺得噁心。別人看來，通俗來講，就是自己通過找妓女玩了不少女人，最近獵豔的水準明顯上升了。據說找妓女來練習情場功夫，是最難也最有成效的方法。我身上沾染的這種「花花公子」的氣息，讓無數女性（不單是妓女）本能地被我吸引，聞風而來。作為「後遺症」的這種猥褻的、不知廉恥的氣質，已經遠遠地埋沒了我那求一夜安生的初衷了。

堀木跟我說的話也許是半帶奉承，但是，我自己也親身遇到很多讓我喘不過氣來的事情。比如，我記得酒吧的女招待曾經給我寫過幼稚的情書，櫻木町的別墅鄰居將軍家二十歲左右的女兒，每天早上都會畫化著淡妝，在我上學的時間，有事沒事地在我家門口轉悠，「去吃牛肉吧」，即使自己一言不發，那個女店員都會……再有，經常去買煙的店老闆的女兒會在遞給我的煙盒裡……再有，去看歌舞伎吧，鄰座的女孩……再有，自己醉倒在深夜的市內電車上……再有，意外收到家鄉親戚的女兒寄來的寫滿思念的

1. 淺草的一家酒吧發明的雞尾酒。

信……再有，不知是哪個女孩趁我不在的時候送給我親手製作的偶人……以上這些，因為我的置之不理，都一一無疾而終，沒有一點後話。不是我信口胡謅地吹牛，這種附著在我身上的，讓我身邊的女人心馳神往的氣質令我無法否認。自從被堀木這種人指出這一點，我就感受到一種近乎屈辱的痛苦，自此，也就對去妓院找妓女很快失去了興趣。

此外，一天，堀木為了愛慕虛榮趕時髦（到現在我也從堀木身上想不出別的理由來），還帶我去了一個自稱什麼共產主義讀書會（名字我記不太清了，好像是叫R．S什麼的）的地下研究會。對堀木而言，可能帶我去這個共產主義的地下組織也不過就是一直以來「東京嚮導」的一部分罷了。他把我介紹給所謂的「同志」，讓我買了一本宣傳手冊，然後我們就聽一個長相奇醜的領頭的年青人講馬克思主義經濟學。然而，我感覺那些東西我似乎早已看穿，比起馬克思主義經濟學，在人的內心深處無疑還藏著更加艱深，更加恐怖的東西。這些東西用欲望無法充分形容，用虛榮無法充分形容，色和欲兩個加在一起，也無法充分形容，具體是什麼儘管我也說不清楚，但是在人世的最深處，讓我感覺並不僅僅是經濟，而是什麼更加光怪陸離的東西。對於被那種光怪陸離的東西完全嚇倒的我，儘管會像水往低處流一樣自然而然地承認所謂唯物論，可是通過唯物論我並沒有擺脫對人的恐懼，像眼見春天的新芽帶來希望一樣感到欣喜。但是即便如此，我卻一次也沒有缺席過R．S（我記得是這個名字，但也有可能不是）的各種會議。我看著「同志」們像處理一等一的大事一樣，擺出鄭重其事的表情，潛心研究那些不比一加一等於二的初等算數複雜多少的理論，覺得搞笑得不行。我用自己最擅長的逗笑本領努力讓大家開心，由此打破研究會的沉悶氣氛。就這樣，漸漸地，我也毫無爭議地成了這個地下組織不可或缺的開心果。那些單純的年青人或許理所當然地把我看成和他們一樣單純、搞笑的樂天派的「同志」，如果真的是那樣，我簡直是從頭到尾都在哄騙這些人。我不是他們的什麼同志。儘管如此，我還是從不缺席，一如既往地逗笑這裡的人們。

我是因為喜歡才這樣做的。我挺欣賞這裡的人們，當然這種欣賞並不是因為一起學習馬克思主義而生的情愫。

不合法，這才是讓我偷偷樂在其中的原因，這裡簡直讓我樂不思蜀。世間那些所謂合法的東西，反而讓我覺得恐怖（他們讓我感到深不可測的強大），我摸不透其中的奧妙，在所謂合法的沒有窗戶，陰冷刺骨的房間裡，我如坐針氈。即使外面是不合法的汪洋，我也會奮不顧身地跳出去游泳，直到最後一口氣，這樣讓我覺得快活得多。

有一個詞叫渣滓，被用來瞧不起那些在人世中失敗、破落、道德喪失的人。然而我覺得我自己就是一個天生的渣滓，當我見到那些被世間戳著脊樑骨說是渣滓的人時，心裡總會不由得心生同情，那樣的同情甚至會讓我陶醉。

還有一個詞叫犯人意識。這個塵世中，一方面我的一生被這種意識折磨，另一方面，這種意識卻或許早已成了我生命中的一部分，像我的糟糠之妻一般在孤獨中與我為伴，陪我嬉戲人生。我還聽說過一句俗話，叫腿上有傷怕人知。那樣來看，我的傷，早在我還是嬰兒時就已經自然地長在我的一條腿上，長期以來，不要說治癒，那傷卻是越發加深，幾乎發展到了骨頭。儘管疼痛讓我夜夜如臨十八層地獄（這麼說或許聽上去很奇怪），可是這傷卻漸漸地變成了比自己的血肉還讓我親近的的存在。與其說那傷帶來了疼痛，不如說那傷帶來了溫情，只讓我覺得像是愛的纏綿耳語。對於這樣的我，那個從事地下運動組織的氛圍，只會讓我覺得安心而自在。總之，比起運動本身的目的，我感覺運動的性質更合我的心意。至於堀木，他不過是個一無所知的看客，自從把我介紹進組織的那一次開始，就冠冕堂皇地藉口說馬克思主義在關注生產方面的研究的同時，也要有必要進行消費方面的視察，從此再也不跟組織接觸，有事沒事只想著拉我出去一起進行所謂消費方面的視察。想來，當時真是有各種各樣的馬克思主義者，既有像堀木這種為了虛榮的時髦而自稱馬克思主義者的人，也有像我這種只是因為中意這種不合法的氛圍，賴在組織裡的人。如果像我們這樣的人被真正的信奉馬克思主義的人揪出來，他們肯定會對我們大發雷霆，把我們作為卑鄙的叛徒即刻掃地出門吧？然而，我，甚至連堀木都從未受過任何處分。尤其是我，比起在合法的紳士們的世界裡，我在這個不合法的世界反而更是如魚得水，大顯才能。我被看成是前途無量的「同志」，被委以各種被他們過度渲染的秘密重任。而事實上，我也從來沒有拒絕過他們的各種任務，每次都是欣然接受，也從來沒有因為辦事不利索而失誤，被狗（同志給員警的稱呼）懷疑，抓去審問。我一邊自己笑著，一邊也逗別人開心，就這樣算是順利無誤地幹著那些在他們看來所謂的危險的事（這些搞地下運動的傢伙，會像有多大事一樣地緊張，彷彿在演繹偵探小說裡的情節一樣，以極高的警惕性，對交給我的傻子都會辦的芝麻大點的小事不厭其煩地千叮嚀，萬囑咐）。我當時的想法是，即使自己成了黨員被抓起來，以後終身都要在監獄度過也無所謂。在我看來，比起我現在每天都害怕世間人們的「真實生活」，每夜在無眠的地獄中呻吟，監獄對我而言，也許更能讓我過得開心。

父親住在櫻木町的別墅時，不是會客，就是外出，即使同在一個屋簷下生活，三四天我們都見不上一面。儘管如此，我還是很害怕父親，對父親敬而遠之。我甚至想過乾脆從這個家裡搬出去，找個寄宿家庭什麼的，但是我說不出口。就這樣，終於，我從別墅看門的老大爺那裡聽說父親打算把這個別墅給賣掉了。

父親作為議員的任期行將期滿，因為各種各樣的理由，父親也沒有打算再繼續參選。父親已經在故鄉建了一棟隱居的住所，而且對東京似乎也沒有什麼留戀。他估計是覺得留著宅子和傭人只給我一個高中生用實屬浪費（和世間別人一樣，父親怎麼想的我也搞不太明白），總之，這棟別墅很快就易主他人，我呢，則被迫搬到本鄉森川町一個叫仙遊館的老舊寄宿家庭的昏暗房間裡，生活上也一下變得拮据起來了。

在那之前，儘管父親每個月給的定額的零用錢到我手裡兩三天就會用光，可是因為家裡總是備著煙、酒、乳酪、水果，日常生活一點也沒有問題。書啊，文具啊，還有和穿相關的各種東西，都可以到附近的店裡用所謂「記帳」的方法賒來，即使是我請堀木吃個蕎麥面或者炸蝦飯，只要在父親經常光顧的店裡，不掏腰包就走也不會怎樣。

然而一下子到了寄宿家庭開始自己生活，當所有的費用都要從那每月定額的零花錢裡擠的時候，我慌了。寄來的錢依舊是兩三天就不見了，我慌得手足無措，幾近抓狂。我給父親、哥哥、姐姐輪番的發電報要錢，然後再寫信細說自己的窘境（信裡哭訴的情況淨是些為逗笑他們而胡編亂造的劇本。求人之前，必須先博人歡心，我是這麼想的）。另外，我還被堀木慫恿，走投無路地開始去當鋪換錢。但即使如此，錢還總是不夠花。

說到底，自己在這個無親無故的寄宿家庭裡一個人是「活」不下去的。我害怕自己一個人待在寄宿家庭的那間房間裡，我覺得隨時會有人竄進來，把我一擊斃命。就這樣，我儘量出去，要麼說明那個地下組織的人做事，要麼和堀木一起出去轉悠，喝點便宜酒。與此同時，我的學業和畫業雙雙荒廢。直到我高中入學以來的第二年十一月，鬧出和比我年長的有夫之婦殉情的事件，我的生活終於發生了翻天覆地的改變。

一直以來，儘管我常常翹課，一點也不學習，可是我偏偏總能像事先知道考試答案一樣拿個不錯的成績，在故鄉的家人那裡蒙混過關。然而，逃得過初一逃不過十五，終於，因為出席日數不足等原因，學校給故鄉的父親秘密地打了報告。我從作為父親的代言的長兄那，收到了長篇大論的警告信。儘管如此，比起這個，沒有錢，以及那個組織的任務已經到了由不得我三心二意地繁忙劇烈的境地，這兩件事更讓我直接地痛苦。說是中央地區還是什麼地區的，總而言之，本鄉、小石川下谷、神田一帶學校馬克思主義學生的行動隊隊長這個職位落在了我身上。說要搞武裝起義，我就買了小刀（現在想起來，那刀脆得連削鉛筆都不夠），放在雨衣的口袋裡，然後滿世界跑，進行所謂的「聯絡」。我真想好好喝一頓酒，睡個好覺，但是，沒有錢。可是P（我記得我們用這樣的隱語代替黨，但是也可能不對）那邊卻一件接一件讓我喘不過氣來地給我下任務。我一直孱弱的身體真的是已經吃不消了。我本來就只是因為對不合法有興趣才幫這個組織做事，現在鬧到假戲真做，讓我忙到要死，我是真的做不下去了。你們找錯人了，你們應該找你們直系的人幹這些事，我忍不住對P的那些人產生了這種厭惡的情緒，就這麼逃走了。然而逃走以後，我的心裡卻著實不好過，我選擇了去死。

那時侯，對我暗送秋波的女人有三個，其中一個就是我寄住的仙遊館老闆娘的女兒。這個女孩，每次在我幫那個組織做完事，累得半死地回來，晚飯也沒吃就睡下以後，就會拿著信紙和鋼筆到我的房間裡來。

「對不起，樓下的弟弟和妹妹太吵了，沒辦法好好寫信。」

她說。然後就這麼在我的桌子上一趴一個多小時寫信。

我原本可以不理不睬地就這麼睡過去，可是因為看得出她特別希望我和她講話，儘管我是沒有半點想聊天的心情，我還是一如既往地發揮自己逆來順受、為人服務的精神，不顧自己已經累得精疲力竭，一鼓作氣翻過身來趴在地上，點上煙：

「聽說有個男的用女人寄來的情書燒水洗澡呢。」

「呦，真是的。是你吧？」

「我的只夠煮牛奶而已。」

「好樣的，那你就喝吧。」

這個女的能不能快點走啊，我想，說寫信什麼的，根本都是些幌子嘛，這麼半天，她肯定一直都是在用假名畫臉譜。

「給我看看。」

我心裡想著我死也不看那信，嘴上這麼一說。「不行，你討厭，不行，你討厭！」看著她那自作多情的高興樣，真是丟人，我越發忍不下去了。我想著，我得給她找點事把她打發走。

「不好意思啊，能不能去鐵路旁邊的藥店給我買點安眠藥？我實在太累了，臉上像發燒似的，讓我反而睡不著。不好意思。錢，我……」

「不用啦，錢不錢的。」

她高興地起身走了。吩咐女人辦事，她們不但不會嫌煩，反而會因為男的願意托她們辦事而開心。這一點，我早就心裡有數。

另一個女人，是女子高等師範學校的文科生，是我所謂的「同志」。因為幫那個組織做事，不管願不願意，我和她每天都是抬頭不見低頭見。即使辦完公事，她也總是跟著我，然後硬給我買這買那。

「把我當成親姐姐就好了。」她的話讓我起了一身雞皮疙瘩。

「我就是這麼想的。」

我強顏歡笑地說，笑容裡都浸滿了愁苦。總之，惹急了她一定很可怕。不論怎樣，我都一門心思想著要把她敷衍到底。就這樣，我越來越順從這個又醜又煩人的女人。她買東西給我（因為她買的東西淨是些惡俗的玩意，我基本都是馬上轉手就把它們送給烤雞店的老闆什麼的）我就裝出一副開心的樣子，開玩笑逗她開心。有一個夏天的晚上，她說什麼都不肯讓我走，把我逼到無路可逃，我就在路邊的幽暗之處無可奈何地吻了她。

接著她就像花癡一樣瘋狂起來了，她叫了計程車，把我領到大概是組織為搞地下運動而秘密租借的寫字樓辦公室模樣的小房間裡，跟我折騰了整整一個晚上。這個親姐姐可真可以，我暗自苦笑。

房東的女兒也好，這個「同志」也好，因為環境關係，每天都是和我抬頭不見低頭見，所以沒辦法像以前對待那些女人一樣成功疏遠她們。就這樣一步一步，又因為我一直都膽小怕事，最終我只能選擇拚命討好這兩個人。我在被金錢束縛之外又如出一轍地被女人束縛住了。

與此同時，我還受到了銀座的一個大酒吧裡女招待的意外恩惠。僅僅是一面之緣，我卻對那恩惠念念不忘。滿腹的擔心和杯弓蛇影的不安讓我幾乎動彈不得。那個時候，即使不靠堀木幫忙，我也能一個人乘電車，一個人去歌舞伎劇院了，我甚至還能穿著碎花和服，裝出一副厚臉皮的樣子一個人進去酒吧之類的地方。我的內心，還是一成不變地對人們的自信和暴力等感到疑惑、恐懼和苦惱，可單是表面上，我卻一點點地能和別人進行像模像樣的交流了，不，不對，因為那些交流都少不了自己那種失敗的逗樂的苦笑作陪襯，但是總之，即使是不著要領的交流，我也算是能夠施展這種「伎倆」了。這是通過為那個地下組織奔走而學到的嗎？或者說是女人？還是酒？應當說，金錢的拮据是最大的功臣。那時候的我覺得，既然哪裡對我來說都是恐怖，不如乾脆到大酒吧裡被眾多醉漢、女招待、男學徒包圍起來，隱沒在他們之中，那樣或許更能讓我那顆無時無刻不被外界牽絆的心得到慰藉。我就帶著十塊錢，一個人去了銀座的那個大酒吧。

「只有十塊錢，看著來吧。」我笑著對接待我的女招待說。

「別擔心。」

她的話裡帶著點關西腔，但是，正是這簡短的一句話，奇蹟般的讓我戰戰兢兢的心平靜了下來。那並不是因為我不需要擔心錢不夠了，而是待在這個女招待的身邊，讓我把所有的擔心都放下了。

我喝了酒。因為那個女招待讓我安心，反倒沒有心情去逗笑了。我毫不掩飾沉默寡言的、陰森的真實自我，一個人就那樣默默地喝著酒。

「喜歡這些東西嗎？」

女招待把各式各樣的菜肴擺在我面前。我搖了搖頭。

「光喝酒啊？那我也喝點吧。」

那是一個寒冷的秋天的晚上。我按照常子（應該是這個名字，可是因為記憶漸漸淡薄，我也不是特別確定。這就是連一起殉情的女子的名字都能忘了的我。）說的，去了銀座後面的一個路邊的壽司攤，一邊吃著味如嚼蠟一般的壽司，一邊等她。就算我能忘了她的姓名，那時候吃的壽司的難吃勁，卻不知為何清晰地留在我的腦海裡。那個光頭的壽司師傅，長著大青蛇一樣的臉，搖頭晃腦，好像練了許多次一樣裝模作樣地捏著壽司的樣子現在彷彿還鮮明地浮現在眼前。甚至到了好多年以後，在電車什麼地方，好幾次，我看到一個人長得面熟，然後想上很久後苦笑著恍然大悟，原來是像那時侯的壽司師傅啊。

事隔多年，連她的姓名和長相都已經在我的記憶中漸行漸遠，可唯獨那個師傅的臉我甚至還能準確地畫成畫，這大概是因為那時侯的壽司實在太難吃，給我帶來了更多寒冷和苦痛的緣故吧。原本，就算別人帶我去以好吃聞名的壽司店裡吃，我都從來沒覺得有多好吃過。在我看來壽司這東西太大了，每次吃的時候我都在想，就不能捏成大拇指那麼大嗎？

她租住在本所區一家木工店的二樓，我在那裡，一點都不隱瞞自己平日裡那陰鬱的心。我像是害了嚴重的牙疼，一手托著下巴，一邊喝茶。然而就是這麼一副模樣的我，卻讓她看了憐愛。她自己也是一樣，彷彿身處蕭瑟秋風中，任身邊落葉紛飛，這個女人讓人感到是徹徹底底地孤單。

同床共寢，我從她口中漸漸得知她是比我大兩歲的廣島人。她跟我講她是有夫之婦，丈夫曾經在廣島經營理髮店。去年她倆一起私奔到東京，丈夫卻在東京不務正業，最後因為詐騙罪被抓進了監獄。我每天都會去監獄給他送點這啊那的，但是，明天開始我決定再不去了，她說。我也說不清為什麼，或許是因為她說話不得要領，總是抓不住重點的緣故吧，我對這個女人的身世一點也提不起興趣。她跟我說那些，對我而言都像是在對牛彈琴。

我好孤單。

比起女人千言萬語的身世，或許這樣短短的一聲歎息無疑會更讓我感同身受。然而，即使我這麼期待著，我也從未聽世上任何一個女人這麼說過，這真是不可思議。可是，儘管常子嘴上沒說過「孤單」，那種無聲的孤單卻彷彿在她身體周圍築起了一寸左右厚的氣場，只要靠著她，自己也會被那氣場包圍。那種氣場和我的那種帶著些棱角的陰鬱氣場相得益彰，就像枯葉貼伏在水底的岩石上一樣，讓我忘記了所有恐怖和不安。

我記得我也曾和那些弱智的妓女一起安心熟睡，但是，這和那些是截然不同的（首先，那些妓女們都是很陽光的）。和這個詐騙犯的妻子一起度過的一夜，對我來說是幸福（像這樣毫不猶豫地用這麼誇張的詞，我保證在我的手記裡絕無二次）而釋然的一夜。

然而，僅僅只是一夜。早上，醒過來，爬起身，我又變成了原本那種輕薄而虛偽的演員。我是懦弱的人，連幸福都會害怕。柔軟的棉花會傷到我，幸福也同樣會傷到我。在那之前，我慌忙地退回偽裝的殼，打算與她就此了斷。

「不是有句話叫財盡即緣絕嘛。其實它的本意是正相反的。不是說男的沒有錢就會被女的甩掉，而是說男的會甩掉女人。男人只要沒有了錢，他們就會變得意志消沉，一事無成，連笑的力氣都沒有。然後他們會變得乖僻，最終自暴自棄。他們會甩掉女人，瘋了一樣地和女人決絕。這是金澤大辭典的解釋，真可憐。但是那樣的心情我是理解的。」

我確實記得，我的一派胡言讓常子笑了出來。久留無益，不如先走，我這麼想著，連臉都沒洗就急忙離開了。當時的我還不知道，我胡亂講出的「財盡即緣絕」到了後來竟然生出了意外的枝節。

從那之後一個月，我都沒有和那夜遇到的這位恩人見面。分別的時間越長，當初的欣喜越漸漸淡薄，在酒吧裡所受的那些不值一提的恩惠反倒時時令我放心不下。那時候酒吧裡的賬，都是常子幫我付的，這種俗事也開始令我耿耿於懷。這些毫無根據的胡思亂想緊緊束縛著我的心，讓我覺得常子到底也是和那個寄宿家庭的女兒、那個女子高等師範學校的學生一樣是對我步步緊逼的女人。即使相隔很遠，也無法緩解我因此而生的恐懼。而且，我原本就害怕再次見到和我同床共寢的女人，因為我一廂情願地覺得她們再見到我一定會突然發作，向我咆哮。終於，我連銀座都變得避而不去了。但這種回避真的不是因為我是始亂終棄的人，這只是因為我還不能完全理解女人是如何做到把同床共寢和次日一早起床後的生活完美地一分為二，進退自如地活在那樣的二重世界中的。

十一月末的一天，我和堀木在神田的路邊攤上喝了酒。結了賬，那個混蛋竟然還吵著要去別的地方喝。走嘛，再喝點，明明知道我們沒什麼錢，他還是在那死皮賴臉。那個時候，也是因為酒後壯了膽，我就跟他說：

「好！那我帶你去人間天堂，做好準備啊，那裡可是所謂酒池肉林的……」

「酒吧？」

「對。」

「走！」

就這樣，我們倆坐上了市內電車。車上，堀木放出大話：「老子今天想玩女人。找個女招待什麼的讓我親親。」

我不喜歡堀木的這種酒後亂性。然而堀木正是利用這一點，挑撥我的情緒。

「瞧著啊，一會坐在我旁邊的女招待，我親給你看看，瞧著啊。」

「隨便你。」

「好嘞，老子正想玩女人。」

就這樣，我和堀木在銀座四街下了車。仗著有常子在那裡，我帶堀木身無分文地進了那個所謂酒池肉林的大酒吧。我倆剛剛找了個空著的隔間面對面的坐下，常子和另一個女招待就朝我們走過來了。看到那個不認識的女招待坐在我旁邊，常子就一屁股就坐在了堀木旁邊。我頓時一陣糾結：常子，馬上就會被親。

我並沒有感到惋惜。本來自己就沒有什麼佔有欲，即使偶爾我會隱隱覺得心有不甘，我也沒有本事勇敢地站出來和別人爭執，維護自己的利益。正如到了後來，我甚至一言不發地看過自己有實無名的妻子被別人強姦。

我盡可能地遠離人們的各種紛爭，唯恐被捲入其中。常子和我，只是一夜的緣分，她不是我的女人。我沒有理由為她感到惋惜，為她出頭。但是，看著那場景，我心裡還是一陣吃驚。

眼看著常子就要被堀木一口親下去，我覺得她真的很可憐。被堀木佔有過的常子，大概也沒法再跟我在一起了吧，而且我自己也沒有想挽留常子的那份心。啊，一切只能落幕。一瞬間我想著常子的不幸，為之揪心。但我馬上又像沒事人一樣讓那些想法瞬間斷滅，我端詳著堀木和常子的臉，淡淡地笑著。

事情出人意料地向更壞的地方發展了。

「算了。」堀木撇著嘴說，「我還沒到了非要和這麼窮酸的女人……」

他像是受了多大委屈，兩手插在胸前，一邊苦笑，一邊瞄著常子。

「酒拿來，錢沒有。」

我低聲對常子講。心裡真想就這麼喝到一醉不醒。在所謂俗人的眼裡，常子只是一個低賤、窮酸的女人，連讓醉漢親吻的價值都沒有。這個事實太過出乎想像，就好似晴天霹靂，讓我難以接受。我一杯又一杯，從沒喝過那麼多酒，醉到搖搖晃晃。我和常子相對無言，只是彼此悲傷地微笑。常子被堀木說成那樣，讓我也不由得覺得她不過就是一個為了生活疲於奔命的窮酸女子。然而同時，我的心頭又湧上一種見到為錢苦惱的同路人的親近感（儘管有點老掉牙，我到現在也一直覺得貧富兩路是戲劇永恆的主題之一）。我覺得我有生以來第一次主動對別人萌生了些許愛戀，我愛常子。

最後我吐了，然後失去了知覺。喝酒喝到這樣沒有一點意識，我還是第一次。

當我再次睜開眼睛，常子正坐在我的枕邊。我睡在本所的木工店二樓的房間裡。

「說什麼財盡即緣絕，我還以為你是開玩笑，原來你是說真的啊。你也不來看我，我們的緣分還真是絕得讓人摸不著頭腦哈。我出去賺錢，不行嗎？」

「不行。」

就這樣，她也睡了。黎明的時候，我從她嘴裡第一次聽到了「死」這個字。為了生活而奔波，她確實太累了，我這方面，想到對於人世的恐懼、苦悶、錢、地下運動、女人、學業，我也真的沒有信心繼續活下去。我爽快地同意了常子的提議。

然而，那時侯的我，還沒完全做好死的準備。在我心裡，總覺得死這件事好像不過是一種什麼遊戲。

那天上午，我倆徘徊在淺草六區，走進咖啡館，喝了牛奶。

「你先付一下錢。」常子說。

我站起身，從袖口裡拿出錢包打開一看，只有三枚銅錢。那一瞬間，悲涼多過羞恥。我腦中閃過我在仙遊館的那已然空空如也的房間，裡面除了制服和被褥以外，能夠拿去典當的東西什麼都沒有剩下。那點東西，加上我現在穿的碎花和服和披風，這就是我的生活的全部。我清清楚楚地認識到，我已經沒法活下去了。

她看著我愣在那兒，就站了起來，朝我的錢包裡看了看。

「哎呀，只有這點？」

儘管她話出無心，對我卻又是徹骨之痛。第一次，我僅僅因為我愛的人的話而受傷。三枚什麼錢也不是的銅錢。這對我來說，真的是從未嘗過的奇恥大辱，讓我無法苟且於人世。說到底，這是因為那個時候的自己，還沒有完全擺脫富家子弟的自我意識吧。就這樣，我終於下定決心，即使是我一個人，我也必須得死。

那天夜裡，我們在鐮倉跳了海。她說她的腰帶是酒吧裡的朋友的，然後就把腰帶解下來疊好放在了岸邊的石頭上。我也把披風脫了，放在同一個地方，然後就一起走向了水裡。

她死了。然而我卻得救了。

大概一方面因為我是高中生，另一方面因為父親的名聲具有一定的所謂新聞價值，這件事在當時在被媒體上，被作為重要新聞大肆炒作。

我被海邊的一所醫院接收。然後，從家鄉來了一個親戚，幫我處理了各種各樣的後事。他在走之前告訴我說以父親為首，全家族都對我的事情大為憤怒，可能會和我斷絕家族關係。可是，當時，比起這個事情，我卻無限想念死去的她，每天以淚洗面。因為到目前為止我所有的女人裡，我只愛過這個窮酸的常子。

寄宿家庭的女兒給我寄來了洋洋灑灑羅列著五十首短歌的信，裡面淨是以「活下去」這種奇怪的詞開頭的短歌，整整五十首。另外，護士們也常常快樂地笑著來我的病房裡玩，其中有護士走之前還會緊緊地捏著我的手。

我在那間醫院裡檢查出左肺有問題，這在之後成了我的救命稻草。我因為涉嫌幫助他人自殺被員警帶走。在警察局裡，他們見我是病人，特別准許我住在醫務室裡。

深夜，在醫務室隔壁的傳達室裡值班的上了年紀的老警衛，悄悄的把兩個房間中間的門打開。

「喂。」他叫我。

「冷吧，過來烤烤火。」他跟我說。

我故意步履蹣跚地去了傳達室，坐在火爐邊的椅子上。

「還是忘不了死了的那個女人嗎？」

「嗯。」

我裝出一副氣若遊絲的樣子，小聲說。

「那也是人之常情啊。」

接著，他越來越得寸進尺了。

「最初在哪兒和那個女人發生關係的？」

他好像自己就是法官一樣裝腔作勢地問我。他是看我是個好欺負的孩子，自己故意裝出一副調查主任的模樣，想借此引我說些猥褻的故事聊以排遣秋夜的空虛。我早就看穿了他的把戲，拚命忍住不笑出聲來。儘管我知道我有權完全不回答這個警衛所謂的「非正式審問」，但是反正漫漫長夜無心睡眠，我索性展示出自己的誠意，一門心思地裝出自己深信這個警衛就是真正的調查主任，我的量刑全在他一念之間，於是給他說了一套基本能滿足他骯髒的好奇心的胡編亂造的「供詞」。

「嗯，我大致明白了。看你這麼配合，我這邊也會想辦法幫你爭取一下。」

「謝謝你。那就麻煩你了。」

我都佩服我自己出神入化的演技。可是，這場以假亂真的戲卻一點也沒有幫上我的忙。

第二天早上，我被署長叫了出去。這次，才是真正的調查取證。

我剛剛推門進到署長室，署長就說：「呵，真帥。這事不是你的錯。要怪也只能怪生出你這個帥兒子的媽。」

那是一個皮膚略黑，像是剛從大學畢業的年輕署長。被他這麼劈頭蓋臉的一說，我就彷彿是半邊臉上長了胎記，或者是身有殘疾一般感到自卑。

然而這個柔道或者劍道選手一般的署長，調查取證卻非常簡潔，跟昨夜那個老警衛偷偷摸摸、不知廉恥的色情「調查」簡直是天壤之別。盤問結束，署長一邊填寫發往檢察院的文件，一邊說：「不把身體養好怎麼行，聽說你血痰都咳出來了，不是嗎？」

那天早上，我不知為什麼有點咳嗽。因為我咳嗽的時候都是用手絹捂住嘴，他是看見我手絹上沾著的紅暈般的血才這麼說的。然而，那卻不是從我喉嚨裡吐出的血，那是我昨天晚上摳我耳下痘子時出的血。我可以告訴他，但是鑒於當時的情形我覺得還是不說為妙，於是我就低下頭，誠心誠意地應了一聲：「明白。」

署長寫好文件對我說：「起不起訴要由檢察長決定，你在這邊有監護人或者保證人什麼的，給他打個電話今天來橫濱的檢察院接人吧。」

我記得給我作學校保證人的是一個叫澀田的，以前經常出入父親東京別墅的古董書畫商人，四十幾歲，獨身，五短身材，和我們是同鄉，在父親身邊一直是個小丑一般的打雜角色。因為他的臉，特別是他的眼神看上去像比目魚，父親一直就叫他比目魚，我也就跟著那麼叫他。

我借了警察局的電話薄，找到比目魚家的電話，給他打過去讓他到橫濱的檢察院來接我。電話裡的他是一種神經病一樣的囂張態度，但是儘管如此，他還是答應了。

「喂，趕緊把那個電話拿去消消毒，那個人剛才血痰都咳出來了。」

我回到醫務室坐下，聽到署長大聲地吩咐警衛，聲音大得我都能聽到。

過了中午，一個年輕的警衛用細麻繩把我綁好，上面再給我套上披風，他手裡緊緊地捏著麻繩的一頭，就這樣，我們兩個一起乘上電車，趕往橫濱。

我沒有一點不安，甚至開始懷念警察局的醫務室和那個老警衛。啊，我怎麼會變成這樣。作為犯人被綁著，心裡卻反而放鬆下來，覺得踏實自在。那時侯的這些回憶，現在寫起來都讓我覺得開心愉快。

可是就是在這些令人懷念的記憶裡，還夾雜著一次讓我出了一身冷汗、終生難以忘懷的悲慘失敗。我在檢察院一間昏暗的房間裡接受檢察官簡單的調查。檢察官是一個四十歲左右的穩重大氣的男人（如果說我長相還不錯，那也一定是所謂淫褻的美貌，那個檢察官的長相看上去既有智慧，又有風雅，不由得讓我覺得那才是正統的美貌）。在他面前，我完全沒有戒備，了無興味地說著事情的原委。突然，我感覺又要咳嗽，就從袖子裡拿出手絹。我一眼看到手絹上的血，想起這咳嗽說不定能像上次一樣幫我博得些許同情，我就在咯咯兩聲真咳之後故意添油加醋地誇張地咳了一陣。我用手絹捂著嘴，瞥了檢察官一眼，但驚險就是那一瞬。

「真的假的？」

我看到的是檢察官異常冷靜的微笑，頓時一身冷汗。唉，現在想想都讓人手足無措。如果說初中時，傻蛋竹一的「故意地，故意地」曾一把把我從背後推入深淵，這次的經歷只能是有過之而無不及。這就是我人生中演技兩次最大的失敗。我有時候甚至覺得，與其被檢察官這樣冷靜地侮辱，真不如直接給我判個十年來得爽快。

我被判了延緩起訴。但是我卻一點也高興不起來，覺得活著根本沒意思。我坐在檢察院等候室的長凳上，等著比目魚來接我。

透過背後的高窗可以望見黃昏的天空，飛翔的海鷗劃出「女」字的模樣。

《手記3之1》

竹一的預言，一個破滅，一個成真。說我被女人迷上的這個不光彩的預測變成了現實，可是說我成為偉大畫家這個祝福卻落了空。

我僅僅成為了一個為低俗雜誌撰稿的，沒有名氣的三流漫畫家。

因為鬧出鐮倉的事件，學校把我開除了。我寄居在比目魚家裡二樓大約五平米的房間裡，靠家鄉每月寄來的數額很小的錢生活。即使如此，那些錢也不是直接寄到我的名下，而是偷偷送到比目魚那，再由比目魚轉交給我（好像是家鄉的哥哥們背著父親給我送來的）。從那次的事件之後，家鄉的人就完全和我斷了聯繫。比目魚也總是一張臭臉對著我，就算我笑著湊上去，他也不為所動。人的善變真像手心一下子翻成了手背一樣，簡直讓我感歎世態炎涼，不，甚至讓我覺得非常荒誕滑稽。

「不能亂跑啊。總之，別出去。」比目魚一天到晚就知道跟我說這個。

比目魚唯恐我會自殺，監視著我。他彷彿是預見到我哪天又會有追隨女人跳海的危險，因此嚴禁我外出。在他家裡，我不能抽煙，也不能喝酒，每天從早到晚窩在二樓那五平米的小屋裡，靠著火爐，像傻子一般讀些舊雜誌什麼的。時間長了，我連自殺的心氣都沒有了。

比目魚的家在大久保醫專附近。那是一棟兩戶建築中的一戶，店面的入口很小。儘管寫著書畫古董商「青龍園」的招牌相當有氣勢，店裡卻是灰塵漫天，隨隨便便擺著一些雜七雜八不值錢的玩意（當然，比目魚也不是靠賣那些雜七雜八活著，他主要是作為中間商，出面把這個老闆所謂秘藏的東西轉給那個老闆，然後從中牟利）。比目魚幾乎從來不在店裡，每天一早就一副愁眉苦臉的樣子匆匆忙忙地出去。一個十七八歲的小子留在店裡看門，同時也負責監視我。傻子才為了二樓這個白吃飯的瞎操心呢，他大概是這麼想著，一有空就像大人似的把我教育一通，然後跑出去和鄰居的小孩扔棒球玩。我因為天生就不愛與人爭執，他那麼說，我也就擺出一副稍顯疲憊卻又似乎很敬佩的神情聽著。我記得以前好像聽自己家裡的人說過跟這個小子相關的傳言，說這個小子其實是澀田的私生子，但是因為什麼不為人知的原因，澀田又不能對外公開說是自己的兒子。澀田到現在還是單身，似乎這也是其中的一個原因。但終究，我對別人的身世沒什麼興趣，所以詳細的事情也就不太清楚。可是，仔細看看，這個小子的眼神，還真叫人聯想到魚，難道是隨比目魚長的？如果真是這樣，兩個人還真是一對孤單的父子。夜深人靜的時候，他倆還常常在樓下背著我默不作聲地吃外面送來的蕎麥麵。

比目魚家的飯菜每天都是這個小子來做，給二樓的煩人傢伙的飯都是單獨裝在託盤上，由他每天三次送上來。而比目魚和他則在樓下七八平米的潮濕房間裡，每天不知著的哪門子的急，乒乒乓乓地發出碗盤碰撞的聲音匆匆用飯。

三月末的一天傍晚，比目魚不知是因為談成了什麼意想不到的大生意，還是另有別的什麼盤算（就算兩個都被我猜中，這裡面恐怕還有我不能參透的別的什麼玄機吧），把我叫到樓下難得擺上酒器的餐桌邊上，一邊自吹自擂地讚美擺在桌上的金槍魚（不是比目魚）刺身，一邊給在一旁發呆的白吃飯的傢伙倒上少許酒。

「你到底是怎麼個打算啊，從今以後。」

我沒有回答，默默地把桌上盤子裡的沙丁魚串燒拿了起來。望著那些小魚銀色的眼睛，我的酒勁漸漸上來了。一下子我開始懷念那時候到處出去玩的時光，甚至想起堀木，我真的很想能「自由」。就這樣，不知不覺，我竟然一個人哭了起來。自從我來到這個家裡，我連逗笑的勁頭都沒有，每天只是在比目魚和他的小子的蔑視下苟且偷生。比目魚那方面，明顯是在逃避和我敞開心扉長談，我沒心思找他講什麼心裡話。我真的不折不扣地成了這裡多餘的白吃飯的人。

「延緩起訴的話，看來你是不會留下什麼所謂前科的，所以，你只要下定決心，還可以重新做人。如果你有了什麼打算，要拿出誠意來跟我說，那樣我也可以幫你想想辦法。」

比目魚的這種說話方式，不，世間所有人的說話方式都帶著這麼一種微妙的難以琢磨的繁雜，隱隱約約只讓人感覺他們是在推卸責任。那些幾乎毫無益處的對人處處提防，以及無數的小算盤，讓我無所適從。「愛怎樣怎樣吧。」每逢這樣的時候我都會這麼想，然後用逗笑蒙混過去，或者採取認輸的態度，用無言的首肯把決定權全盤交給對方。

好幾年以後我才明白，其實那個時候，只要比目魚能大致按下面的這種方式簡單直接地告訴我一切就都沒有問題。然而比目魚那些畫蛇添足的對人提防，不，是世人那無法理解的虛榮心和愛面子，讓我心情無比沉重。

那個時候，比目魚如果能這樣說就好了。

「不管公立也好，私立也罷，總之四月開始，你給我上學去。家鄉那邊已經同意了，只要你能重新入學，他們也會在經濟上給你更多支持。」

這是我很久以後才知道事情的真實情況。現在想想，如果那樣，當時的我一定會接受這個建議吧。然而因為比目魚處心積慮，說話拐彎抹角，他幾乎改變了我整個人生的方向。

「當然如果你沒有誠意跟我談這個事情，那我也沒有辦法。」

「談什麼呢？」

他說的話，我真的一點頭緒都沒有。

「具體你自己應該知道啊。」「比如說？」「比如說？你自己從今往後有什麼打算啊？」「我是應該出去賺錢嗎？」

「哎呀，我是說自己的想法，你想怎麼樣啊？」

「可是，如果說要上學的話……」「錢是要花的。可是，問題不是錢不錢的，重要的是你自己怎麼個想法。」

總之，家裡已經決定給錢的事，比目魚就這麼隻字未提。哪怕他只提一上句，估計我也早就做了決定。可是，當時的我真的是一片茫然。

「怎麼樣？比如將來的夢想什麼的，你有嗎？這年頭，照顧一個人有多難啊，說到底，你們這些被人照顧的人再怎麼也不會明白。」

「對不起。」

「我是真心替你擔心。既然我已經答應了你父親照顧你，我不希望你只是隨隨便便就敷衍了事。你得有從此重新做人，走上正路的決心。比如，你對未來的規劃，如果你能誠心誠意地找我談，我也一直打算幫你。當然，我也就是這麼個沒錢的比目魚，你要是想著過得像以前那樣奢侈，肯定是不太現實。不過，只要你能下定決心，明確自己未來的目標，然後來找我談，雖然可能只是一點微薄的心意，我也願意為了你重新做人助你一臂之力。明白嗎？這就是我的意思。到底，你對你的將來，是怎麼個打算啊？」

「如果這裡的二樓已經沒法留我，我就工作……」「你自己知道在說什麼嗎？現在的世道，就算是帝國大學畢業的……」

「不是，我不是想當一般職員。」「那是幹麼？」

「當畫家。」我斬釘截鐵地說。

「哦？」比目魚縮著脖子笑了。我怎麼也忘不了他臉上的那種狡黠，既似輕蔑，但又有所不同。如果把塵世比作深海，那狡黠正是在那萬丈深淵般的海底飄蕩的遊魂。那一瞬，我彷彿透過比目魚的笑臉，窺見了成人生活深層的幽暗。

「你說的這些根本就不著邊，根本談不上什麼下定決心。再想想，今天晚上認真地想想。」比目魚這麼跟我說。我像是逃難一樣跑回二樓，躺在床上，腦子裡一片空白，沒有任何思路。就這樣，第二天天一亮，我就從比目魚家裡逃走了。

「我去下面的朋友家裡討論未來的目標，傍晚一定回來，請萬萬不用擔心。」

我用鉛筆把上述內容大大地寫在了信紙上，附上堀木的姓名和淺草的地址，然後偷偷離開了比目魚的家。

我不是因為被比目魚訓斥而憤恨出逃的，而是覺得自己正像比目魚說的那樣，是一個沒有任何決心，對未來毫無抱負的人，如果繼續待在比目魚家裡，只會給他添更多的麻煩。而且，如果萬一有一天我猛然醒悟，決定奮發圖強，想到那些重新開始的資金都要由這個沒什麼錢的比目魚每月提供，我心裡更是過意不去，覺得不能再在這裡讓他受我牽連。

然而，我離開比目魚家也不是真的想著去找堀木那樣的人談什麼所謂的「未來的目標」。我的腦子裡一下子浮現出來了堀木的名字和地址，就原封不動地寫在了信紙的邊緣。那麼做純粹是因為哪怕只是短暫的一時，我也想讓比目魚安心。如果說我寫這信是為了趁比目魚沒有回過神來的這段時間儘量遠走高飛，我也不得不承認我確實暗自想過這種偵探小說裡的策略，但是更多的，我覺得可能還是因為我怕一下子給比目魚來個下馬威，會讓他陷入狂亂。我就是這麼一個骨子裡明知道早晚會露出破綻，也不敢實話實說，非要編出點什麼東西來掩飾的怪人。一方面我的這種性格會被人說成「騙子」遭到世人唾棄，但另一方面，我畢竟不是為了損人利己去騙人的。從小到大，每當和人的相處變得不和諧，我都會怕得喘不過氣來，都會習慣性地拿出自己的那種「捨己為人」的精神，就算再怎麼彆扭、微不足道、畫蛇添足，就算明知事後會讓自己被人指摘，我也常常會不自覺地說上點善意的謊言。我的這個習性常常會被世間所謂的「正派人物」混水摸魚大加利用。

我離開比目魚的家，一路走到新宿，賣了身上帶的書。儘管如此，我依然走投無路。儘管對人都很和善，可是我卻從未真正感受過所謂的「友情」，除去像堀木那樣的酒肉朋友，一切與他人的交往都只讓我感到苦痛。為了化解那些苦痛，我就只好拚命逗笑出醜，那樣一來反而更讓我疲憊不已。不用說僅有的那幾個熟人，就算是看上去面熟的人，和我打個照面，都會讓我心裡一揪，那一瞬間，我會渾身戰慄到幾乎暈倒。我知道別人喜歡自己，但是卻沒有能力去愛別人（其實，我對世人是否有「愛」的能力都感到非常懷疑）。這樣的我，根本不可能會有所謂「死黨」。而且我連「拜訪」別人的能力也沒有，在我看來，別人家的門簡直比但丁《神曲》中的地獄之門還要陰森，毫不誇張地說，我甚至能真切地感受到那些門裡棲息著惡龍一般的血腥猛獸。

我，沒有一個朋友。我，無處可歸。堀木。

這真是無心插柳柳成蔭。我最終竟然完完全全地按照留在比目魚家的那封信上所寫的，去淺草找了堀木。在那之前，我一次都沒有主動去過堀木家裡，一般都是我發電報叫堀木過來。然而現在我已經是囊中羞澀到了連電報費也要考慮再三的地步，而且我想，看我現在的落魄境況，我單是發個電報給他，他也不一定會過來。就這樣，萬般無奈之下我下定決心去厚著臉皮「拜訪」堀木家。我歎了口氣上了市內電車，想到這世上唯一一個能讓我依靠的人竟然是那個堀木，我背後一寒，深感淒涼。

堀木在家。那是骯髒的小巷裡一幢二層的小樓。堀木住在二樓唯一的一個十平米左右的房間裡，樓下，堀木上了年紀的父母和一個年輕的師傅三個人又縫又釘地在給木拖鞋上人字帶。

那天，堀木向我展示了他作為城裡人的另一面，也就是俗話說的小市民特質，那種勢利而冷漠的自私自利讓鄉下來的我看得目瞪口呆。原來他並不是一個像我這樣只是隨波逐流的人。

「你呀，我真不知道該怎麼說你了。你老爹還沒原諒你了嗎？」

我是逃出來的。我說不出口。

老樣子，我隨口敷衍了過去。即使馬上就會被堀木看穿，我還是選擇了敷衍。

「那個啊，早晚能解決的嘛。」

「喂，別打馬虎眼。我奉勸你啊，傻子做事也得講究點分寸。我今天有重要的事情。現在正忙著呢。」

「有事？什麼事？」

「喂，喂，我說，你別把坐墊的線給拉斷了啊。」

我坐的坐墊的四個角上帶著穗一樣的線，像是線頭又像是綁繩。我一邊說話，一邊下意識地用指尖一拉一拉，玩著其中的一條。堀木就是這樣小氣，為了他家的東西，哪怕只是坐墊的一根線，也對我一點不留情面。他沒好氣地使勁瞪了我一眼。想來，堀木跟我交往這麼長時間，真是從來沒吃過一點虧。

堀木的老母端著兩碗紅豆羹上來了。

「哎呀，您這是。」

堀木一副天下第一孝子的模樣，面對他的老母畢恭畢敬，甚至連用詞都讓人覺得客氣得過分。

「不好意思。紅豆羹啊。您看您，用不著這麼費心張羅啊。我這馬上就要出去辦事了。不過，既然是您的一番心意請我們吃您最拿手的紅豆羹，我們還是恭敬不如從命。怎麼樣，你也嘗嘗，這可是我媽特地做的。哎呀，您的紅豆羹可真是太好吃啦。太讓您費心了。」

堀木說著，毫無做作的感覺。他興高采烈，津津有味地吃著。而我喝了兩口湯，卻覺得有點像白開水的味道，吃了兩塊裡面的年糕，那卻不是真正的年糕，是自己也不清楚的別的東西。我真的不是因為貧寒看不起他家。（一來，當時我也沒覺得那紅豆羹有多難吃，二來，他老母的一番心意也著實讓我欣慰。就算說我對貧寒心存恐懼，但是鄙夷確實一點也沒有）然而，從這碗紅豆羹和堀木興高采烈的樣子裡，我看到了城裡人節儉的本性，還有他們那種把自己人和外人分得很清的東京人家庭的生活現狀。相比之下，我這種對內對外一個樣，之間沒有任何界限的人簡直就是不諳世事，一味地游離於現實之外的傻子。我覺得我被人世拒之門外，甚至連堀木都已經不再與我為伍。我拿著沾著紅豆羹的筷子，只想把這一刻無限寂寥的心情銘刻在腦海裡。

「對不住啊，我今天有事要辦。」堀木站起來，一邊穿上衣一邊說。

「我得撤了，抱歉啊。」

就在這時，一個女的來找堀木，我的命運竟也因此峰迴路轉。

堀木一下子就來了精神。

「哎呀，真實不好意思。我正想著去你那裡拜訪你，這個人卻突然來了。真是，不過沒關係。來，進來坐。」

堀木一定是亂了陣腳。儘管我把我坐的坐墊從身下拿出來，翻了個個，他一把抓過去，又翻了個個，遞給了那個女人。房間裡，除了堀木自己坐的坐墊以外，只有一個給客人用的坐墊。

這是一個身材瘦削，個子高挑的女人，她把坐墊挪了挪，坐在了靠門的一個角落。我待坐在一旁聽他倆講話。這女人好像是在雜誌社工作，儘管堀木中間插話我沒聽清，不過我隱約明白這個女人是因為什麼事順便托堀木畫了些畫，現在過來就是為了取那些畫的。

「我這邊急著呢。」

「畫好了，早就畫好了。在這，給你。電報來了。」

堀木看了看，原本晴空萬里的臉上漸漸烏雲密佈。

「喂！你小子，這是怎麼回事？」是比目魚的電報。

「別說了，你馬上走吧。我倒是想送送你，可是現在真沒那個工夫。你這麼離家出走，還真像個沒事人似的啊。」

「貴宅在哪邊啊？」

「在大久保。」我想也沒想就脫口而出。

「那倒是離雜誌社很近，不如一起吧。」

這個女人二十八歲，甲州人，現在和五歲的女兒住在高圓寺的公寓裡。她說今年已經是她丈夫死去後的第三年。

「你這人從小到大一定吃了不少苦，這麼懂事。可憐啊。」

就這樣，我生平第一次過起了小白臉似的生活。靜子（這個女記者的名字）每天去新宿的雜誌社工作，我就和她五歲的叫重子的女兒兩個人老老實實地在家看家。聽說以前母親一旦出門，重子都是在公寓管理人的房間裡玩，現在好了，有了「懂事」的大哥哥來陪她玩，重子每天都非常開心。

我在那裡茫然地過了一個星期。公寓視窗外面的電線上，掛著一個十字風箏，被春天的沙塵吹打，破敗不堪。但即使那樣，那風箏還是死纏爛打地和那電線糾結不清，彷彿點頭哈腰似的在風中飄蕩。我每次看到這個風箏，都會羞恥得臉紅，自己對自己苦笑。風箏的那種奴顏媚骨甚至出現在夢裡，讓我呻吟。

「錢啊，我真想有錢啊。」

「大概多少？」

「好多好多。話說財盡即緣絕，一點不假啊。」

「胡說八道，那種話，過時啦……」

「真的？你是不知道啊。如果一直這樣，也許我最終會離開你的。」

「到底是誰窮，是誰應該離開誰啊？真可笑。」

「我想自己賺錢，然後用賺的錢買酒，不，買煙。論畫畫，我覺得我比堀木什麼的可是強多了。」

每當這種時候，初中時我畫的那幾張被竹一稱為「妖魔」的自畫像就會不由得浮現在我腦中。遺失的傑作——儘管那些畫因為我一次次的搬家已經丟失，但我覺得只有那些畫才能真正算是優秀的作品。那之後，我也曾試著畫了各種各樣的畫，但是都遠遠比不上留在記憶中的那幾張。那種讓人消沉的失落感長期以來一直困擾著我，讓我的心裡覺得空空蕩蕩。

一杯喝剩的苦艾酒。

在我看來，那種永遠無法追回的失落就是這樣一種感覺。每當談起畫畫，我的眼前都會隱約出現那一杯喝剩的苦艾酒。唉，我真想讓她看看那些畫，讓她相信我的繪畫才能。這種焦躁讓我心頭憋悶。

「呵呵，怎麼了？你用這麼一本正經的表情開玩笑還真可愛。」

不是開玩笑，是真的。唉，真想讓她看看那些畫，然而那些都只是奢望。我深吸了一口氣，不想再去爭辯。

「我說漫畫啊。至少，就漫畫來說，我覺得我還是比堀木畫得好些。」

正是這種糊弄人的戲言，反而讓她毫不懷疑地相信了。

「就是嘛。我也覺得確實不錯。你平常給重子畫的那些漫畫都能讓我一下子笑出來。怎麼樣，要不要試試？我幫你跟我們雜誌社的總編說說。」

那是一間沒有名氣的面向小孩發行的月刊雜誌社。

大概每個女人看到你，都會情不自禁地想要去愛護你的……一直唯唯諾諾，讓人發笑的開心果……偶爾會一個人特別的消沉，然而那樣卻特別能引起女人內心的悸動。

靜子除了以上那些，還用各種各樣的方式說過我。儘管是誇獎，但一讓我聯想到說的是小白臉才有的低賤特質，那些誇獎反而讓我越發消沉，提不起幹勁了。比起女人，賺錢更重要，不論怎樣都要想辦法脫離靜子靠自己活著。儘管我這樣暗自下著決心，並且加倍努力，我反而越發陷入了必須依賴靜子而活著的窘境。從離家出走的善後到其他各種事務，幾乎都由靜子這個女強人一手包辦，結果就變得我對靜子只能更加「唯唯諾諾」了。

由靜子提議，比目魚、堀木，以及靜子三個人通過協商達成了一致意見，我與家鄉完全斷絕了關係，和靜子「名正言順」地開始了同居。另一方面，我畫的漫畫也因為靜子的多方奔走而意外熱銷起來。儘管憑著那些所得，我也能自己買煙買酒了，可是我的不安和憂慮卻只是日益加深，真可謂愁上加愁。

有一次，我正在畫著靜子的雜誌每月的連載漫畫《金田和小田的冒險》，突然想起故鄉的家，竟然因為過度傷感，連畫都畫不下去，趴在桌子上哭了起來。

那個時候，唯一能給我帶來慰藉的是重子。那時侯的重子，已經毫無忌諱地叫我「爸爸」了。

「爸爸，只要祈禱，神什麼都會應允，是真的嗎？」如果真是那樣，真正需要祈禱的是我。

神啊，請賜予我堅貞不屈的意志，請讓我洞悉「人」的本質。如果說弱肉強食不是罪，至少請賜我一張憤怒的面具吧。

「嗯，對。小重祈禱的話，神是什麼都會給小重的，但是爸爸祈禱就不一定行了。」

即使面對神，我也充滿了畏懼。我無法相信神的愛，卻單單只相信神的懲罰。信仰，讓我感覺不過是低頭悔過，然後走上刑場接受神的鞭笞。如果說我相信地獄，但是對於天堂的存在我卻怎麼也無法相信。

「為什麼不行呢？」

「因為我不聽父母的話。」

「真的？可是大家都說爸爸是特別好的人吶。」

那只是假像。這個公寓裡的人每一個都對我非常友善，這一點我也知道。可是重子卻不知道我是多麼害怕這些人。我越害怕他們就越是喜歡我，他們越喜歡我我就越害怕，最終我只能離開他們自己走。我想把我這種不幸的毛病講給重子聽，但是這對於一個孩子而言實在是太難理解了。

「小重打算向神求點什麼呢？」我若無其事地話鋒一轉問她。

「小重呢，小重想要自己真正的爸爸。」

我的心裡猛然一揪，眼前天旋地轉。敵人，我是重子的敵人嗎？重子是我的敵人嗎？原來這裡也有對我步步緊逼的恐怖的大人。外人，看不透的外人，深藏不露的外人，一瞬間，都顯現在重子的臉上。

虧我覺得只有重子可以給我帶來希望，到底她也是一樣，有著那種「能猝不及防地打死牛虻的牛尾巴」。打那以後，我變得對重子也不得不唯唯諾諾了。

「色魔！在家嗎？」

堀木又開始到我住的地方找我了。儘管離家出走那天遭到了他的百般冷遇，我也沒法橫下心去與他斷絕往來，依舊是對他笑臉相迎。

「聽說你這傢伙的漫畫最近相當受歡迎嘛。初生牛犢不怕虎，沒辦法，業餘選手是不知道水有多深啊。不過就你那點素描水準，可別掉以輕心啊。」

他說話的態度就好像自己是個繪畫老師。不由得又讓我想起以前那些讓我追悔的傑作，不知道他看了我的那些「妖魔」的畫又會做何感想呢。我再次為自己拿不出東西只能說空話懊喪起來。

「別這麼說嘛，一刀戳中我的軟肋。」堀木越發得意起來了：

「只有在江湖上混的本事的話，早晚是要出紕漏的。」

在江湖上混的本事，對這，我除了苦笑真的不知還能做些什麼。說我有在江湖上混的本事！然而，像我這種對人一味地心存恐懼，敬而遠之，巧言令色的人或許和那些奉行「多一事不如少一事」，以勢利圓滑為處世準則的人是一樣的吧。唉，人們就是這樣，彼此一點也不瞭解，甚至完全就是互相錯看，還覺得對方是自己無可替代的知己。然後，直到對方死了，他們也不會察覺，還會哭著去給對方念悼詞什麼的。

堀木因為幫我在離家出走之後出頭講話（想必是在靜子的威逼利誘下半推半就答應的），在那之後儼然就成了一副我的再生父母或是月下老人的模樣。他有時候會理所當然地對我進行冠冕堂皇的說教，有時候會深夜喝醉酒來找我，在我這過夜，有時候還會來找我借五塊錢（不多不少，總是五塊）。

「我說，你跟女人鬼混差不多也就得了，再這樣下去，塵世都不會原諒你的。」

塵世，到底指的是什麼呢？是指很多人嗎？所謂塵世的真正的樣子到底在哪裡呢？我不知道，但是，從小到大，我卻無論如何都一直覺得塵世是那樣的強大、嚴峻、讓人生畏。然而，被堀木這麼一說，我不由地想。

「所謂塵世，不就是你嗎？」

話到嘴邊，沒說出來。我不想惹堀木生氣，所以忍了下去。

（塵世不會原諒你的。）

（不是塵世，是你不會原諒我吧？）

（你那樣做，塵世肯定讓你吃大虧。）

（不是塵世，是你吧？）

（馬上就會被塵世抹煞。）

（不是塵世，抹煞我的，是你吧？）

汝，亦當適可而止，汝當自知汝之猙獰、怪奇、陰險、勢利！

儘管這些各種各樣的詞在我胸中翻湧，我也只是用手絹擦了擦汗：「一身冷汗，一身冷汗。」只是一笑而過。

然而，從那以後，這種想法開始在我心中萌芽：塵世只不過是一個人。

就是憑著這種塵世不過是個人的想法，我，比起從前，或多或少地能夠按照自己真正的意願去生活了。按靜子的話來說，我變得有點任性，不那麼唯唯諾諾了。按照堀木的話來說，我不知為何變得小氣了。或者按重子的話來說，我變得不那麼疼愛重子了。

就這樣，我變得沉默，不苟言笑，每天一邊照顧重子，一邊畫著《金田和小田的冒險》，《快樂的爸爸》的又一個模仿作品《快樂和尚》，還有一個叫《性急的小萍》，講連自己都不知所云的自暴自棄故事的連載漫畫等等。事實上，我的心情極其鬱悶，為了應付各個出版社的約稿（逐漸的，除了靜子的出版社以外，別的地方也開始跟我約稿了。但是，那些地方卻無一不是比靜子的出版社更加低俗的三流出版社），我每天慢慢悠悠地畫著（我畫畫是屬於特別慢的那一種）。現在的我，畫畫只是為了酒錢，等靜子從出版社回來我把重子交給她，就飛快地自己跑出去，到高原寺車站附近的攤頭或者簡易酒吧裡喝廉價的烈酒，一直喝到放鬆了再回到公寓裡。

「你呀，真是越看長得越奇怪。快樂和尚的臉其實就是從你的樣子得到的啟發。」

「你自己還不是一樣，睡著以後看上去像個四十幾歲的大叔。」

「都怪你，都是被你折磨的。青春如流水，流盡成枯槁啊。」

「別鬧了，早點休息吧。要不我給你做點飯？」她平靜地說，根本不在意我說的那些話。

「有酒的話我喝。青春如流水啊，流水，啊，流水如流春啊……」

我就這樣唱著，被靜子除去衣服，然後自己把額頭頂在靜子的胸口就睡著了。這就是我每天的樣子。然後明天重複同樣的事情，無須更改昨日的慣例。

只要遠離忘情的幸福，

自然也無痛心疾首的悲傷。

阻礙前路的岩石，蟾蜍繞行而過。

但當我讀到上田敏翻譯的一個叫查理斯．克羅斯[2]的詩人這幾句詩時，我一個人臉紅得發燒。

蟾蜍。

那就是我。談不上被塵世原諒或者不原諒，也談不上被抹煞或者不被抹煞。我就是一個比貓、比狗還低賤的動物——蟾蜍，只是在那裡笨拙地活著。

日子長了，我的酒量也有所見長。喝酒的地方也不僅限於高原寺車站附近了，我開始去新宿、銀座，甚至晚上在外面過夜。為了不遵循「慣例」，我有的時候在酒吧裡耍

---

2. Guy Charles Cros，法國詩人。

無賴，有的時候我不管三七二十一強吻別的女人，總之，我又像是那次殉情以前一樣，不，應該說成了比那個時候還更卑劣無度的酒鬼。因為金錢拮据，我甚至會拿靜子的衣服出去典當。

從我苦笑地望著那殘破的風箏到如今已經一年有餘。櫻花落盡的初夏，我又偷偷拿了靜子的腰帶、和服底衫什麼的去了當鋪，然後換了錢去銀座喝酒。一連兩個晚上在外過夜，第三天的晚上，自己覺得實在撐不住了，就回了靜子的公寓。我下意識地踮著腳尖，悄悄地來到了房門口，聽到裡面靜子和重子的對話。

「為什麼要喝酒呢？」

「爸爸呢，不是因為喜歡才喝酒的。因為他是那麼一個好人，所以……」

「好人都喝酒嗎？」

「那倒也不是……」

「爸爸一定會很吃驚吧。」

「他說不定不喜歡。看，看，從箱子裡跳出來了。」

「就像性急的小萍一樣呢。」

「是啊。」

我聽到了靜子由心底發出的幸福的低聲歡笑。

我把門打開了一條縫偷偷往裡一看，原來是一隻白兔子。

它在屋裡到處跳來跳去，惹得母女兩個人忙著在後面追。

她們是幸福的。像我這樣的禍害夾在她們兩個中間，遲早會讓她們也一起遭殃。我希望這對善良母女樸素的幸福能夠長久。啊，如果神連我這樣的人的祈禱都能聽見，哪怕只是一次，這一生只是一次，我願意為她們祈福。

真想在那蹲下來合掌禱告。我把門靜靜地關上，自己又去了銀座。從那之後，我就再也沒有回過這個公寓。

就這樣，我又以小白臉的身份在緊靠京橋的一個簡易酒吧的二樓找了個棲身之所。

在迷茫中徘徊，我覺得我也漸漸對塵世有了認識。個人和個人的較量無非是一時的較量，只要能在那一時的較量中取勝就夠了。沒人會心甘情願服從別人，即使是奴隸也會用他們的方式進行卑屈的反抗。總而言之，為了活下去，除了在一時的放手一搏中殺出一條血路並取勝，別無他法。人們標榜著所謂的大義名分，但實際上都是人人為己，踩著別人往上爬，超過一個再超下一個。所謂塵世的撲朔迷離都是個人的撲朔迷離，兇險的大洋不是塵世，而是個人。就這樣，我從對虛構的塵世之海的恐懼中多少獲得了解脫。我不會像以前一樣面對一切事情都瞻前顧後了，所謂走一步算一步，為了眼前的需要，我漸漸學會厚著臉皮做事了。

我捨棄了高圓寺的公寓，對京橋簡易酒吧的老闆娘說：

「我跟她分手了。」

這一句話就完全解決了問題，我在放手一搏中獲勝了。那天晚上，我死皮賴臉地成功入住了酒吧二樓。那原本恐怖的「塵世」既沒有對我造成任何危害，我也沒有就我的所作所為對「塵世」做任何解釋。只要老闆娘同意，一切都沒問題。

我像是這個店裡的顧客，又像是老闆娘的老公，又像是店裡跑腿的，又像是老闆娘的親戚。正常來說，我應該在外人看起來是個相當詭異的角色，可是「塵世」卻絲毫不在意這些。那些店裡的老顧客會「小葉、小葉」地叫我，對我特別地親切，甚至灌我喝酒。

時間長了，我對這個塵世也不那麼精神緊張了。我開始覺得所謂塵世也不是那麼恐怖的地方。春風裡帶著千百萬個百日咳的病菌，浴場裡帶著千百萬個導致眼病的病菌，理髮館裡帶著千百萬個讓人掉髮的病菌，省線電車的皮拉環上佈滿蟎蟲，刺身或半熟的牛肉豬肉裡一定潛伏著條蟲的幼蟲、吸蟲什麼的卵，又或者是赤腳走路，小的玻璃碎片紮了腳底，然後沿著血管在體內遊動，最後會紮破眼球導致失明。自己歷來對塵世的那些恐懼就好像是因為所謂的「科學的迷信」而生的自欺欺人的害怕。當然，千百萬的病菌在各處潛藏漂浮，這在科學上是不爭的事實。可是另一方面，我漸漸明白了，如果我們完全無視它們的存在，他們又只不過是和自己毫不相關的，輕易被人遺忘的「科學的幽靈」。一個人在飯盒裡剩下了三粒米，如果千百萬人每個人每天都剩下三粒米的話，那將白白浪費多少袋米啊。又或者千百萬人每人每天能夠節約一張鼻涕紙，能夠省下多少紙漿啊。這樣「科學的統計」曾經那樣處處逼迫著我，讓我每次吃剩了一粒米的時候，每次擤鼻子的時候，都下意識地內疚地覺得彷彿是浪費了不計其數的米和紙漿，彷彿自己是犯下了滔天罪行。然而，那些純粹都是些「科學的謊言」、「統計的謊言」、「數學的謊言」，沒人能夠到處去收集每人浪費的三粒米的。即使把這些問題拿來作為乘除法的應用題，它們也是非常原始低能的題目，這就好像是在計算在沒有電燈的黑暗的茅房裡有多少人會一腳沒站穩滑進糞坑裡，或者省線電車的車門和月臺邊緣間的縫隙裡，有多少人會失足掉下去的概率一樣。這些問題毫無意義，它們聽起來儘管讓人覺得確有其事，可是我從來也沒有聽說過有哪個人因為上廁所而摔傷。這些假說被當成「科學的事實」灌輸給我們，然後我們毫不懷疑地全盤當真。想想那個昨天還日夜活在恐懼中的自己，我覺得既讓人懷念又惹人發笑。今天的我已經漸漸認識到了塵世這個東西的真相。

儘管這麼說，人這種東西還是多少讓我感到害怕，比如我一般都要用玻璃杯一口悶上一整杯酒以後才能照顧店裡的顧客。就這樣，我越是害怕就越是欲罷不能。每天晚上在店裡，我就像孩子見到實際上有點可怕的動物一樣不知道躲，反而要用力地捏上一把一樣，我甚至會爛醉如泥地跟顧客吹噓自己拙劣的藝術理論。

漫畫家。唉，自己不過是一個既無大喜，亦無大悲的無名漫畫家。就算痛心疾首的悲傷會隨之而來，我也想擁有忘情的幸福。儘管我這麼焦躁地想著，我現在的快樂也不過就是和客人聊些廢話，喝點客人的酒而已。

我來到京橋以後，像那樣了無生趣地過了將近一年，我的漫畫更是在除了面向小孩的雜誌以外登上了車站販賣的淫穢低俗的雜誌。我以上司幾太[3]這樣不正經到極點的筆名，畫些不雅的色情漫畫，然後大致都會在後面附上《魯拜集》中的詩。

中止無益的祈禱與淚水和傷痛告別
喝一杯酒只想起那些好時光把多餘的擔心都放下吧
靠恐怖威嚇別人的那些傢伙

因為自己犯下的滔天罪行而恐慌他們一刻不停地計算
逃避血債血償

昨夜酒化成喜悅充斥了我的心今朝夢醒後卻只剩淒涼
玄妙只此一夜光景竟已物是人非

別再想什麼因果報應那正如遠方的鼓聲讓人莫名其妙地不安
如果連放個屁都要一一贖罪那你早已無可救藥

3. 殉情，活了下來的諧音。

如果說正義是人生的航標那鮮血染紅的戰場上的劊子手的刀鋒裡
是什麼樣的正義？

人生的真理在何方？那是怎樣智慧的光芒？

在這繁華而恐怖的塵世
弱小的人們背負著不堪忍受之重

甩不掉情欲的牽絆逃不過善惡罪罰
無可奈何地徘徊於塵世的人們從未得到半點神諭

在哪裡在如何彷徨？
什麼批判檢討再認識？
哈進入虛空的夢境朦朧的幻影

啊哈有了酒那些都是莫須有的迷思

不如去看看這浩瀚的蒼穹不過是其中微不足道的塵埃
鬼知道這個地球為什麼會自轉自轉公轉反轉隨它去吧

所到之處無不讓我望洋興嘆所有的國家所有的民族
我看到的是一樣的人性

難道只有所謂異端？

所有人都錯讀了聖經
否則為何如此愚昧和無知
禁除肉體的歡愉抑止享用美酒
算了吧大哥那樣的事我已經受夠了

然而，那個時候，卻有一個少女勸我戒酒。

「別喝了。每天從早醉到晚。」

是一個在酒吧對面賣煙草的十七八歲的女孩，她叫良子，皮膚白白的，長著一對虎牙。每次去她那買煙，她都會笑著告誡我。

「為什麼不能喝，有什麼不對嗎？俗話說，今朝有酒今朝醉，人啊，無需再念塵世紛繁。以前在波斯啊，唉，算了，話說，一杯濁酒，半晌微醺，能給人們悲傷疲憊的心靈帶來希望。你懂嗎？」

「不懂。」

「你。看我親你。」

「你親啊。」

她說著，毫無顧及地撅起嘴。

「你個呆子。沒點貞操觀念……」

然而，在良子的身上卻散發著一種明顯從未被人玷污過的少女的味道。

過了年以後的一個嚴寒的夜晚，我醉熏熏地出去買煙，一不小心掉到了煙草店門口的水溝裡。「小良，救我！」我喊。良子來了把我拉了上去，還幫我處理了右手的傷口。

「喝太多了。」

這次，她板起臉語重心長地說。

我對死倒是無所謂，可是受傷流血得病這種，卻著實讓我頭痛。差不多也該戒酒了，良子一邊幫我處理傷口，我一邊這麼想著。

「我戒。明天開始，我滴酒不沾。」

「真的？」

「我保證，一定戒。如果戒了，小良願意嫁給我不？」一句玩笑話。

「必須的啊。」

必須是當然的意思。在當時，人們流行說必須啊，必然啊什麼的。

「好，勾手指，我絕對戒。」

然而第二天一到，我還是照常從早就開始喝。傍晚，我步履蹣跚地出去，來到小良的門前。

「小良，抱歉，我又喝了。」

「呦，討厭。裝出一副醉樣。」我頓時一激靈，感覺酒都醒了。

「啊，是真的，真的喝了。這真不是我裝的。」

「別騙人了，你這個人怎麼這樣啊。」她的臉上沒有半點懷疑。

「一眼就看得出來啊。你饒了我吧。我今天真是從早上起來就開始喝了。」

「演得可真好啊。」

「真不是演啊。你這傢伙，看我親你。」

「你親啊。」

「算了，我沒那資格。說什麼娶你的事，你就當沒聽見吧。看看我的臉，酒都上頭了，真的喝了啊。」

「你那是傍晚的太陽曬的，強詞奪理可不行。昨天我們說好的，你不可能喝的，我們都勾手指了。你說你喝酒，騙人、騙人、騙人！」

良子微笑著坐在昏暗的店中，未經人事的白皙臉上透出少女的貞潔。迄今為止，我還從未與少女同床共寢。我想和她結婚。就算痛心疾首的悲傷會隨之而來，一生僅此一

《 手記3之2 》

堀木和我。

如果說世上所謂「朋友」就是一邊看不起對方又一邊來往，像這樣自找沒趣，那我和堀木之間的關係肯定就是這種「朋友」。

這全仰仗簡易酒吧老闆娘的江湖義氣（說女人有江湖義氣什麼的，聽上去好像很奇怪，但是從經驗上來看，至少城市裡的女人遠比城市裡的男人講義氣。男人們大都是表面功夫做得好，實際上卻畏首畏尾，吝嗇小氣），自從和那個賣煙草的良子成了事實上的夫妻，我就搬出了酒吧，和她一起在築地隅田川附近租了一個木制小公寓的一間底層房間。我戒了酒，長期以來漸漸成為我固定職業的漫畫也日益精進。我倆會在晚飯後一起出去看電影，回來的路上再去茶館什麼的坐坐，我們還在家裡養了花。然而比起這些，這個對我忠心不二的小媳婦的一言一行、一舉一動卻更讓我開心。難不成現在的我已經擺脫了慘死的命運，漸漸越活越有人樣了？正當我的心開始漸漸被這種甜美的暢想融化時，堀木卻再次出現在了我的眼前。

「喂，色魔。才多久不見就好像一副不認識我的模樣了。今天，我是來給高圓寺的女施主傳話的。」

堀木說著，突然把聲音放小，用眼神指了指在廚房倒茶的良子：「不要緊嗎？」他問。

「沒關係，儘管說。」我表現得很沉著。

實際上，良子簡直可以說是信賴別人的天才。我和京橋酒吧的老闆娘之間的事情自不必說，即使是我告訴她鎌倉發生的那些事情，她也從來沒有懷疑過我對她的感情。那並不是因為我多麼會說謊，有的時候就算我一五一十地告訴她，她也全都只當我是在吹牛，一笑了之。

「你小子還是這麼囂張。嗨，也沒什麼大不了的事，就是說讓你有空也去高圓寺那邊轉轉。」

就在快要忘記的時候，猛禽振翅飛來，用尖利的喙戳破記憶的傷口。一瞬間，過去的那些羞恥和罪孽在眼前蘇醒，活生生的一幕幕回憶讓我坐立不安，甚至想撕心裂肺地吶喊。

「喝兩杯吧。」「好啊。」堀木說。

我和堀木，兩個人，如此相似。有的時候我甚至覺得我們彼此簡直是如影隨形。當然，是在我們兩個到處瞎混喝酒的那段時間，我才會這麼覺得。我們在一起，就像兩隻大小相同、毛色一致的狗，奔走在雪後的大街小巷。

自打那天以來，我倆算是一別之後再續前緣。我們會一起去京橋的那個小酒吧裡喝酒。喝得多了，甚至會像兩隻爛醉如泥的狗一樣跑到高圓寺靜子住的公寓裡，在那裡住上一晚才走。

我永遠也無法忘記，那個悶熱的夏夜。傍晚的時候，堀木穿著一身皺皺巴巴的舊浴衣來到我在築地的公寓裡，說今天因為什麼事典當了夏天的衣服，怕被家裡的老媽發現，所以想趕緊贖出來。總之，說來說去，就是借錢。可是當時正好我也沒錢，所以就按老辦法吩咐良子拿了點她的衣服去當鋪換了些錢回來借給他。正好還有點富餘，我就又讓良子用那些錢買了些燒酒。我倆爬上公寓的屋頂，迎著陣陣從隅田川吹來的略帶腥臭的微風，開始了一場著實不怎麼體面的納涼宴會。

我倆當時發明了一種猜喜劇名詞、悲劇名詞的遊戲，在屋頂上，我們就一起玩。一般來說，所有名詞都可以被分為男性名詞、女性名詞、中性名詞，可我們卻覺得也應有喜劇名詞和悲劇名詞之分，比如，蒸汽輪船和蒸汽火車都是悲劇名詞，市內電車和公共汽車都是喜劇名詞。如果有人不知道為什麼這麼分，那麼說明他沒有資格來談論藝術。如果有劇作家在喜劇裡哪怕只攙雜了一個悲劇名詞，或者在悲劇裡攙雜了一個喜劇名詞，單憑這一點這個劇本就已經失敗。

「聽好了啊？煙草是？」我問道。「悲（悲劇的省略）。」堀木不假思索地答道。「藥劑呢？」「藥粉還是藥丸？」「注射藥。」

「悲。」「是嗎？也有打荷爾蒙的啊。」「不管怎麼說都是悲啊。首先你看，針筒，不就是大悲嘛。」

「好吧，算我輸了。但是，你聽我說，單是說藥或者醫生，他們卻出人意料地都是喜（喜劇的省略）。那死呢？」

「喜。牧師和和尚也都是。」

「正解。那這麼說，活著就是悲啦？」「不對。也是喜。」「嘿，照你這樣，這個那個都變成喜。好吧，那我再問一個，漫畫家是？這你總不能說是喜了吧？」

「悲、悲，這可是大悲劇名詞！」「你可真會說。大悲劇人物原來是你啊。」

當這個遊戲變成了像這樣的拙劣調侃，確實顯得有點無聊，但是想到世界上上流社會都不曾有過這麼巧妙的發明，我們無不為自己這個獨一無二的遊戲而沾沾自喜。

除此之外，當時我們還發明了一個類似的遊戲——猜詞對，比如黑對白，但是白卻對的是紅，然後紅又對的是黑。

「花對什麼？」

我問。堀木歪著嘴陷入沉思，

「嗯……，記得有一個飯館叫花月，花應該對的是月。」

「不對，它倆不是詞對，它倆更像同義詞。比如星和堇，不就是同義詞嘛，不是詞對。」

「好吧。那花對蜂。」

「蜂？」

「牡丹對……螞蟻？」

「我說，那個是畫畫的題材。別在這瞎糊弄。」

「我知道了！花對雲層……」

「月才對雲層吧。」

「哦，哦，花對風，是風，花和風是一對。」

「完蛋了。那成了浪花節的歌詞了，掉價啊。」

「那，琵琶。」

「也行了。和花一對的啊，恐怕是這世上最不像花的東西。你得往那方面想想。」

「那到底，那個……等等，你原來說的是，女人啊。」

「好了，那女人對什麼？」「內臟。」

「服了你了，真沒點詩情畫意。好吧，那內臟對什麼？」「牛奶。」

「這個還有那麼點意思。好，加把勁再來一個。和羞恥一對的是？」

「不知廉恥的流行漫畫家上司幾太。」

「那堀木正雄呢？」

從這裡開始，兩個人漸漸都笑不出來了。空氣裡充斥著一種燒酒醉後特有的那種彷佛玻璃碎片充滿腦海一般的陰鬱氣氛。

「說夠了吧。我還沒有混到你那種地步，要被人綁著遊街。」

我的心裡一陣揪緊。在堀木心裡，根本沒有把我當一個正經人來對待。在他看來，我只不過是一個苟且偷生的、不知廉恥的、腦子有問題的行屍走肉。為了滿足他的快樂，他愛怎麼利用我就怎麼利用我，我們不過只是這樣的「朋友」。我這麼想著，自然高興不起來。但是反過來想想，堀木這麼看我也是理所當然，我從很早以前開始就是一個看起來沒有資格做人的孩子。被堀木這種人看不起似乎也是合情合理的事。

「罪，罪對的又是什麼呢？這是個難題啊。」我裝出一副對剛才的對話滿不在乎的表情說道。

「法律唄。」

堀木淡淡的回答讓我覺得他一下子變了個人。在附近大樓閃爍的紅色霓虹燈的照射下，他的臉彷彿是黑白無常一樣充滿威嚴。我漸漸從剛才受的打擊中回過神來。

「罪，可不是那麼回事。」

竟然說罪對的是法律！但是想來，世上的人們或許都是這麼頭腦簡單地活在蒙昧之中，自以為沒有員警的地方才是罪孽蠢動之所。

「不是法律是什麼？神？你這傢伙身上總是帶著那麼種基督教徒似的冠冕堂皇勁。什麼玩意兒！」

「你能不能別這麼隨隨便便，咱們兩個再好好想想。這個題有點意思，我覺得一個答案就能看穿一個人。」

「難道說……罪對的是善？善良的市民。像我這樣的哈。」

「別瞎扯了。善對的是惡，跟罪不是一對。」

「惡和罪有什麼區別嗎？」

「我覺得不一樣。善惡的感念都是人定的，是人按自己的意志編出來的道德準則。」

「你可真囉嗦。那就神吧，神，神，你就是什麼都要跟神扯上點關係。我餓死了。」

「良子在下麵煮著蠶豆呢。」

「太好啦，我愛吃。」

堀木枕著兩手向後一仰，一骨碌躺下了。「我看你對罪這種東西一點也沒興趣啊。」

「那是，我又不是像你這樣的罪犯。就算我沉溺酒色，我也不會對女人幹那些謀財害命的事。」

那不是謀財，也不是害命。在我心裡的某個地方，有一個聲音儘管微弱卻在奮起抗議。可是我馬上又習慣性地反過來覺得一切是我不對。

不論怎樣努力，我都無法站出來和人正面爭論。隨著燒酒陰鬱的醉意，怒氣每一秒鐘都在心中升騰。我竭力克制著，幾乎是自言自語地說：

「只是進了監獄不等於就一定有罪。如果能夠找到罪的相對是什麼，或許就能拿捏罪的真諦。神……救贖……愛……光明……可是，神的對詞是惡魔，救贖對的應該是苦難，愛對的是憎，光明對的是黑暗，善對惡，罪和祈禱，罪和悔恨，罪和懺悔，罪和……唉，這些都是同義詞。和罪相對的到底是什麼呢？」

「罪，對醉啊，和醉一樣夢幻。我餓死了啊，拿點吃的來啊。」

「你自己去拿啊！」

我對人這麼憤怒地講話，可以說是生平第一次。

「好。那我就下去，跟小良兩個人犯點罪回來。理論不如實踐，罪應該對的是蜜豆，啊，蠶豆。」

我倆已經是醉到連舌頭都轉不過彎來了。

「隨便你。該去哪去哪，別在我眼前晃悠。」

「罪對肚餓，肚餓對蠶豆，啊，這算同義詞吧。」堀木不知所云地站了起來。

罪與罰，杜斯妥也夫斯基，一瞬間這些名字在我腦海中閃過。如果說，這個杜斯妥先生沒有把罪和罰當成是同義詞，而是把他們當成了一個詞對並列在一起呢？罪和罰，兩個毫不相通的東西，如冰火互不相容。把罪和罰按照詞對去考慮的杜斯妥腦海中的那個水藻漂浮的、腐臭不堪的、深不見底的池底……啊，我好像漸漸明白了，可是……正當這些想法在我腦中像走馬燈似的來了又去——

「喂！全跑了，蠶豆，快來！」

堀木已是聲色懼變。他從剛剛步履蹣跚地站起來，也就是才跑到樓下，立刻又折了回來。

「怎麼了？」

空氣裡彌漫著一種不祥的氣息。我倆從屋頂下到二樓，然後又來到二樓通往樓下我住的房間的樓梯上。堀木停下腳步。

「快看。」

他指著我住的房間小聲說。

房間上邊的小窗開著，正好能看見裡面。燈開著，照著兩隻禽獸。

我呼吸急促，眼前天旋地轉，我不斷在心裡告誡自己，人就是這樣的，不過是人的另一面，沒什麼好大驚小怪的。我佇立在樓梯上，甚至忘記了去救良子。

堀木故意大聲咳嗽了幾聲。我失魂落魄地一個人逃回屋頂，一個跟頭倒在了地上。我仰望著滿含雨水的夏夜的天空，那個時候，侵襲我心的情感不是憤怒，不是嫌惡，也不是悲傷，而是無盡的恐懼。那不是面對墓地幽靈的那種恐懼，而是近似於在杉樹矗立的神社見到白衣包裹的舍利時感受到的那種，直透我心的遠古的暴虐的恐懼感。從那夜開始，我開始長出白髮。終於，我對於一切都失去了信心，對所有人充滿猜疑，終於，我與我在這世上生活抱有的所有期待、快樂、共鳴做了永遠的告別。這次的經歷，對我的整個人生，是一個非常重要的轉折。我像被從眉間劈成了兩半，從那之後，我每次試圖與人接近，那傷口都會隱隱作痛。

「我也理解你。但是，你心裡對這也多少有數吧。以後，你這裡我也不再來了。簡直就是地獄……不過，對於小良，你還是原諒她吧。說到底，你自己也不是什麼好東西。我先撤了。」

堀木從來不會尷尬的時候在一旁喋喋不休。

我爬起來，一個人喝起燒酒，然後，就「嗷嗷」地放聲大哭起來。淚水乾了又流，流了又乾。

不知過了多久，我察覺到背後良子正端著冒尖的蠶豆呆呆地站著。

「他說他什麼也不會做的……」

「好了，別說了。你啊，就是不懂得提防別人。坐吧，吃點蠶豆。」

我們兩個並排坐著吃了蠶豆。嗚呼，信賴難道是罪過嗎？那個男的是一個讓我畫漫畫的矮小商人，三十歲左右，沒有什麼學問，因為給了我一點小錢而對我作威作福。

打那以後，當然，他再也沒來過。可是對我而言，不知為何，比起對那個商人的憎惡，對於一開始發現時見死不救，當場沒有故意大聲咳嗽，卻折回到屋頂上來通知我的堀木的憎恨與憤怒，反而讓我夜不能寐，輾轉呻吟。

談不上原諒或者不原諒。良子是信賴別人的天才，不懂得提防別人。可是，悲劇正是因此而生。

仰天長歎。信賴難道是罪過嗎？

比起良子被人玷污，良子對別人的信賴被玷污成了我永遠的痛，讓我無法繼續活在這世上。在像我這種對人低三下四，成天看著別人臉色活著，對人的信任早已破碎不堪的人看來，良子純潔的信賴之心正如春意盎然的瀑布一般清澈。可正是這一夜，瀑布的水全變成了黃色的濁流。看吧，從那夜開始，良子對我的一顰一笑都變得小心翼翼了。

「喂。」

叫她一聲，她都會嚇得一身哆嗦，不知應該把眼神落在哪裡。不論我怎樣努力逗她笑，迎合她講話，她都是一副戰戰兢兢、不知所措的樣子，甚至開始跟我用敬語講話。

最終，純潔的信賴之心給了罪惡可乘之機。

我試著找來不少書，讀了女人婚後被他人玷污的各種故事。可是，像良子這麼悲慘的遭遇卻一個也沒有讀到。這其實也是因為像她這樣的事情沒有什麼可以當故事來寫的價值。如果說那個矮小商人和良子之間有那麼一點曖昧的感情，我可能反而會釋懷一些。事實上，那只是一個夏夜的事情，良子輕信了外人，僅此而已，可是我卻因此彷彿被人從眉心一刀劈成兩半，長出白髮，良子也因此只能一生都戰戰兢兢地度過。幾乎所有故事都把矛盾的焦點放在丈夫是否會原諒妻子的「行為」上，可是這點對我而言卻不是那麼讓人苦惱的大難題。原諒或者不原諒，能夠有權這樣決斷的丈夫實際上是幸福的。如果覺得這個事情不可原諒，也就不用多費口舌，不如乾脆跟妻子一刀兩斷，再去娶個新的回來。如果說做不出這樣絕情的事情，那也就只好去「原諒妻子」，自己把這事情忍下來。在我看來這兩個方案中，丈夫無一不是一個決定就能全方面地解決問題的。因為那樣一來，儘管這樣的事情對丈夫來說是很大的打擊，可是這樣的「打擊」不會無休止地像來了又退、退而複來的潮水一樣永遠折磨他們。在我看來，對於那些有權做決斷的丈夫，這不過是一個靠發火就能擺平的麻煩。然而，換成了我，丈夫是一個沒有任何決斷權的丈夫，越想越覺得是自己不好，不用說發火，一句抱怨我也說不出來。另一方面，妻子是因為她所保有的罕有的美好品質而被玷污的，而這種美好品質又恰恰是丈夫最憧憬的純潔的信賴之心。這事真的成了世上最可憐的悲劇。

純潔的信賴之心難道是罪過嗎？

我甚至開始懷疑那唯一曾給予我救贖的美好品質。我，對一切，已然完全迷失了方向，只知道用酒精自我麻醉。我從早上開始喝燒酒，喝得牙齒都一顆顆掉了，自己畫的漫畫也變得盡是類似色情漫畫的東西。不，坦白來說，我從那個時候開始，為了能賺點錢買燒酒，偷偷地複製了春宮圖去賣。我看著不敢直視我的活得戰戰兢兢的良子，心生了各種無端的猜疑。因為她是這麼一個對別人絲毫不知防備的女人，她是不是跟那個商人不止有過這一次呢？是不是還和堀木有過呢？或者，是不是還有什麼自己根本不認識的人？我沒有勇氣直截了當地去問良子，我被一直以來的那些不安和恐懼折磨著，只有在喝燒酒喝到酒醉之後，才會卑屈地小心翼翼地試著像誘導審問一樣問上幾句。我在心裡像傻子一樣因為良子的回答一喜一憂，表面上卻不得章法地逗笑，接著，我會對良子實施陰森的地獄般的愛撫，然後像爛泥一樣睡死過去。

那年年底的一天晚上，我喝得爛醉回到家裡。因為想喝糖水，又見良子已經睡了，我便自己翻箱倒櫃地找出了糖罐。我打開蓋子，發現裡面沒有一點糖，卻裝著一個黑色的細長小盒子。我下意識地拿起來，看了看盒子上貼的標籤，不由大吃一驚。那個標籤已經被指甲摳掉了大半，只剩英文字母的部分，上面清晰的寫著 DIAL。

巴比妥酸。我那個時候因為喝燒酒，沒有服用催眠藥。可是，由於失眠一直就是我的老毛病，我對一般的安眠藥都耳熟能詳。這麼一盒巴比妥酸，的確已經超過了致死的劑量。儘管盒子還沒有開封，可是毋庸置疑她是因為有那份心以備後用，才把這藥藏在這樣的地方，甚至還特地把標籤摳掉的。真是可憐，那個孩子不認識標籤的英文，用指甲摳了一半，然後大概覺得這樣沒問題了（你沒有罪過）。

我儘量不發出聲音，躡手躡腳地往杯子裡倒滿水，接著慢慢地把藥盒拆封，一口氣把藥盒裡的藥全都倒進嘴裡。然後，我小心翼翼地把杯子裡的水喝乾淨，關上燈就這麼睡下了。

三天三夜，我自己就像死了一樣。醫生把這件事當成用藥不當處理，暫時沒有報給員警。我在朦朧中醒來，第一句囈語據說就是我想回家。家具體指的哪裡，當時我自己也搞不清楚。總之，說了那麼一句，然後據說我就開始大哭了起來。

終於，我的意識開始恢復正常。我看見，比目魚正在我的枕邊坐著，擺著一副臭臉。

「上次的事也是在年關。你說說，揀什麼時候不好，非要每次揀大家忙得不可開交的年關時候搞出這種事情，我都要被他搞死了。」

跟比目魚說話的人，正是京橋的酒吧老闆娘。

「老闆娘。」我叫了一聲。

「哎，怎麼啦？醒過來了？」老闆娘的笑容讓我應接不暇。而我卻哭哭啼啼。

「讓我和良子分手吧。」

我竟然蹦出了這麼一句讓我自己都吃驚的話。老闆娘直起身，微微歎了口氣。

接下來我不經大腦的發言更是出人意料地幼稚可笑，讓人無話可說。

「我，要到沒有女人的地方去。」

「哇哈哈哈」，先是比目魚放聲大笑起來，老闆娘也跟著咯咯地笑出了聲。我一邊流著眼淚一邊羞紅了臉，報以苦笑。

「嗯，那樣最好。」

比目魚醜陋地笑個不停，邊笑邊說：

「去沒有女人的地方對你比較好。有女人在，怎麼都不行。沒有女人的地方，這個想法好。」

沒有女人的地方。我還不知道，我的這個無心而出的囈語在日後卻變成了異常慘烈的現實。

良子一味地認為我是替她飲毒自殺，比以前更加戰戰兢兢地對我。不論我說什麼，她也不笑，甚至連話都不怎麼說。就這樣，我在公寓裡待不下去，只好又像以前一樣出去用廉價的酒精把自己灌醉。從這次的巴比妥酸事件以來，我的身體急劇消瘦，手腳無力，漫畫的工作也被我日益怠慢下來。作為慰問，比目魚在那個時候給了我一些錢，儘管比目魚給我錢的時候裝著一副自己掏了腰包的樣子嘴上說著「這是我澀田的一點意思」，可是那些錢實際上都是故鄉的兄長送過來的。因為那個時候我已經能夠一知半解地看穿比目魚這些賣關子的伎倆，我也就將計就計，擺出一副全然不知的樣子，作為收到錢的回禮，巧妙地向比目魚表示了感謝。可是儘管如此，具體為什麼比目魚他們要把所有事情都演得這麼複雜，我還是似懂非懂，不論怎樣都由衷地覺得奇怪。我就一口氣拿著錢一個人去了南伊豆的溫泉等地方療養。

但事與願違，首先我自己本身就不是能悠然自得去泡溫泉的性格，加上想起良子就更讓我無限孤單，我的心境根本沒有辦法讓我在旅館的房間裡踏實地去眺望遠山什麼的。我連旅館的浴袍也沒換，也沒有下溫泉就跑了出去，在一個髒亂的茶館似的地方，拿燒酒當水往死裡喝了一通。到頭來，我只是把身體搞得更差地回了東京。

那夜東京下了大雪。我小聲一遍又一遍地像念叨一樣唱著「這裡離家幾萬里，這裡離家幾萬里」，醉醺醺地走在銀座的小路上。雪還在下，我邊走邊用腳尖踢開積雪，突然嘔吐出來。我第一次吐血，在雪地上畫出帶著一大輪紅日的旗幟。我在那裡蹲了一會，然後兩手捧起一些沒有弄髒的雪一邊洗臉一邊哭了起來。

這是哪裡的狹路？這是哪裡的狹路？

幻覺中，我遠遠地隱約聽到女童悲涼的歌聲。不幸，這個世上有各種各樣不幸的人。不，即使說每一個人都是不幸的也不為過吧。但是那些人們能面對塵世堂堂正正地抗議自己的不幸，然後「塵世」也會輕易地理解同情他們。但是我的不幸，因為全都源於自己的罪惡，我無法向任何人抗議。如果我嘟噥著說上一句聽起來像是抗議的話，就算不是比目魚，世上所有的人也一定都會揶揄地說「真虧你說得出這樣的話來」。我到底是所謂的「任性」，還是與此相反？是我過分懦弱？我自己也不是很清楚，但是總之我是罪惡充盈，只能一味地自行毀滅，在不幸的路上沒有任何方法能夠阻擋我前行。

我從地上爬起來，覺得怎麼樣也要去買點藥來吃，就進了附近的藥店。和那裡的老闆娘剛一照面，一瞬間，老闆娘就像是被閃光燈照到一樣，伸長了脖子瞪大了眼，呆立在那裡。那瞪大的眼睛裡，既沒有驚愕也沒有嫌惡，有的只是彷彿乞求救贖又好似充滿愛慕的神情。啊，這個人也一定是個不幸的人。不幸的人才會對別人的不幸這麼敏感。我這麼想著，一下子意識到老闆娘原來正柱著拐杖搖搖欲墜地站著。我儘量克制自己不上前去扶她，可是，就是這樣望著老闆娘的臉，望著望著我的眼淚就流下來了。我一哭，老闆娘的大眼睛裡也噙滿了眼淚。

就這樣，我一句話也沒說就走出了那間藥店。我踉踉蹌蹌地回到公寓，讓良子給我調了鹽水喝了，就默默睡下了。第二天，我騙良子有點感冒，從早到晚睡了一整天，晚上，我實在對自己吐血的事情感到不安，就起來又去了那個藥店。這次我笑著，把自己到現在為止的身體狀況都一五一十地坦白告訴了老闆娘，和她商量對策。

「你可必須得戒酒。」我們像家人一樣親密。

「我可能已經成癮了。就算現在我也想喝。」

「不行，我的丈夫也是，自己明明有肺結核，非要說酒能殺菌，整天就知道喝，自己斷送了自己的性命。」

「不喝我實在是不踏實。我會害怕，真的是不喝不行啊。」

「我給你開點藥，但是酒一定不要喝了。」

老闆娘（未亡人，有一個男孩，進了千葉還是哪裡的醫大以後，很快就得了和父親一樣的病，現在已經休學，在醫院治療。家裡還有中風後臥床不起的公公。老闆娘五歲的時候得了小兒麻痹，一隻腳完全不聽使喚）嘎嗒嘎嗒地柱著拐杖，幫我從那邊的架子上、這邊的抽屜裡抓齊了各種藥品。

這個是，造血劑。

這個是，維他命的注射液，注射器在這兒。這個是，鈣片。調理腸胃的，葡萄糖。這是什麼，那是什麼，她飽含深情地給我講解了五、六種藥物。可是，這個不幸的老闆娘的情意對我而言卻是無法承受之重。最後，老闆娘又匆匆忙忙地用紙給我包了一個小盒，說是在我說什麼都要喝，自己無法自持的時候用的藥。

是嗎啡的注射液。

用這個比喝酒強，老闆娘這麼告訴我，我也就那麼相信了。除此之外也是因為我自己確實漸漸感覺到了醉酒的醜惡，欣喜能夠擺脫酒精這個惡魔這麼長時間以來對我的束縛，我毫不猶豫地往胳膊上的靜脈裡打了嗎啡。不安、焦躁、羞恥，一下子全都一乾二淨，我變得開朗而能言善辯了。一針下去，我連身體的衰弱都拋在腦後，漫畫的工作也有了幹勁，我才思如泉湧，作品也妙趣橫生，甚至能讓自己畫著畫著笑出聲來。

原本計畫是一天一針，漸漸變成一天兩針，到了一天四針的那段時間，我已經到了沒有嗎啡就無法工作的地步了。

「不能這樣了，上了癮就壞了。」

被藥店的老闆娘這麼一說，我還真覺得自己已經無可救藥地成了癮君子。（我很容易受到別人的心理暗示，比如，如果別人告訴我說「這錢可不能亂花，不過話說回來，這是你的錢，你自己看著辦」，我反而會產生一種奇怪的錯覺，覺得好像不花不行，不花對不起別人，然後肯定不一會就會把這錢全給花了）因為擔心自己已經成癮，我反而想跟老闆娘索要更多嗎啡。

「拜託了！再給一盒。我到月底一定付錢。」

「付不付錢的，那個倒是什麼時候都行。關鍵是員警管得緊啊。」

啊，在我的身邊總是環繞這一種昏暗混濁、可疑的社會渣滓們特有的氣息。

「麻煩你給瞞一瞞。拜託了，老闆娘。我親你。」老闆娘的臉一下紅了。

我終於能夠趁機得寸進尺。

「不用這個藥，我的工作就一點也沒有進展。那個對我來說，就像補品似的。」

「那你還不如直接打荷爾蒙。」

「你就別開我玩笑了。我要不就是喝酒，要不就得用這個藥，沒有一樣我都沒法工作了。」

「不能再喝了。」

「對吧？我呢，自從用了這個藥以來，一滴酒都沒碰過。身體也感覺特別好。我以後也不打算一直這麼瞎畫些漫畫什麼的，你看著，我以後徹底戒了酒，養好了身子，我要好好學習，當一個偉大的畫家。現在對我來說正是關鍵時刻。所以，求你了。來吧，我親你。」

老闆娘笑了。

「真拿你沒辦法。上了癮我可不管。」

她嘎嗒嘎嗒地柱著拐杖，從架子上拿了一盒藥給我：

「一盒都給你肯定一會就都用了。給你一半。」

「唉，真小氣。算了，我也沒轍。」回到家，我立刻就打了一針。

「不覺得疼嗎？」

良子戰戰兢兢地問我。

「疼啊。不過為了提高工作效率，疼也必須得忍著。怎麼樣？我最近挺精神的吧？好，加緊工作了。工作，工作，工作！」我嚷嚷著。

我也曾深夜去敲過藥店的門。看見老闆娘穿著睡衣嘎嗒嘎嗒地柱著拐杖出來，我一下子抱住她，親吻她，佯裝哭泣。

然後，老闆娘就默默地遞給我一盒嗎啡。

嗎啡和燒酒一樣，不，應當說有過之而無不及，都是罪孽而醜惡的東西。當我深切地認識到這一點的時候，自己已然完全成癮，無法自拔。我真的是到了不知廉恥的極致，因為一心想得到嗎啡，我又開始複製春宮圖，並和藥店的瘸腿老闆娘開始徹徹底底地亂倫。

我真想一死了之。我已無法回頭。不論我做什麼，怎麼去努力，最終都是一場空，只會徒增羞恥。說什麼騎單車去看春意盎然的瀑布，那些我根本就不應奢望。我只是不斷地讓自己業已深重的罪孽變得更加骯髒，讓自己的痛苦變得更加撕心裂肺而已。我想死，除此之外，我別無選擇。儘管我已經認定我是罪孽的種子，活著就是禍害，那段時間，我還是在近乎瘋狂的狀態下終日往返在公寓和藥店之間。

不論我接了多少活，因為嗎啡的用量也跟著相應地上升，我在藥店賒的藥費已經到了多得讓人咋舌的地步。老闆娘每次見到的我都是熱淚盈眶，自己也跟著掉眼淚。

地獄。

我還有最後一個能夠逃離這地獄的辦法。如果失敗了，我就只有上吊自縊了。我像是拚死一搏地壓注在這世上是否有神的存在，給家鄉的父親寫了一封長長的信，把自己的情況（除了女人的那些事情實在講不出口）一五一十都交代了。

可是結果卻是雪上加霜。時間一天天過去，信卻如石沉大海。我因為焦躁和不安反而加大了嗎啡的劑量。

今晚，我要一口氣打它十針，然後去投江。正當我已暗自下定決心，下午，比目魚卻彷彿有如神助地嗅到了我的動機，帶著堀木出現了。

「聽說你吐血了。」

堀木盤著腿說，他的臉上帶著彷彿從未有過的溫柔微笑。那微笑讓我感激，讓我欣喜，終於我忍不住背過臉去哭了。就這樣，他的一個溫柔的微笑就把我徹底打敗，徹底埋葬了。

我被帶上了汽車。比目魚用沉著冷靜的口氣（那甚至可以說是大慈大悲的非常安靜的語氣）勸我總之必須先去醫院，不用擔心其他的事情。我像是沒有任何主見任人擺佈的人一樣，只是一邊抽泣一邊言聽計從地跟著他們。我們三個人，加上良子，四個人在車裡搖晃了相當長的時間，終於在天色已經變得昏暗的時候，到達了森林裡的一間大醫院的門口。

我一味地以為那是療養院。

一個斯文秀氣的年輕醫生給我作了細緻檢查，然後彷彿羞赧地微笑著說：

「嗯，需要在這裡靜養一段時間。」

把我一個人留下以後，比目魚、堀木和良子就回去了。走之前，良子把裝著換洗衣服的包袱交給我，然後默默地從腰帶裡又拿出了針筒和我用剩的嗎啡。到底，她還覺得那藥是補品吧。

「不，以後用不著了。」

真是少見。拒絕別人遞過來的東西，在我這一輩子裡這可能還是第一次。我的不幸，都是因為不懂得拒絕而生的不幸。我怕一旦拒絕了別人的好意，在別人心裡和自己心裡都會留下難以修復的深刻裂痕。我一輩子都被這種恐懼所脅迫著。然而，那個時候，我卻如此輕易地拒絕了自己曾經為之幾近瘋狂的嗎啡。是因為我被良子的那種「神賜的無知」所感動了呢？還是因為那一瞬間自己已經脫離了嗎啡的毒癮呢？

那之後，我很快被那個羞赧地微笑著的年輕醫生帶著住進了一個樓裡，門的插銷被喀啷一聲鎖上了。這裡原來是精神病院。到沒有女人的地方去，吞下巴比妥酸以後我的那些癡人說夢的囈語竟然如此神奇地成為了現實。那個樓裡關的都是男性精神病人，看護的人也都是男的。一個女人也沒有。

我從普通人淪落到犯人，如今又從犯人淪落到了瘋子。可是，我自知自己一點都沒瘋，即使是一瞬間，我也從沒喪失過理智。但是話說回來，好像所有瘋子都是這麼看待自己的。總之，進了這個醫院的人都不正常，在外面的人才是正常的人。

仰天長歎。順從難道是罪過嗎？

我因堀木那不可思議的美好微笑而感動哭泣，喪失了判斷能力，也忘記了反抗，就這樣坐上了車，被帶到這個地方，成了瘋子。現在，就算我從這裡出去，我的額頭上也將被打上瘋子，不，廢人的烙印。

我已沒有做人的資格。

我已經完全被人拋棄。

剛來這裡的時候是初夏，從鐵窗的格子可以看見醫院庭院的小水池裡綻放的紅色睡蓮。從那之後三個月過去了，已是雛菊開始在庭院裡綻放的時候，家鄉的長兄出人意料地帶著比目魚來接我了。長兄一如既往地以一副鄭重其事又略帶緊張的語氣告訴我，父親上個月末因為胃潰瘍過世了，跟我說他們不會過問我過去的事情。我也不用為生活而擔心，什麼工作也不用做。但前提條件是我要拋開各種各樣的留戀，離開東京去農村療養。我在東京的爛攤子，澀田基本上都已幫我一一打點，所以不用牽掛。

我感到故鄉的山河在眼前越發清晰了，就點頭應允了。廢人一個。

自從知道父親死了，我漸漸也變得消沉。父親，已經不在了，在我心中一刻不曾離開過的那個既讓人懷念又讓人敬畏的存在，已經不在了。我覺得我痛苦的匣子一下子變得空空如也。難道說一直在加重我痛苦的，原來竟是父親嗎？我像是泄了氣的皮球，連痛苦的能力都喪失了。

在我生長的小鎮南邊四五小時火車車程的地方，有一處東北罕見的溫暖的海邊溫泉勝地，長兄恪守對我的承諾，給我買下了一棟遠離村子的茅屋，有五間房左右，老舊得牆壁已經剝落，柱子已遭蟲蛀，幾乎想修都無法修復，還給我配了一個將近六十歲的長著一頭棕髮的醜陋女傭。

打那以後三年有餘，我幾次被那個叫鐵的老女傭以奇怪的方式調戲，偶爾也會像夫妻吵架一樣打嘴仗。我肺部的病時好時壞，我也隨之時胖時瘦，有的時候也會吐血。昨天，我派鐵去村裡的藥店買卡魯莫沁（鎮靜劑），結果她買了一種跟平時包裝不一樣的卡魯莫沁回來，我也沒怎麼在意。直到我晚上吃了十片都還一點睡意都沒有，我才覺得不對勁。正琢磨著問題的原因，肚子一下子疼了起來，我急忙跑到廁所，猛烈地一陣腹瀉。而且之後，我又連續三次拉了肚子。最後，我忍不住拿起藥盒仔細一看，原來那是一種叫做費諾莫沁的瀉藥。

我仰面朝天地躺著，一邊在肚子上敷著熱水袋，一邊想著怎麼損損老鐵。

「我說，這個不念卡魯莫沁，唸費諾莫沁。」

我這麼一說，自己先就咯咯地笑了。看來「廢人」原來是個喜劇名詞啊。想好好睡個覺卻喝了瀉藥，而且那個瀉藥的名字還是什麼費諾莫沁。

現在的我，既談不上幸福也談不上不幸。只是，讓一切隨風。

我在這所謂「人」的世界中一路哭嚎著走來，明白的唯一一個可以說是真理的東西，就是這個。

只是，讓一切隨風。

我今年二十七歲。可是因為頭上長滿白髮，在一般人看來，大概有四十歲以上。

〈〈 後記 〉〉

寫下這篇手記的瘋子，我並不直接認識。可是手記中那個京橋簡易酒吧的老闆娘的原型，卻跟我稍微有點交情。

老闆娘身材嬌小，臉色不怎麼好，高鼻樑，丹鳳眼，與其說她是美女，她卻帶著一種帥哥一般冷峻的感覺。

從這篇手記上來看，裡面反映出的應該大都是昭和五、六、七年東京的風貌，可是我被朋友帶著兩三次造訪這個京橋的簡易酒吧喝雞尾酒的時候，卻是日本「軍部」已經初具規模的昭和十年左右的事情。因此，我也沒能一睹這個手記作者的容姿。

今年二月，我去千葉縣船橋市探訪一個久未謀面的朋友。他是我的校友，現在在某個女子大學當講師。實際上，我這次去是為了求他幫我的一個親戚介紹物件，並順帶給家裡捎些新鮮的海產回去。為此，我背著背包出發去了船橋市。

船橋市是一個相當大的城市，與一片混濁大海比鄰。我的朋友因為是新遷過來，拿著他的住址問當地人，卻沒有一個認識他家是在哪的。

那時天氣濕冷，背著包的雙肩又疼，恰好被唱片裡提琴的聲音吸引，我推開了一間咖啡館的大門。裡面的老闆娘有些面熟，一問，原來竟然是十年前的那個京橋小酒吧的老闆娘。老闆娘也彷彿一下子認出我來，我們彼此都大為吃驚，相對而笑。

一般在這樣的場合，接下來的固定話題是互相詢問空襲中逃亡的經歷，我們卻繞開這個，開始互相吹捧起來了。

「您可真是一點都沒變樣。」

「哪有，都成大娘了，一把老骨頭了。你倒是，還很年輕。」

「沒那麼回事，我小孩都三個了。今天就是出來給他們買菜的。」

就這樣，我們就像久別重逢的戰友一樣一陣老套地寒暄，接著，兩個人又開始聊起互相認識的人這些年的情況。

聊著聊著，老闆娘忽然一改口氣，問我認不認識小葉。我回答說不認識，老闆娘就進到裡面拿了三本筆記本和三張照片出來遞給了我。

「說不定能當小說的素材用。」她說。

因為一向不寫別人強塞給我的題材，我本來想著當場還回去（說起三張照片的奇怪之處，前言裡面已經提及），卻被那三張照片吸引，就姑且決定先暫時收著，等回東京之前路過這裡時再還。

我問老闆娘知不知道這個住在某街某號的女子大學的老師，因為他也是新遷到這裡的，她剛好知道，還說有時能夠在這個咖啡館碰見。原來他就住在咖啡館旁邊。

那天晚上，我和朋友一起小酌了幾杯。我借住在他家，一晚沒睡，愛不釋手地通讀了那幾本筆記。

手記裡寫的儘管都是過去的事情，可是即使是現在的人讀起來，也一定會覺得饒有興趣。我覺得與其說用我的拙筆在上面添油加醋，倒不如就這樣原封不動地讓哪個雜誌社發表更有意義。

給孩子們帶的當地的海產只是一些乾貨。我背起書包與朋友辭別，臨行前又來到了那間咖啡館。

「昨天謝謝你了。對了，」

我開門見山地說，「這個筆記，能借我一段時間嗎？」

「行，你拿著吧。」

「這個人，他現在還活著嗎？」

「這我真不知道了。大約十年以前，這個筆記和照片的包裹寄到了我京橋的店裡，寄件者應該就是小葉。可是當時的郵包上沒有他的地址，甚至連他的名字也沒寫。後來空襲的時候，混在別的行李裡，居然沒給弄丟。最近我才又找出來，從頭到尾讀了……」

「哭了嗎？」

「沒有，哭倒是還好，真是的，人到了那個境地，就已經沒救了。」

「如果說從那之後又過了十年，那人說不定也已經不在人世了吧。他把這送給你，也就當是謝謝你了吧。他寫的儘管多少有點誇張，可是看來你也為此受了不少罪啊。如果，寫的這些都是事實的話，我要是那個人的朋友，估計也會想著給他送進精神病院的。」

「都是他父親不好啊。」

老闆娘像沒過腦子似的說了這麼一句。

「我們認識的小葉，特別誠實，非常討人喜歡，要是他沒有酗酒，不，就算那樣，他也是一個人世難尋的好孩子。」

太宰治情死考（代跋）

報紙上說，太宰治每月收入二十萬日元，每天喝二千日元的土酒，然後住在一個五十日元的出租房裡，漏雨他也不修。

沒人能喝下二千日元的土酒，而且太宰治似乎也根本不喝土酒。大概是一年前，他跟我說他沒喝過土酒，我就帶他去了新橋的土酒酒吧，因為當時已經喝醉了，他只喝了一杯，那之後就再沒聽說他喝土酒了。

自從武田麟太郎因工業酒精中毒而死，我也開始對這些劣質白酒變得小心謹慎，但也正是因此，我在威士忌酒吧的賒帳也日益增多，著實讓我苦惱。出門喝酒喝得多了，酒友也就相應增加。一來二去，喝一次酒，兩三千日元根本打不住。奢侈的菜就算一樣不點，單是酒錢就如流水般成千上萬。

前幾天，三根山和新川過來玩，說什麼都希望我去吃一次相撲食膳中的河豚。

「別介別介，在下還不想用河豚自殺。相撲做的河豚啊，你們還是饒了我吧。」聽我這樣回答，三根山像是聽了世上最無厘頭的話一樣擺出一副不解的表情說：「飯館的河豚危險，相撲做的河豚才安心。大家都這麼說，是吧？」

他看了看新川，繼續說：「相撲一共只有兩個人吃河豚死的。福柳和沖海，自開天闢地以來只有他兩個。河豚子的血管都是我們一根一根用鑷子挑出來的，花的時間比飯館要多三倍呢。就算中了毒，吃糞便也能治。我那次全身都發麻了，抓過屎來吃了，把吃進去的都吐出來就治好了。」

相撲巍然不動，他們是一種超越時間空間的存在。前幾天，我去吃相撲食膳，他們還真為我準備了河豚子。一個相撲從冰箱裡把河豚子端出來，跟我說：「先生，有河豚子。」

「不用了，我已經吃不下了，謝謝。」

「先生，您可真是個怪人。」

他說著，歪了歪頂著小辮的光禿禿的大腦殼。

當然，相撲比賽著實有趣，在相撲看來，世界上只有比賽一件大事。他們只知道比賽，也只會以相撲的思考方式去思考。因為糧食短缺，相撲選手都瘦了。三根山只剩下二十八貫的體重，但即使如此，他還是馬上就要升為關脅[1]了。要是他有以前三十三貫的體重，估計大關也不是問題。他聽說為了增加體重必須戒煙，「啊？那我現在就戒。」他說起來輕描淡寫，簡直不像當真的。然而，他當真把煙給戒了。

所謂「藝道」，如果不能變成為此道奉獻生命的傻瓜，是難成大器的。

三根山不通政治，對處世之道也全不瞭解。然而，問起他對於相撲比賽上角逐博弈的各種相關知識，他卻是無所不知。顯然，既然他對於藝道的技術能有如此精深的理解，如果能夠把這份心用在他處，想必也定能出人頭地，然而他卻對別的事情全然不感興趣。

聽說雙葉山[2]和吳清源[3]都皈依了璽宇教[4]。吳八段入教以後棋藝日益精湛，挫敗無數英雄，讓日本棋壇一時間哀號遍野。吳八段最近還經常接讀賣的宣傳棋局，向讀賣索要巨額酬金，據說這都是因為他一人撐起了為璽宇教籌集資金的重任。我也在讀賣新聞的安排下和吳清源對弈了一局。記得那時讀賣新聞告知我說，因為和吳清源對局的酬金異常高昂，已經佔用了文化部的大半資金，所以沒辦法支付安吾先生的酬金、盒飯費、交通費等等。就這樣，我也算間接地為璽宇教貢獻了一筆錢，南無璽宇教尊。

當然，雙葉和吳氏的心並非凡人可以參透。可是，他們卻無一例外地散發出那種角逐的世界中蘊藏的悲痛。

文化愈高，人們反而會變得愈加迷信，這麼說不知各位能否理解。從事相撲格鬥的人或許大都目不識丁，可是這些力士，不，應該說他們中的精英卻反而是高級的文化人。

為什麼這麼說呢，因為他們精通相撲的技術，通過這種技術，他們縱橫在當今世界。相撲的攻擊速度、出手速度、呼吸、防禦策略，這些都是當今時代文化的一部分。由此，通曉相撲格鬥技巧精髓的他們正是這個時代最高級的技術專家之一，文化人之一。他們是不是目不識丁根本不重要。

叱吒風雲的文化人，處心積慮的謀士，他們都走在距離迷信僅一步之遙的懸崖邊。因為他們在反復的自我檢討之後，知道了限度並感到了絕望。

越傑出的靈魂，越會深陷煩惱，在苦悶之中掙扎。大力士雙葉山，圍棋大師吳八段，這樣的曠世奇才皈依璽宇教，無不源自天才與生俱來的悲劇性的苦痛。單純因為璽宇教的荒誕不羈而忽略了兩個偉大靈魂的苦痛，無疑是大錯特錯。

文學家，說到底也是藝道中人，是技術工人，是獨專一行的專家。因為職業的關係，他們當然不會是目不識丁，但是他們卻正如目不識丁一般目無常理，因為藝道本來就不

1. 次於「大關」的力士稱號。「大關」僅次於「橫綱」。
2. 雙葉山定次（1912~1968），第 35 代橫綱。
3. 吳清源（1941~）日本圍棋職業棋手。九段。日籍華人。
4. 日本新興宗教，教主璽光尊（1903~1983）。

能用常理去評判。

在一般人看來，戰爭是非常時期才有的事情。而對於藝道中人，他們的靈魂卻無時無刻都與戰爭同在。

像受到他人或者評論家的批判，那樣的事根本不足掛齒。真正的鬥爭發生在作家本人的內心最深處。他們的靈魂正如暴風驟雨，那是充滿了懷疑、絕望、再生、決意、衰微、奔流的暴風驟雨。

當然，那些不足掛齒的他人的批判一類的事情，也絕非世人所能面對的常態。

力士和棋手在賽場上殊死角逐，而比賽卻成了世人娛樂的工具。勝者收穫歡呼，敗者湮沒於噓聲。

對於一個靈魂而言，在沙場上拚死相搏的事情，卻被世人追求歡愉的粗俗靈魂指指點點，肆意踐踏。

文學家的工作落到那些粗俗的世間評論家手裡變成了水果攤上的香蕉，在叫賣聲中被定價為五十錢，三十錢或被評定為上級，中級。

當然，我們也大可不必為這樣的事情一一憤慨，因為藝道一直以來都苦於來自自身的更加嚴酷的批判和苦痛。

這些無時無刻不在戰鬥中活著的藝道眾生，必須認清自己並非存在於一般意義上的世間法理之中。也就是說，在日常生活中要時刻像特工隊一樣活著，要時時刻刻把靈魂和生命的賭注押在工作上。當然，因為我們是按照自己的意願走上的藝道之路，不會像那些受命參加特工隊的人一樣擺出一臉悲痛，我們往往只是一副滿不在乎的表情。

太宰每晚喝二千日元的土酒，反而對自己漏雨的屋頂不管不顧。大家如果覺得這人是瘋子或變態，那麼對了，因為他如果不是瘋子也定然難有大作為。所謂藝道大成實際就是成為瘋子。

太宰的死是否是殉情呢？兩個人用繩子在腰上綁在一起，死後小幸的手還緊緊摟著太宰的脖子。從上面這些來看，半七[5]也好錢形平次[6]也好都一定會判定太宰是殉情而死的。

然而，世上再沒有比這更難解釋的殉情了。不僅看不出太宰有多喜歡「毛手毛腳小

5. 岡本綺堂《半七捕物帳》（1916~）中的捕快。
6. 野村胡堂《錢形平次偵探記》（1931~1957）中的偵探。

幸」，與其說喜歡，甚至不如說看起來根本瞧不起她。小幸本身就是女人的一個暱稱，是太宰給她取了「毛手毛腳小幸」這個名字。她不是一個聰明的女人，是一個沒腦子的白癡一般的女人，蠢得令編輯們都目瞪口呆。對於只靠腦子工作的文學家來說，蠢女人有時可以成為一種調劑。

太宰身上沒帶遺書，他當時喝得爛醉如泥，而小幸是出了名的千杯不倒，當時應該並沒有醉。「和自己尊敬的先生一起去死是一種光榮，一種幸福。」她寫過這樣的話。如果說太宰在爛醉時因為心血來潮想去自殺，這個時候，這個沒有醉的女人則使這種想法變得更加確定。

太宰確實是死不離口，而且在他的作品中也充滿了自殺或有關自殺的暗示，可是他卻絕對沒有到那種非死不可的無可救藥的地步，也從未有過那種非死不可的無可救藥的想法。即使他在作品中選擇了自殺，在現實中也完全沒有自殺的必要。

酒醉之後，一時興起做下些荒唐之事，第二天一覺醒來，想起自己的所作所為，不由得自覺羞恥，冷汗一身。人人都有過這樣的經歷。然而單單是自殺這件荒唐之事，卻再不能在第二天睜開眼睛，所以才會無法收拾。

以前，法國有一個叫奈瓦爾的詩人，深夜爛醉如泥地去敲酒館的門。碰巧這個酒館老闆受不了總是一待待很久不肯離去的奈瓦爾，就裝作已經睡下，不方便起床開門，支支吾吾地敷衍了奈瓦爾幾句，隱約聽到奈瓦爾回去的聲音。可誰知第二天奈瓦爾就在酒館門口的路邊樹上上吊死了。為了一杯酒，斷送了自己的性命。

像太宰這樣的男人，如果是真的喜歡上了女人的話，是不會自殺而選擇繼續活下去的。話又說回來，藝道中人也沒有可能會真正喜歡上女人，藝道正是這樣一種魑魅魍魎的棲身之所。所以，如果說太宰和女人一起自殺了，說他不喜歡這個女人一定是沒錯的。

太宰留下的遺書上儘管說自己已經寫不出小說，可是那不過只是一時性的寫不出，並非是絕對性的，我們不能把這種一時性的創作低潮說成是永久性的創作低潮，太宰自身也不是不明白這個道理。由此看來，太宰之死純屬一時興起，事出偶然。

退一萬步來看，太宰一方面說自己已經寫不出小說，而另一方面，他還從未就身邊的「毛手毛腳小幸」寫過任何作品。沒法讓作家為其寫出任何作品的女人，一定是十分乏味的、不值一提的女人。如果這個女人值得一提，太宰為了寫這個女人也會活下去，而且也不會說什麼寫不出小說這樣的話了。可世上偏偏有那麼一種人，再怎麼樣都讓人不願下筆去寫。儘管如此卻還是喜歡這樣的女人，或產生喜愛之情，那簡直太荒唐了，特別是對於太宰就更荒唐了。可見他陷入戀愛的方式，以及選擇女人的方式是多麼不成體統。

怎樣都無所謂吧。陷入戀愛的方式不成體統也罷，皈依璽宇教也罷，在玉川上水投河自殺也罷，「毛手毛腳小幸」曾擺上自己和太宰的合照，在死前虔誠禱告也罷，這些事情再荒謬又有什麼關係。

這是一種什麼樣的職業啊！藝道中人就是如此，在胸中摧枯拉朽的暴風驟雨下，如花般凋零。死法被偽裝，戴上了假面具，但再怎麼奇妙而不成體統，他們生前的作品都無法偽裝。

因為不成體統，我們更應去關注他內心痛苦狂亂的波瀾。

喜歡上了一個女人，然後這個女人就成了他今生唯一的紅顏知己，以至要同赴天國。這樣從一而終為愛而死的故事，在我看來是古怪的。如果真的是喜歡，不如在現世中繼續活下去。

太宰的自殺，與其說是自殺，不如說是藝道中人在苦痛中掙扎的一個縮影，那無疑是與皈依璽宇教一樣的走火入魔。我們應當放下對這些走火入魔的關心，緬懷死者，讓他能夠安息。

藝道裡，無時無刻不是戰場。藝道中人一副滿不在乎的表情下是內心深處日夜的悲鳴，他們不得不遁世匿隱，以至於和無足輕重的女人一起殉情，他們用盡全部的生命在拼搏以至於無法選擇自己生與死的方式。太宰的事情，根本不需要拿來討論。作家的作品才是作家的全部。

坂口安吾

What's Words

生而為人，我很抱歉：太宰治經典小說選

作　　者：太宰治
譯　　者：劉霄翔、雷佩佩
封面設計：曹雲淇
總 編 輯：許汝紘
編　　輯：孫中文
美術編輯：曹雲淇
總　　監：黃可家
發　　行：許麗雪
出版單位：九韵文化
發行公司：高談文化出版事業有限公司
地　　址：新北市汐止區新台五路一段99號15樓之5
電　　話：+886-2-2697-1391
傳　　真：+886-2-3393-0564
官方網站：www.cultuspeak.com.tw
客服信箱：service@cultuspeak.com
投稿信箱：news@cultuspeak.com

國家圖書館出版品預行編目（CIP）資料

生而為人,我很抱歉：太宰治經典小說選 / 太宰治著；劉霄翔, 雷佩佩譯. -- 初版. -- 新北市：高談文化, 2019.01
面；　公分. -- (What's vision)

ISBN 978-986-7101-89-1(平裝)

861.57　　107023330

印　　　刷：上海印刷股份有限公司
總　經　銷：聯合發行股份有限公司
香港經銷商：香港聯合書刊物流有限公司

本書譯文由湖南文藝出版社、上海萬墨軒圖書有限公司
獨家授權高談文化出版事業有限公司出版使用。

2019 年 1 月 初版
定價：新台幣 420 元